阮笙绿 著

江苏凤凰文艺出版社
JIANGSU PHOENIX LITERATURE AND ART PUBLISHING, LTD

图书在版编目（CIP）数据

对不起，欧尼酱.2/ 阮笙绿著. -- 南京：江苏凤凰文艺出版社，2019.9
ISBN 978-7-5594-0191-5

Ⅰ.①对… Ⅱ.①阮… Ⅲ.①长篇小说－中国－当代
Ⅳ.①I247.5

中国版本图书馆 CIP 数据核字(2019) 第 178573 号

对不起，欧尼酱.2

阮笙绿 著

出版人 张在健
责任编辑 张 倩 王 青
特约编辑 曾 枰
装帧设计 李 娟
出版发行 江苏凤凰文艺出版社
南京市中央路 165 号，邮编：210009
网 址 http://www.jswenyi.com
印 刷 湖南凌宇印务有限公司
开 本 880mm×1230mm 1/32
印 张 9.5
字 数 140 千字
版 次 2019 年 9 月第 1 版，2019 年 9 月第 1 次印刷
书 号 ISBN 978-7-5594-0191-5
定 价 36.80 元

目录

对不起，欧尼酱2

目录

对不起，欧尼酱2

第一部人物小传：

陆耀：

以硬汉自诩的警校优等生，傲娇的大帅哥，“嘴上说不要，身体却很诚实”的典型代表，对中二病的陆小花，嘴上嫌弃，实则宠溺。占有欲强，人生规划十分清晰，是个从小到大只喜欢一个人的忠犬。

陆小花：

性别女，爱好男。热衷二次元的萌妹子，中二病晚期，且无药可治。外表萌，实则腹黑，以撩动陆耀的春心为己任。人缘好，交际花，朋友遍天下，追求者甚多，她却认定自己喜欢陆耀，从小到大，从未偏离。为了跟陆耀上同所大学，努力考进了他所在的大学。

白夜：

帅哥外表的妹子，身材高挑，曾经女扮男装，一度成为网络男神，是陆小花崇拜的偶像，知道她的真实性别后，一度幻灭，但是后来还是与她成为好朋友。性格十分“二”，喜欢陆耀，追求过陆耀，被陆耀坚决地拒绝加嫌弃了。考入某航空大学，未来的飞行员。

乐正姗：

完美彪悍的女神，女版陆耀，外表美，内心却强大到让男生却步。大学时期，是著名贫困生，却是全校师生的偶像。看上肖行舟之后，强势地展开追求，并且毫不给他还手机会地将他拿下了。后来还智斗了豪门婆婆，得到未来婆婆的认可。

肖行舟（船长）：

性别男。美到雌雄莫辨的小鲜肉，红极一时的女装 coser，喜欢且追求过陆小花，为了追陆小花跟她考入同一个大学。腹黑，曾经是陆耀最强大的情敌。但最终被乐正姗强势地一举拿下。

周至：

小时候是过目不忘的神童，长大了是让人望尘莫及的学霸，比秦菲小，却比秦菲要早上大学。聪慧早熟，从小就喜欢秦菲，一心想多赚钱，好养活巨能吃的秦菲。小名：二狗子。但是这个小名除了秦菲，连他亲妈都不敢叫，因为他会爹毛。

秦菲：

陆小花大学同寝室的死党之一。大胃王，著名吃货主播，家境贫寒，都靠着自己做“吃播”赚钱养活，因此十分拼命。与青梅竹马的学霸周至感情十分好，被他强势表白后，担心自己会拖累他，一度没有答应，但又被他的执着感动，最终答应与他交往。

孟洁如：

陆小花大学同寝室的死党之一。力大无比的暴力萝莉，面瘫脸。十分低调的黑道大小姐。

鲁晓彤：

陆小花大学同寝室的死党之一。标准的大长腿女神，购物狂，极爱包包，很容易陷入对帅哥的花痴中，其实一次恋爱都没谈过。

第一节
婚前旅行

1.

小花妹妹迷上《海贼王》那阵子，每天都扯着陆耀玩角色扮演的游戏。那个时候她还小，并没有cosplay的概念，就只是单纯地喜欢路飞和他的小伙伴。她还干过在泳池里，戴着破草帽，坐在洗澡盆里，手里挥着小木棍，扬言要去征服大海的蠢事。

提到这件事，陆耀就忍不住想笑，每次夏天去泳池都忍不住拿个澡盆往水里一扔，一本正经道：“船长，起航吧。星辰和大海等着您呢！”

小花妹妹从不以为耻，反以为荣，豪气万丈地登上她的船（洗澡盆），冲着岸边的陆大帅哥喊：“我是要成为海贼王的男人。欧尼酱，助我起航。”

陆耀捂脸表示很想装作不认识她，抬脚将她和她身下的破澡盆踢远了。

后来再去泳池，陆小花主动要求带澡盆，陆耀都会一把夺下澡盆，咬牙切齿地警告她："你再敢跟我玩海贼的梗，我就把你打包寄去加勒比海，这辈子都别想上岸。"

"欧尼酱。"陆小花严肃脸，"《加勒比海盗》和《海贼王》是两个世界体系，而且一个动漫、一个真人的电影，完全不是一回事。你把它们放一起，次元墙都要裂了好吗！路飞会哭的。我们二次元的小伙伴，绝对不允许这种不严谨的事情发生。"

末了陆小花还一脸痛心疾首地摇着头，嘟囔着："代沟啊代沟。"撇下他走了。

气得陆大帅哥很想将这个胡言乱语的家伙塞到漫画里，省得她为祸人间。

会想起这件事，是因为两个人正在讨论婚前旅行。对，不是蜜月，是婚前旅行，他们两个还没结婚，曾经冲动之下是准备去领证的，结果……没领成。

原因有点复杂，放在以后慢慢说，总之，此时此刻，休周末的两个人，正穿着情侣睡衣，盘腿坐在软绵绵的大沙发上，讨论旅行的地点。

"我想去的地方太多了，比如东海，那里有风车村，就是路飞出生的村子，红发香克斯在那里上过岸，那里也是路飞和红发相遇的地方。还有霜月村、谢尔兹镇、橘子镇，对了，一定要去海上餐厅巴拉蒂吃饭，香治就在那里当厨师……"

小花妹妹说起她熟悉的地名一脸兴奋和向往，陆耀本来是认真在听的，听到小花提的东海，以为是国内的东海，但是后面的地名有些陌生就去搜索了一下，出来的结果让他一头黑线，伸手将小花妹妹的脸扳过来，捂住了她的嘴。

"你是对我的能力有什么误解吗？我不写网络小说，没法带你穿进漫画，给我说些真实存在的地名，再提漫画里的地名，看我怎么收拾你。”陆大帅哥咬牙切齿。

没错，她说的所有地名都是《海贼王》里出现过的地方，而且按照她的路线，这哪里是去婚前旅行啊，简直就是复制路飞的成长之路。

陆小花掰开他的手，笑嘻嘻道：“欧尼酱好没情趣，人家幻想一下，都不行哦。”

“那要不要买套漫画，足不出户畅游新世界？”陆大帅哥眯起眼睛，语气中带着威胁，“来一趟幻想之旅。”

开玩笑归开玩笑，小花妹妹又不傻，“幻想旅行”跟真实的旅行能比吗？那种靠漫画神游世界的事情她每晚都干，但真实的能够出去旅行一个月，她可是从来没有过。

陆小花赶紧收起嬉笑的脸，一本正经地研究起陆耀拿来的图册。

陆耀看着小花妹妹粉嫩的、鼓鼓的脸颊，嘴角忍不住扬了起来，虽然还没出发，但此时，他已经开始期待这趟旅行了呢。

2.

说起和陆耀单独旅行，这其实并不是第一次，小花妹妹六岁那年就和陆耀出过一次远门，那一年陆耀八岁，两个人都粉嫩可爱的，站在一起俨然就是一则“骗生广告”。

那个时候，他们是沾了陆耀爷爷的光，是部队的福利，家属子女可以免费参加部队主办的夏令营，地点在风景如画的 X 市。只是当时陆耀爸妈、小花爸妈工作都忙，谁也抽不开身送两个孩子去，于是只能将两人打包送上了飞机。

他们俩作为无成人陪伴儿童，从登机起，就受到了整个机组人员的特别关注，作为特殊照顾对象，登机通道不同，两人登机比其他人要早，就连机长都特意跑出来跟他们俩打招呼。

小花妹妹看见机长十分激动，语无伦次："开飞机的叔叔，您能教我开飞机吗？"

八岁小正太陆耀临出门前，被千叮咛万嘱咐要好好照顾小花妹妹，于是摆起了家长的架子，板起脸来教训她："不许胡闹，叔叔忙得很，哪有时间教你开飞机！"

帅气的机长倒是十分和蔼，笑眯眯地拍小花妹妹的头："小朋友，你想学开飞机的话，要好好学习，长大了考上专门教人开飞机的大学，那里有很多优秀的飞行员教你哦。"

小花妹妹连连点头，眼睛笑成一条缝："好啊，好啊，等我学会开飞机，叔叔能和我结婚吗？"

童言无忌，机长和旁边的空姐都笑起来，小正太陆耀却似乎受到了很大的打击，对着小花大叫："不行，我不同意你们结婚。"

一个空姐笑着过来问："你为什么不同意？你也喜欢妹妹吗？"

小正太陆耀想说"喜欢"，又不好意思承认，鼓着腮帮子生气，过了好久才憋出一句话："我是她的监护人。我不同意，他们就不能结婚。"

飞机上传出一阵爆笑，机长为了安慰小陆耀，赶紧拍拍他的头，说："你放心，我不会和你妹妹结婚的，因为我有喜欢的人了。"

这次轮到小花妹妹哭了，一把鼻涕一把眼泪的："叔叔，你喜欢的人是谁？比我可爱吗？"

机长抬头看了眼身边，微笑："跟妹妹你一样可爱的。"

旁边一位低头忙碌的圆脸空姐，听到这话，莫名脸红起来。

要做起飞准备了，机长和空姐们去忙了，陆耀带着几分小得意地安慰一脸失望的小花妹妹：“开飞机的叔叔喜欢的人，肯定是一位也会开飞机的阿姨。你太小了，连飞机都不会开，叔叔怎么会喜欢你？”

小花妹妹抽抽搭搭：“可我会长大呀，等我长大了也能学会开飞机。”

“等你长大，叔叔就老了。”小陆耀瞪着眼睛，“难道你要叔叔等他的新娘等那么久哦。”

“那怎么办？”小花妹妹又哭了起来，“我长大了当谁的新娘？”

“你如果不哭，我就让你当我的新娘。”小陆耀皱着眉，看似一脸不耐烦，其实心里是带着一丝得意的，说完，自己先不好意思了，挪开视线，小脸红扑扑的。

“真的吗？”小花妹妹抹抹眼泪，看着陆耀，似乎觉得也不坏，毕竟她家小哥哥也很好看呀，她睁着大眼睛，忽闪忽闪的，“那等我长大了，耀耀你不会老吗？”

“不会，因为我现在还很小，等你长大了，我也长大了，刚好合适的。”小陆耀扭头掰着手指头跟她算年龄，“你看，十四年之后，我们俩就都长大了，可以结婚了。”

“十四年哦。”小花妹妹托腮，想了好久，然后摆摆手，“好久哦，不要了，不要了，耀耀，你太小了，我不想等那么久。”

小陆耀有点急了，赶紧跟她科普，什么是法定结婚年龄、晚婚、晚育……这些对于小花妹妹来说还太生僻的名词，结果还没科普完，小花妹妹就睡着了。

等她醒来，早已忘记这码子事，开开心心地喝着空姐送来的果汁，吃着儿童餐，完全不明白身旁的陆耀为什么一脸不高兴。

所以，那个时候，婚事最终还是没谈成，为此陆耀难过了好久。后来他为了早点长大，喝牛奶喝到吐。每每思及此，他都忍不住伸手捏一捏睡在身边的这个小没良心的脸，发发怨气。

3.

两个人最终选定了，某游轮公司推出的豪华蜜月游轮之旅。虽然最终还是离不开船，但好在船长不是陆小花，这趟旅行应该还是很让人放心的。

敲定了行程，陆小花就去准备了，因为这趟旅行为期半个月，横跨好几个国家，签证都要准备好几张。

本来陆耀想包揽一切的，但是他为了空出一周去蜜月旅行，最近忙得脚不着地。所以这些事只能由刚刚入职不久，只是一个小小助理，既无职场压力，又相对空闲的陆小花来做。

好在陆小花就是个爱跑爱闹的性格，每日跑东跑西的，也跑出了乐趣，回家就跟陆耀八卦。

“今天我去游轮公司签合同，看到我们要乘坐的那艘游轮的宣传单了，船长是混血，好帅的。”小花妹妹双眼冒星光，“跟着这么帅的船长出海，这趟旅行真是让人期待。”

陆大帅哥原本正在书房看书，书房沙发很大，他却依旧坐得十分端正，身姿英挺，让人侧目。听小花妹妹这么一说，他立刻就不乐意了，抬头睨了某人一眼，看她一脸花痴，丢下书，伸长手臂将她捞了过来，压在身下的沙发上。

“在你老公面前夸其他男人，你胆很肥啊。”陆大帅哥声音低沉，满是威胁。

“欧尼酱，人家就说说都不行吗？你好小气哦。”小花妹妹笑眯眯的，“在我心里，外面那些野草都是浮云，只有欧尼酱才是真爱。”

“少在这里卖乖，你要是这么喜欢那位船长，我不介意换个行程。”陆耀说这话的时候看起来相当认真。

陆小花一听急了，赶紧赌咒发誓：“没有，没有，没有很喜欢啦。其实仔细想想那位船长也没有很帅，皮肤那么白，像吸血鬼；眼珠子是大海的那种深蓝，看起来超级诡异的；鼻梁还那么高，不知道的还以为是房梁呢。”

看着小花妹妹一本正经地胡说八道，陆大帅哥心情瞬间变好了，弯起嘴角笑得十分愉悦：“乖。”他说着，低头轻轻吻上了她的唇。

第二日，小花妹妹去上班都是扶着腰的。陆大帅哥将她送到公司门口，还贴心地将她送上电梯，她的顶头上司，这家检测机构的创始人，人称“姚工”的姚粟看见了，忍不住打趣他俩。

“陆先生，陆太太，拜托你们俩注意点，我们这些单身狗每天看着，很受刺激的，好不好？”

陆小花看到上司，赶紧推开陆耀放在自己腰上的手，微笑着打招呼：“姚工，早。”

“你要是觉得刺激，也去找个女朋友不就行了？也不知道是谁，还拉着我去他的追求者面前演戏。”陆耀毫不留情地戳穿道。

姚栗如同失忆症患者，摆出一张茫然脸：“哪有？这是我干的事吗？小花，你看你老公，他又污蔑我。”

陆小花笑，陆耀则转身走了，表示不想搭理他。

姚栗比陆耀要年长几岁，国外某名校留学归来，跟陆耀在一个案子中结识，现在已经是无话不谈的好友了。

当然，陆小花来这家机构上班，虽然凭借的是真本事，但是面试却是陆耀安排的，毕竟当时根本不缺人。

关于这件事，两个人也一直默契地隐瞒着，就算当初透露与陆耀的关系，姚栗也十分戏精地演了一场戏。

“小花，原来你就是耀耀的青梅竹马，哎呀，真是太巧了，太有缘分了，来，为我们的缘分加班吧。”

正准备下班的陆小花黑人问号脸：“为……为缘分加班？”

前来接陆小花下班的陆耀更是一头黑线：“连加一个月的班了，小心我告你虐待员工。”

姚栗哀怨脸：“耀耀，我这也是没办法呀，我最近得了个大奖，太受欢迎了，慕名而来的人越来越多。不瞒你说，我现在什么都有，就是没时间，什么都没有，就是有钱。”

实在太不要脸了，陆耀咬牙：“不要叫我耀耀。”

“那叫你什么？难道你忘了，在情人酒吧，我们喝了交杯……”

话未说完，小花妹妹一脸惊恐地看着自己老板，又回头看身后的准老公，心瞬间碎成一片片，掩面而泣，推门跑了。

陆耀急得赶紧追上去解释：“你别听他瞎说，那是为了气走他的追求者，那个女的太黏人了，他没办法才找我演戏。陆小花，你等等……”

姚栗在他们身后充满恶趣味地哈哈大笑。当然，第二天他就被陆耀揍了一顿，并且在小花面前严肃认真地做了一番解释，陆耀才算放过他。

从那之后，陆小花算是明白了，别管自家老板工作时多么严谨，在这个领域有多牛，其实内心就是个长不大的孩子。他还有许多恶趣味，稍不留意就要被捉弄，一点都不能松懈。

陆小花跟姚栗同乘电梯来到八楼，他回自己的办公室。没多久他就将她叫进了办公室，然后神秘兮兮地递给她一个硕大的礼盒，说是要祝她旅行愉快，并嘱咐她一定要回家跟陆耀一起拆。

忍了一天的陆小花，下班就直奔回家。看见陆耀进门，她赶紧将他拉到客厅，说了礼盒的事。他一脸嫌弃："别又是什么恶作剧吧？"

陆小花一脸好奇又兴奋的表情："不管是什么，先拆开看看再说。"

陆耀脱了制服外套，松了松领带，无奈地坐下。如拆炸弹一样，他们小心翼翼地拆开礼盒，打开来，竟然没有什么异常。太没异常了，里面还是个盒子。

拆开里面的盒子，里面依然是个盒子，再打开那个盒子，没错，还是盒子……一连拆了十个盒子，拆得陆小花都已经觉得这是恶作剧无疑了，才终于看到了那份祝福——

是他们的婚前旅行要乘坐的那艘游轮的晚宴邀请函。

那是一场极具航海风的晚宴，据说十分有意思，而且一票难求，整个游轮只有十张邀请函。陆小花原本就十分想参加，却没订到位子，没想到被姚栗弄到了。

陆小花看着邀请函，虽然十分感动，但心里依旧有浓浓的"被耍了"的感觉是怎么回事？

她的老板，怕是有病。

4.

知道陆耀和陆小花要去旅行，好友们纷纷在群里献上祝福。

乐正珊：你和陆耀好好玩，工作交给我，放心。

肖行舟：你和你家欧尼酱倒是爽了，害得我要独守空房了，知道吗？

某人每天都要加班，加班，加班。

乐正珊：楼上的考研狗，不去复习，玩什么手机？

肖行舟：每天都是复习，复习，复习，什么娱乐都没有，生无可恋。

乐正珊：我上着班都能考上研，你不上班在家专职考研的，竟然挂了，丢不丢人？出门别说是老娘的人。

肖行舟：（生气的表情）你晚上回来，别想吃饭了。

乐正珊：还敢不给我饭吃，反了你了，看我回家怎么收拾你。

……

群里一群人默默不吭声，围观乐正女王调教她家的“小狼狗”，并默默为肖行舟抹一把同情的热泪。当然了，乐正珊的话确实都是真的，她上着班读着研，如今已经快毕业了，还要继续往上考。无论是工作还是学习，她都是数一数二的，大家都怀疑她是不是有八只手，毕竟普通人干着经济犯罪侦查这种繁重又烧脑的工作，回到家早累得只剩喘气的工夫了，怎么还有力气将学习兼顾得那么好？简直不是人类。

与她同类的，还有陆耀，两个招人恨的“大牲口”，是单位的宝贝，领导正偷摸盘算着将两人送去国外深造。当然了，肯定不让带家属，怕他们俩不回来了，家属留国内，算是“留人质”了。

乐正女王和她家的“小狼狗”消停了半晌，约莫是去线下解决了，其他人才敢冒头。

鲁小彤：我恨你们这么秀恩爱的，完全不考虑我们这些单身狗的感受，嘤嘤。

孟洁如：别忘了带套。

鲁小彤：孟“污”如，你太污了。

孟洁如：外出旅行自带床套，干净卫生，哪里污了？

鲁小彤：……

同样想歪了的小花妹妹捧着手机，默默红了脸。群里热热闹闹，半天没消停，但就是没见到秦菲的影子，她忍不住问：秦菲去哪了？好久没她的消息了呢。

孟洁如：去看她家二狗子了，现在应该不在国内。

鲁小彤：哼，你们这些有对象的都双宿双飞了，就剩下我们单身狗在国内孤单寂寞冷。新的一年，我一定要脱单。

孟洁如：你脱单的次数就是太多了点，但哪次都没超过一个月。整天瞎闹，闲得无聊陪我出来吃饭。

鲁小彤：你家帅帅的保镖哥哥来吗？

孟洁如：废话，既然是保镖，当然是我去哪，他去哪。

鲁小彤：（星星眼的表情）好咧，大姐大，您说去哪儿吃，一句话，小的马上就到。

接着两个人也下线了，陆小花放下手机，看着面前堆积如山的工作，叹了口气，给自己加油："为了旅行，'撸起袖子'加油干吧！陆小花。"

5.

今天下班比较晚，等陆小花离开办公室都已经十点了，来接她的陆耀已经在会客室里等了一个多小时。她提着包，踩着小高跟鞋，匆匆推开会客室的门，就见他背对着门口正在聚精会神地看着书。

工作学习两不误这种事从来都不容易，外人也只看到了成果，不知道过程，只有陆小花知道陆耀有多努力，别人等待的时候，都是玩着消消乐、跳一跳打发时间，而他永远在看书啃资料。那些让人望而却步的书籍，是他每天用半小时甚至几分钟这样的碎片时间一点一点看完的。

他看得很专注，制服都没来得及脱，坐在那里脊背依旧很直，背影挺拔硬朗，让人怦然心动。

小花妹妹小心翼翼地走进会客室，坐在他旁边，笑眯眯地托腮看着他。她最喜欢看他了，无论他在工作还是学习，或者只是在打扫卫生，都帅得让人挪不开眼。

足足过了三分钟，陆耀才看到坐在他身边的陆小花，前一刻还严肃认真的脸，瞬间变得“春风十里”。

“下班了？加班这么晚，真是辛苦了。”他摸了摸她的头，暗暗咬牙，“加班费算清楚，一毛都不能少，别便宜了奸商。”

“姚工不会少给加班费的，而且每次加班他都自掏腰包请我们吃大餐，你看，我最近都胖了。”小花妹妹扬了扬脸，将自己鼓鼓的脸颊亮给陆耀看。

陆耀看着她白皙粉嫩的脸，确实比以前丰盈了一些，白衬衣下包裹的起伏也似乎饱满了许多，思及此，又想起最近因为两个人都太忙，荒废好久的夜生活。他喉头一阵发紧，立刻合上书，握着她的手，站了起来，牵着她往外走：“光看脸，怎么知道胖没胖？其他地方也要好好检查一下才行。”

在车上陆耀先粗略地“检查”了一下，重点“检查”了嘴唇，“检查”得小花妹妹头晕眼花；回到家里，又从门口一路“检查”到卧室。一切结束之后，他才满足地抱着她，与她一起在大浴缸里泡着。

陆耀一向不是个粗暴的人，只是这次实在忍得久了点，难免有些着急。小花妹妹白嫩的皮肤上留下了淡淡的红印，如同奶油蛋糕上点缀的草莓。虽然心有愧疚，但是实在太诱人，他忍不住俯身，将“草莓”

——“吃”了。

闹腾许久，两人上床睡觉已经是十二点多。白天他们都还要上班，实在不敢再闹，都乖乖躺在被窝里，有一搭没一搭地聊天。

“明天再上一天班，就到休假日了。欧尼酱，人家好开心哦。”

“我也开心。毕竟这是咱俩第一次一起远距离旅行。”

“嗯，第一次。不过，以后肯定还会有很多次。”

“一定的。我答应你，不管多忙，每年至少陪你出去一次。”

“太好了。说定了哦。欧尼酱，我们拉钩。”

“幼稚。”陆耀笑，但还是伸出小拇指跟她白嫩嫩的小拇指缠在一起，晃了晃，然后盖章。

小花妹妹这才满意，在被窝里与陆耀牵着手，闭上眼睛含混不清地问：“欧尼酱，爷爷为什么不许我们先领证，非要一步一步来？婚前旅行，订婚，下聘，领证，然后还要办婚礼……好麻烦哦。人家就想嫁给欧尼酱，其他什么都无所谓的。”

“我也不知道。”陆耀握紧她的手，看着天花板若有所思，“但总归有他的理由吧。”

陆耀想起领证前，接到爷爷的那通电话。爷爷平日里对他也很严肃，但是那日的严肃带着一种悲伤，他说：“结婚礼节是男人的承诺，是日后会好好待她的诚意。你要这样没有诚意地将小花娶进门吗？就算小花自己答应了，我也不答应。”

陆耀没把这些话告诉陆小花，他觉得羞愧，为没考虑到这一点的自己羞愧。

“你别担心，婚礼我们慢慢筹备，你要是嫌麻烦，就由我来，你就安心等着当新娘就行了……”陆耀侧头轻声说，说到一半就听到细小如猫儿般的鼾声，累极了的某人已经进入梦乡了。

陆耀无奈地笑了笑，轻轻替她盖好被子，又在她脸颊上轻轻吻了一下，说了声“晚安”，这才闭上眼睛，沉沉睡去。

第二节

起航

1.

虽然为了腾出假期，陆小花连续加了很久的班，累到能够秒睡，但是出发的当天，她还是早早就醒了，而且是从床上弹跳起来那种。她跳起来拉开窗帘，转身就将陆耀摇醒了。

“欧尼酱，起来了，太阳都晒屁股啦。”

陆大帅哥熬夜处理一份案卷资料，三点才睡下，仿佛刚闭上眼睛，就被摇醒了，心情自然不太“美丽”。但看到小花妹妹兴奋的脸，心里的那点“不美丽”瞬间烟消云散了。他习惯性地抬头亲了下她的脸颊，望了一眼床头的闹钟，早上七点。

开到机场不过一个小时，飞机起飞时间是下午两点，就算提前，也不用这么早吧？

抱怨还未说出口，小花妹妹已经欢快地跳下床，蹦蹦跳跳地去洗漱了，嘴里还直念叨：“游轮、游轮、游轮，小花船长要去征服大海啦！啦啦啦！”

陆耀哑然失笑，无奈地起身，跟着小花妹妹的脚步走进洗手间。趁着她站在洗漱台前挤牙膏的空当，从后面抱住她纤细的腰，低头亲了亲露在外面的、天鹅般修长洁白的脖子。

洗漱完毕，小花哼着歌欢快地拿出他们俩今天要穿的衣服——情侣款，海军风。穿成这样上船，可想而知有多拉风。

陆耀看着刚换好蓝白裙的小花妹妹，又看了看床上为自己准备的蓝衬衣、白裤子，他咬了咬后槽牙，说：“非要穿得这么骚气？”

“欧尼酱，你这是什么话？”陆小花板起小脸一本正经地教训陆耀，“这是海军风，海军懂吗？神圣不容侵犯的，怎么能说是骚气，小心我逮捕你哦。”

陆耀扶额，无奈地换了衣服。他看了看镜子里的自己，接着就听到陆小花惊艳的欢呼声，的确，他穿这套衣服很帅，但是……实在太引人注意了，特别是跟恨不得背个船桨在身上的陆小花站在一起，一定会引起围观的……他压力好大。

一切准备就绪了，两人提着行李，伴着陆小花哼唱的节拍下楼，刚到楼下就看到了陆耀的爷爷那辆牌照惹眼的黑色轿车。

爷爷的司机站在车前，看到陆小花和陆耀后赶紧招手叫他们过来，然后转身打开车门。陆老司令这才慢悠悠地从车上下来，看到陆小花，平日里严肃的面孔上满是慈祥的笑：“小花今天穿得真漂亮。”又看自己孙子，脸顿时又绷了起来，“你看你，穿的那是什么？骚里骚气的。”

明明是情侣装，陆小花穿着是漂亮，他穿就是骚气，偏心也太明显了好吗？

陆耀在心里翻了个白眼，但嘴上也并不敢说什么，只是皱眉问："您怎么过来了？不是说了不用过来送的吗？"

"谁要送你？"陆老司令眉毛一横，目光转向陆小花后秒变慈祥脸，"我是来送我们家小花的。"说着拉着陆小花上车，神秘兮兮道，"小花，来，爷爷有件事要拜托你。"见自家孙子伸长脖子试图偷听，眼睛一瞪，"外面等着，不许偷听。"然后对司机吩咐道，"小肖，你看着他。"

小肖应了声"是"，将陆耀拦在一旁，抱歉地笑道："老司令不想让你知道，你就躲远点吧。我猜啊，肯定是让帮着带什么特产送老战友，又怕被你知道了难为情。"

陆耀"嘁"了一声，嘴硬道："我还懒得知道呢。"说着就去旁边的树下等着了。虽然他嘴上说不想知道，但心里还是十分好奇，眼睛时不时地往车里瞟，又怕被小肖看到，躲躲闪闪，纠结得很。

足足过了半个小时，车门才打开，小花妹妹红着眼圈从车上下来，怀里紧紧抱着一个东西。她下车对陆老司令鞠躬："爷爷，您就放心吧，我保证完成任务。"

陆老司令没有下车，轻轻说了声"乖"。那声音，若是陆耀没听错的话，竟然是带着颤音的。

颤音？他家老爷子说话怎么会有颤音？

他可是真刀真枪上过战场的老司令啊，一辈子都挺着脊背，梗着脖子。如山如松般硬朗的老人，说话从来都是中气十足，即便生病骂起人来声音也洪亮得很，怎么会有颤音？

陆耀好奇死了，去看陆小花怀里抱着的东西。是个用褪了色的红绸布包起来的盒子，他小时候时常看到陆老司令一个人在房间里抱着那块红绸布发呆，他只要碰一下那块红绸布，就会被揍，陆老司令竟然把它给了陆小花。

虽然这种醋吃得有点莫名其妙，但是陆大帅哥骗不了自己，他此时的心拔凉拔凉的。

他果然只是个诱饵，为了将陆小花骗进家门的诱饵。

啥孙子不孙子的？他家爷爷想要的压根就是孙女。

此时的陆大帅哥，又一次对自己拥有的亲情产生了怀疑。

2.

登船地点是意大利的水城威尼斯，所以两人必须要坐飞机去威尼斯。

飞机上，陆耀沉默着，陆小花也破天荒地异常沉默。她抱着那个红绸布包着的盒子，望着窗外层层叠叠的云发呆。

陆耀忍了又忍，还是没忍住，问她："爷爷……跟你说了什么？"

陆小花竟然有些慌张，使劲摇头："没什么，没什么。"然后将怀里抱着的绸布连带着盒子一起塞进了背包里。

"我也并不想知道。"陆耀冷哼一声，戴上耳塞和眼罩，调低了座椅靠背，睡觉。

威尼斯的风景还是很美丽的，但是陆小花和陆耀小时候就来过，并没有多兴奋，再加上两个人都有心事，根本也没怎么玩。

威尼斯市水上城市，整个城市由一百一十八座小岛组成，一百七十多条运河像蛛网一样遍布整座城市，出门全靠船。小花妹妹和陆大帅哥当然也不能免俗，要么乘坐公共汽"船"，要么就要打的，当然"的士"也是船。小花妹妹小时候第一次来，就指着妈妈拦下的"的士"哈哈笑："船，哈哈哈，这不叫打的，这叫'打船'。"

他们这回“打船”不像之前那么傻乎乎了，小花妹妹熟门熟路地跟狡猾的“威尼斯商人”讨价还价，她说的是英语，也不管人家听不听得懂。

“到海港也就五分钟路程，你想要我六十欧？太黑了，告你敲诈哦，三十欧，最多三十欧。”

见“威尼斯商人”一脸茫然，陆耀就知道这位“的哥”根本听不懂陆小花怪腔怪调的英语，只好用上了自己会的全部意大利语，最终成功将价格砍到了三十五欧。

到了海港，看到他们即将要乘坐的游轮，两人之间的紧张气氛才算烟消云散了。

游轮公司的广告并没有一丝水分，真实的游轮就如广告上看到的那般华美壮观。小花妹妹开心地挽着陆耀的胳膊蹦蹦跳跳：“好帅，好帅。人家好想跟它结婚。”

“跟游轮吗？”陆耀失笑，“上次是看上了人家的船长，这次干脆连游轮本轮都不放过了吗？”

“人家就是喜欢大海啊。”小花妹妹张开双手，拥抱着海风，回头望着陆耀笑眯眯，“也喜欢欧尼酱。”

虽然不是第一次被表白，但是听到这样的话，陆大帅哥心里还是甜甜的，忍不住上前去揽着她的腰，皱眉道：“别感叹了，要排队办手续了。”

船长就站在扶梯旁，跟每一位登船的游客打招呼。陆小花看见船长真身，更是控制不住自己的洪荒之力，上前求了好多合影，只不过帮着拍照的陆大帅哥的脸就很臭了。

拍完合照，船长瞟到陆小花手上的船票，冲着小花妹妹微微一笑，用流利的中文说：“很期待在晚宴上看到你。”

能够拿到晚宴邀请函的人很少，所以船长应该是已经记住这趟旅行中所有拿到邀请函的游客了。

陆小花兴奋地挥着手上的船票："我去的，一定去的。我能穿船长制服吗？"

"不不不。"船长微笑，"船长只有一个，那就是我。"

"嗯嗯，那我打扮成其他人。"陆小花双眼发光，还准备跟船长继续说话，被黑着脸的陆大帅哥拖走了。

小花妹妹摆出"尔康手"："船长大人，我们宴会上见。"

陆大帅哥此时真想将当着他的面就敢勾搭其他男人的陆小花按在甲板上，狠狠地揍一顿。

3.

去房间放好行李，陆小花迫不及待地察看了房间的每个角落。

其实房间并不算多么奢华，就像星级酒店的双人套房，只是布置得十分精巧，处处充满了大海的风情。床头上装饰的做旧渔网和船锚，特别有航海之家的风范，就连床单也是航海风的，毛巾叠成帆船的形状，摆在床上……这一切一切都让陆小花爱不释手，举着手机"咔嚓咔嚓"拍个不停。

拍了照片当然要发朋友圈，她立刻收获了许多点赞和表示羡慕的评论，大多数人都在打听游轮的状况，表示有空也一定坐游轮出海度假。唯独秦菲，惊讶地给她评论：小花，你的房间跟我现在待的房间好像哦。

小花妹妹露出"姨母笑"：听说你出国去看二狗子了，说，你俩现在在哪浪呢？

秦菲：在意大利，他最近休假，要带我出去玩，我在游轮上，刚登船。

小花：我也在游轮上。

秦菲：皇家公主号？

小花跳了起来：Me too，你在哪个房间？

秦菲：301。

小花心想这不就在对面吗？于是她起身跑去敲门，开门的果然是秦菲。秦菲手上举着手机，鼓鼓的包子脸上满是错愕，愣了半天才回过神来。

“真的假的？我们竟然住对门？”秦菲大叫。

陆小花扑上去抱住了秦菲：“缘分啊，秦哥，好久没见，人家想死你了。”

这话是真的，秦菲顺利考上了公务员，小花却落榜了，之后两人都忙着工作，确实有三四个月没见面了。

秦菲把手机塞进衣袋里，也回抱住陆小花：“我也想你。我们真是够有缘的。”

“是的，是的。有缘千里来相会，秦哥，今晚跟我睡吧？”陆小花还在兴奋中。

“好啊，好啊，我带了好多好吃的上船，今晚我们边吃边聊，不撑不睡。”秦菲也好开心。

跟着小花的脚步走出房间的陆耀听到这句话，脸顿时一黑，抬头看到秦菲身后站着的清秀男人，两人四目相对，同时读懂了对方眼中的潜台词：来吧，战友，一起拆散这两个女人。

陆小花和秦菲腻歪了许久，才想起来自己身后还站着两个互相不认识的男人，赶紧收起腻歪，给他们互相介绍。

“这是我家欧尼酱，大名陆耀，市局经侦科的。”陆小花指着陆耀，对二狗子……不，不，对周至嫣然一笑。其实陆小花跟周至也就见过几面，并没有过多交谈过，但架不住她本就是个自来熟，早就把周至当成了 303 的女婿，并在心里把他划分为自家人那一类。她介绍完周至，又转头对陆耀介绍：“这是秦哥的男朋友，二……咯，咯，周至，在国外名校深造中，说起来你俩的专业还有许多相同之处呢，应该有很多共同语言。”

可不是吗！一个学经济的，一个是经侦，学经济的若是利用自己的知识干了坏事，可不就得经侦出马拿下吗！

两人对视一眼，周至朝陆耀伸出一只手：“陆警官你好，以后还请多多关照。”

陆耀回握：“你好，你好，以后千万别落我手里。”

然后两人同时笑起来，也不知道是不是由于他们喜爱的人彼此相爱的原因，他们两个大男人看彼此竟也十分顺眼，目测能够成为好朋友。

四个人都是刚刚上船，排队耽误了很多时间，都没有吃中饭，就相约一起去喝下午茶。秦菲一听有吃的，十分开心，振臂欢呼：“终于能吃饭了，听说船上的自助餐非常好吃，我要去见识一下。”

陆小花满脸期待：“又可以见识下秦哥的实力了。”

周至晃了晃手里的船卡，对秦菲宠溺地说道：“如果自助餐吃不饱，还可以刷卡点餐，尽管吃，我现在已经养得起你了。”

秦菲本人反倒有些不好意思起来，挠挠头，干笑：“今天第一天上船，我还是少吃点吧，给餐厅的服务生和厨师留个好印象。”

唯独只有陆耀不明所以，他之前也听陆小花说起过，秦菲是小有名气的网红主播大胃王，但在他的认知里，人的胃就那么大，再能吃能塞下多少食物？自助餐都不够吃的，那是饕餮。

但很快，陆耀就见识到了人类的无限潜能。

那一日，这间赫赫有名的海上餐厅的厨师，也终于感受到了“被秦菲统治的恐惧”和烹饪速度赶不上食物被消耗速度的屈辱。

等他们离开餐厅，厨师和服务生集体来到餐厅门口，鼓掌欢送。陆耀捏着陆小花的手，眼神复杂，看着身边揽着秦菲、面色如常的周至，着实佩服他的淡定。

这小伙子，来日必成大器。

4.

吃完饭，两个女生提议去甲板上游泳。

“吹着海风游泳，想想就很美。”

“是啊，是啊，你带泳衣了吗？”

“笑话，出海怎么能不带泳衣！”

“走，去换。”

两个女生叽叽喳喳，兴奋地讨论着，两个男人跟在她俩后面，同时露出宠溺的笑容。

陆耀有点担忧地问周至：“秦菲……她吃了那么多，去游泳真的没问题吗？”

毕竟吃太饱的话，不适合做剧烈运动，这是常识。

周至摇头：“没问题的。她今天吃得不算多，应该也就六分饱。”

陆耀只觉得胸口有点闷，暗暗吞下一口老血。看来他还是低估秦菲的实力了，怪不得303的姑娘都叫她秦哥，在吃这方面，她确实是大哥。

两个女生回房间换了泳衣，然后便一起去甲板了。甲板上不但有游泳池还有按摩池，休息区摆着白色的躺椅，躺椅旁撑着遮阳伞，很有热带风情。休息区的旁边还有酒吧，可以点酒水、饮料喝。人们可以一边喝着饮品，一边躺在躺椅上，吹着海风，欣赏海景，十分惬意。

此时天色尚早，却已有许多人在这里玩闹了，无论是休息区还是泳池里都有人。陆小花和秦菲手拉手，脱掉罩衫，齐齐跳进水里，然后扑腾着朝对方脸上泼水，哈哈大笑。

相比起来，两个男人就矜持多了，点了酒水在休息区聊天。

“晚上她们两个说要一起睡。”陆耀喝了一口威士忌，目光深邃地望向远方。

周至喝的是汽水：“呵呵。”

陆耀心领神会：“我也觉得不妥。你有对策吗？”

“灌醉。”

“那要是灌不醉呢？”

“打晕。”

陆耀看着淡定的周至，惊讶挑眉，心想：这小伙子果然是干大事的人。

陆耀笑：“英雄所见略同。”

两人击掌。看着自家媳妇，同时露出“邪恶”的笑容。

5.

然而并没有走到打晕那一步，甚至连灌醉都不需要，因为陆小花和秦菲两个人兴奋过头，晚饭后在顶层的迪厅喝高了。

约莫是身边的人是全心信任的，她俩可以说是喝到人畜不分、毫无防备的地步，然后互相搀扶着去跳钢管舞，被实在看不下去的陆耀和周至，一人一个扛回了房间。

将醉醺醺的某人丢在床上，陆耀这才松了一口气，去洗手间打水，想给她洗洗。

擦洗过程十分艰难，陆小花搂着他直说胡话："秦哥，我跟你说，我今天真是太开心了，这辈子都没这么开心过。"

"我不是秦哥，是陆哥。"陆大帅哥忍着喷在脸上的酒气，语气不悦，眼神却是温柔的，"有那么开心吗？以前又不是没出来玩过。从小跟着爸妈不是很多国家都去过了吗？"

"那怎么能一样？跟爹妈旅行和跟男人旅行，怎么能一样？"陆小花继续胡言乱语，"更何况这次旅行意义不一样，这是我和耀耀结婚流程的第一步，我们终于要正式结婚了。"

陆耀手上的动作一顿。

这小妮子，原来还是在乎的，幸好自己没有仓促领证，不然真要后悔一辈子了。

这时候陆小花将唇贴在他的耳边，眯着眼睛，神秘兮兮道："跟你说一个秘密，我这次上船还有个任务，SSS级别的任务。秦哥，你把我包里的小盒子拿给我，就是那个红绸布包着的。"

陆耀心里咯噔一声，没想到会在这种情况下得知自己一直好奇的秘密，赶紧丢下毛巾去拿了盒子给陆小花。

陆小花打开红绸布，里面是个精致的妆盒，紫檀木做的，盒子上刻着双喜，像是婚嫁用品。她打开盒子，里面竟然是一沓照片。

一沓老照片，一个女人抱着一个女孩，旁边还站着一个稍大些的男孩。一张张看下来，全是这三人的照片，每一张上的人都是笑意盈盈的。

陆小花大着舌头，开始抹泪了。

"这是耀耀的奶奶，这是耀耀的姑姑，耀耀都没见过她们，我当然也没见过。这是爷爷跟我说的，因为她们好早之前，早在耀耀的爸爸还小的时候，她们就去世了。”

陆耀的惊愕简直不能用语言形容，他愣愣地盯着那沓照片，手有点颤抖。

陆小花继续说：“爷爷说他和奶奶是同学，结婚的时候，这个国家还不太平，他们连婚礼都没有。爷爷觉得十分对不起奶奶，总是许诺等一切都好了，一定给她补一个婚礼，还有蜜月旅行、婚纱照一样都不能少。

“爷爷说，奶奶一直都说没关系，无论他多久不回家，她都在默默地等。爷爷是看了信才知道，自己有了女儿，高兴得跟什么似的，回信许诺奶奶，一定会早点回家看她、看女儿，让她们等着。爷爷还说，要带着奶奶和儿女去旅行，看山看水，还要去国外。可是最终奶奶没等到爷爷回去，耀耀的姑姑也没等到，一场痢疾夺走了她们两个人的生命。

“爷爷赶回乡，就只看到了独自守在空房子里的耀耀的爸爸，手里捧着这个妆盒。爷爷最爱的两个女人，变成了祭台上的牌位。

“爷爷将耀耀的爸爸带走了，之后再没回过家，也再没机会兑现诺言了。

“爷爷说这是他不敢触碰的伤口，这么多年一直在逃避，但是现在他年纪大了，知道再逃下去，这个诺言就要被自己带进棺材了。可他还是没勇气打开盒子看奶奶和姑姑一眼，就希望我能带着奶奶和姑姑一起出来旅行，就算替他兑现诺言了。”

陆耀从小就在“男人流血不流泪”的教育中长大，从小到大也确实没怎么哭过，然而此时，却落下泪来，滚烫的眼泪止不住地流出，滴在自己的手背上。

他从未听说过自己还有个姑姑，爷爷没说起过，爸爸也从不说，那是他们心上的伤痕，无法说，不能说。

他想起小的时候，无数次趴在爷爷房门口偷看，爷爷就坐在阳光下，抱着那个红绸布包着的盒子长久静默。阳光照在爷爷的脸上，一片刺眼的光芒，他从未看清过爷爷的表情，只是偶尔能看到爷爷的手背上会有钻石般的光点在闪。

此刻他终于明白了，那不是钻石，那是爷爷的眼泪。

小花妹妹在酒醉中哭得稀里哗啦，陆耀也在默默流泪。在大海上的第一晚，两人就那么依偎着，在眼泪中，慢慢地睡着了。

直播结束，秦菲气愤脸问周至："干嘛设计我？"

"不想让他们叫你老婆。"周至倒是坦荡，心情大好地帮着收拾起直播用具，末了认真脸盯着秦菲，"能叫你老婆的只有我一个。"

第三节

小花妹妹的圣斗士

1.

陆小花自上船起，就一直心心念念的除了船长晚宴，就属希腊了，若有人问为什么，陆大帅哥必定会咬牙切齿地吐出几个字：“圣斗士星矢。”

陆小花在迷上《海贼王》之前，最迷恋的要数《圣斗士星矢》。小小年纪就整日“天马流星拳”地嚷，但若是问她最喜欢圣斗士中的谁，她肯定毫不犹豫地抛弃星矢，满眼冒星光地告诉你：“沙加，当然是处女座黄金圣斗士沙加大人，最接近神的男人。”

当年小小的陆耀对此嗤之以鼻，讥讽道：“我看不是最接近神的男人，是最接近神经病的男人，整天被你们这些精神病挂在嘴上，也真是可怜。”

陆小花哪里能容得别人污蔑她的偶像，像小老虎一样龇着牙，扑上来，将陆耀挠得一脸花。

陆耀每思及此，脸上就隐隐作痛，每次看到小花妹妹摆弄她从某宝淘来的黄金圣衣就头疼。船马上要到希腊了，陆大帅哥看着小花妹妹手里提着的沙加同款圣衣箱子，就全身发疼，十分不愿意跟这个“死中二”一起上岸。

《圣斗士星矢》在亚洲很火，在欧美国家也有不少粉丝。小花妹妹手里的箱子着实引起了不小的轰动，几个金发碧眼的老外都凑过来跟小花妹妹搭讪。

“圣斗士？天马流星拳？”

老外操着十分蹩脚的中文询问小花妹妹，几个亚洲妹子更是双眼冒光地盯着小花妹妹手里的行李箱，小声尖叫：“你竟然有这个？当初《圣斗士》游戏上线发售周边，我抢了很久都没抢到。能让我摸摸吗？”

小花妹妹大方地将箱子递给那几个亚洲妹子，回头回答那老外：“是《圣斗士星矢》，不过我这个是处女座黄金圣斗士沙加的圣衣箱子，不是星矢的哦。”

老外连连点头，与几个妹子围在一起欣赏行李箱，时不时发出赞叹：“真是太精致了，还原度好高。”

陆小花在旁边站着，听着别人的赞叹，头扬得高高的，跟花孔雀一样骄傲。

陆耀买了饮料回来，看到这一幕，哑然失笑，心想这大概就是一个中二病患者的人生巅峰吧。

“真是没白费你吃了一年的土、熬了几天夜，还给我洗了一周袜子的辛苦。”陆耀将饮料递给她，忍不住调侃。

刚才还像花孔雀一般的陆小花，听到这话瞬间蔫了，幽怨地瞪了陆耀一眼，气鼓鼓地抱怨：“欧尼酱，你好没风度，非得戳破人家吗！”

是啦。陆小花当年为了买这款行李箱，省吃俭用存了一年的零花钱，贿赂了陆耀在发售当日帮她抢货，暗暗地给他洗了一个星期的袜子。临开始她更是熬夜盯着，跟同好们研究抢货策略，比高考那阵子还勤奋。

当然，结果不负众望，也真的被她抢到了，哦不，是被陆耀抢到的。

一边嫌弃陆小花的行为太中二，另一边却打电话叫了班上一众电脑好手帮忙抢东西的陆耀，那一夜过得也真是一言难尽。

不过，当电脑跳到“付款成功”的页面时，陆小花兴奋地跳起来抱住他那一刻，他还是忍不住得意了起来。他心软得一塌糊涂，下回陆小花再求他帮忙抢什么乱七八糟的周边，依然还是会一边抱怨，一边用尽全力抢。

不为什么，能看到她满足的笑脸，他上刀山下火海也值了。

2.

在雅典卫城上岸，陆小花满眼泪花地四处张望，若不是陆耀强扯着她，不许她丢人，她没准会激动地跪下亲吻大地。

中二朝圣的心，他是不懂的，但是既然陆小花喜欢，他也不想扫她的兴。对希腊文化并没什么兴趣的他，也跟着她一起踏进了古希腊神庙的遗址。

而秦菲和周至则跟着另外的团，去探索希腊美食了。据说她早就发了预告，要直播大吃希腊美食，估计她的粉丝都很期待，而更让粉丝期待的是跟她同游的周至。

秦菲在游轮上直播时，周至偶尔露了一下脸，被有心的粉丝截图发到了她的粉丝小站和贴吧上。现在粉丝们都管周至叫“秦菲的饲主”，都在议论这位饲主大人是秦菲的哥哥还是男朋友，千呼万唤要饲主大人出镜，不过秦菲本人并不大打算让周至再出镜了，每次直播，都勒令他不许露脸。

这一次希腊街头美食大揭秘当然也是。

周至问：“为什么不让我露脸？嫌我丑吗？”

周至才不丑，他从小就是十里八村有名的俊小孩，上大学的时候多的是大小姐明里暗里对他示好，无奈他心里只想着怎么才能出人头地、多赚钱、养活巨能吃的秦菲，竟然完全看不见路上的其他花朵。

秦菲的心眼都在吃上面了，在智商方面一直被周至碾压，看他一脸幽怨，心里就愧疚了起来，连忙摆手解释：“不丑不丑，一点都不丑，我不让你露面可没有那个意思，你别乱想啊。”

“那是因为什么？我会让你掉粉吗？”明知道直播时间就到了，周至还故意问她，语气也跟着幽怨起来了。

“不是啦。”看着越来越逼近直播时间，秦菲摆好准备好的小食，想着待会自己要说的话，心急如焚，“当然不是啦，你之前不小心入镜，帮我涨了好几千的粉呢。”

“那到底是为什么？真的不能说吗？我是真心想要帮你。”周至摆出一副被遗弃的小狗脸，握住了秦菲的手，使出大招，“你不爱我了吗？”

“爱你，爱你，当然爱你。”时间已经到了，秦菲急死了，根本没注意到负责当摄影师的周至早已打开摄像头和麦克风，她的话也全部直播了出去。

趁着她还没反应过来，周至凑到镜头前，亲了下秦菲的脸颊，微笑：“我也爱你。”

直播屏幕瞬间刷爆了，粉丝大呼“虐死单身狗”，秦菲也没想到周至会来这一招，顿时脸红到脖子根，捂着脸在镜头前半天没敢抬头。

周至虽然没再入镜，却一直在旁边看着她，脸上挂着得逞的笑容。

周至宣布完主权，内心 OS：那些看着直播叫老婆的男人，你们现在明白了吧？她爱的人是我。

那一次直播，羞愤的秦菲一直没有抬头，而是默默低头吃着东西，像只害羞的小猫，而就是这种堪称事故级的直播，却刷爆了直播平台，成了直播史上的神话。

直播结束，秦菲气愤地问周至：“干吗设计我？”

“不想让他们叫你老婆。”周至倒是坦荡，心情大好地帮着收拾起直播用具，末了认真地盯着秦菲道，“能叫你老婆的只有我一个。”

秦菲的气愤瞬间化成了气泡全爆掉了，她就是对偶尔霸道起来的二狗子没有抵抗力，刚才那张认真脸，又一次成功地“苏”到她了，嘤嘤，好丢脸。

更何况，她不让周至出镜，不也是同样的理由吗？

她喜欢的人这么帅，就算是自己辛辛苦苦培育起来的粉丝们，她也是不愿意分享的。

3.

另一边，陆小花泪光闪闪地“朝拜”完自己心中的圣地，背着圣衣箱子在每个地方合影，只不过神庙神殿遗址大部分已经坍塌，只剩下几根柱子和满地石块，只有想象力丰富的人才能再次体会到它的宏伟。

比如陆小花。

“欧尼酱，在这里帮我拍一张，我要和纱织女神的寝殿合影。”陆小花站在帕特农神庙遗址前，满脸向往。

陆耀举起相机刚准备拍，陆小花就大叫“等一下”，然后放下了圣衣箱子，从箱子里抽出面纱戴在头上，摆出飘飘欲仙状。

“可以拍了。”

陆小花是著名的coser，穿奇装异服自我陶醉惯了，就算是在人海中，也能“遗世独立”，面不改色地摆着平常人眼里十分奇怪的姿势，更何况这只是区区女神姿势。

陆耀却羞耻得不行，但看着陆小花期待的眼神，他只好强忍耻辱，艰难地、认真地拍了许多照片。

不管是躺在遗址前呈陶醉状的陆小花，还是背着圣衣箱做冲锋状的陆小花，还有自导自演、嘀嘀咕咕，与她带来的圣斗士手办各种情景互动中的陆小花，都一一被陆耀拍了下来。

等这位小姑奶奶终于满意了，才放他去休息。跑马拉松都没叫过累的陆大帅哥，感觉身体被掏空，连喝了两杯冷饮，都没缓过劲来。

他实在不明白，陆小花的脸皮到底是什么做的，为什么她就一点都不觉得羞耻呢？

这可能是一门“玄学”。

陆耀在休息，陆小花就抱着相机四处拍风景，并偷偷摸摸地拿出装着陆耀奶奶照片的盒子，背着陆耀为照片和身后的景色合影。

陆耀装不知道，她拍照的时候，他就放空，或者假寐。一趟旅程下来，他的演技也是得到了质的飞跃。

晚上他们在船上集合，饭后，又一起去酒吧放松。陆小花和秦菲凑在一起，叽叽喳喳地跟其他室友视频聊天，陆耀和周至在一起喝酒，难免谈到了自家的准媳妇。

“今天怕是没吃饱。”周至看了秦菲一眼，“晚饭也吃得很少，估计半夜又要饿醒了。”

陆耀想起晚餐时，被秦菲一扫而空的那一大桌子食物，暗暗劝自己淡定，同情地看着周至：“你要多赚钱才行，否则真是养不起她。”

又想想陆小花那一大箱子的手办，折算成白花花的银子……他默默地喝了一杯酒，笑道：“我也是，要努力才行。”

然后两个学经济的人，话题开始“高大上”起来，基金、债券、投资……交流完之后，不约而同地向对方投去欣赏的目光。

“看来我是杞人忧天了，以你的能力，别说养一个秦菲了，就算到时候她再生几个小秦菲也是养得起的。”陆耀笑。

“你也是。”周至微笑，“以你的才能，不从商真是可惜了。”

“志向不同。家里人也更希望我从政。”陆耀喝了一口酒，看着陆小花，眼神宠溺，“不过，我对赚钱并不抵触，毕竟老婆花销有点大，不多准备点可不行。”

周至点头，两人碰杯，眼神忍不住又落在了各自心爱的人身上。

人生就像窗外茫茫的大海，而你便是我的灯塔，指引我前进的方向，让我充满勇气，从不惧怕狂风与骇浪。

因为我知道，我终将归来，也终能归来。

岸边有你，有花。

归来之日，花与你，都在明亮处。

那明亮便是我的归宿。

陆小花咬牙切齿，"对，一看就不是什么正经老师，明天让我去会会她。"

"你还不够她塞牙缝呢。"陆耀叹气，"听爷爷说，她以前是雇佣兵，杀人不眨眼那种。"

"啊？"陆小花瑟瑟发抖，"那……耀耀，要不……你就从了她吧。"

第四节 船长晚宴

1.

小花妹妹在很小的时候曾和陆耀一起参加过一次晚宴。

那是小花妈妈的闺密莉莉阿姨结婚举办的晚宴。莉莉阿姨定居国外，未婚夫是英国人，婚礼在英国举行的。莉莉阿姨国内虽然没什么亲人，但总有些朋友，所以就不打算再办一次婚礼，而是只举行一次晚宴，就当是答谢亲朋。

莉莉阿姨是个非常洋派的人，就算放到现在，衣品和气质也是拔尖的，对陆小花十分好，送了小花许多定制的包包和鞋子。现在鞋子小了实在穿不了，但包陆小花都还收藏着，那些包现在拿出来也十分惹眼，背着出席任何场合都不会丢脸。

那时候小花出席晚宴的穿戴也是莉莉阿姨准备的，她知道小花跟陆耀要好，为陆耀准备了一套男生穿的小西装，邀请他俩当她的花童。

陆小花到现在还记得当时他俩的打扮。她穿的是一条浅粉纱裙，有长长的拖尾；陆耀穿了一套深蓝色细格子小西装，白色衬衣，系着与她裙子同色的小领带，头发被梳理得一丝不苟。当他绷着脸，牵着她出场的时候，宴会现场欢呼声一片，闪光灯不停地闪。他俩被大人指挥着，在小小的 T 台上来回地走。

现在想来，当时大人们约莫是在逗他们玩。

陆耀回忆起那次宴会经历，总是一脸耻辱，而陆小花却觉得很甜。

绷着脸牵着她走 T 台的陆耀太帅了，而怕她被长拖尾绊倒，时时刻刻小心翼翼地帮她扯着裙子的他也太贴心、太可爱了。

出发之前他们就知道了船长晚宴要着正装。在准备礼服的时候，陆耀冷冷地嘱咐陆小花："别再穿长拖尾了，又不是走红毯。"

"听说有红毯哦。"陆小花兴致勃勃地挑礼服，"人家也想艳压群芳。"

"一个船上的宴会搞什么红毯？"陆耀嗤之以鼻，"你这身高想在欧美人的地盘上艳压群芳？遗传基因你懂不懂？"

陆小花撇嘴："欧美人又不是个个都是名模。"

陆耀不再搭理她，随手拿了套西装，算是交差。

最终陆小花选了一套颇为女神的白色长裙，还有一双红色细带高跟鞋，穿上也像模像样的，就是要露后背，高个子的人从她身边走过，甚至能看到她的股沟。

陆耀十分扎心。

"你当自己要去走奥斯卡红毯？"陆大帅哥看着那一大片雪白细腻的肌肤，暗暗咬牙，"穿成这样不觉得过分了点？"

"欧尼酱，你懂什么？这叫'输人不输阵'。"陆小花满意地看着自己后背的线条，斗志昂扬，那可是她全身最漂亮的一块地方，腰也不错，很好，很好。然后她转了一圈，自认十分女王地对导购点头，“就要这件了。”

陆耀一路上都对那条裙子耿耿于怀，终于在晚宴开始前一晚上想到了对策。趁着晚上……喀喀，她意乱情迷时，在她后背“种”了许多“草莓”。

晚宴开始前一个小时，毫不知情的陆小花哼着歌换上礼服，侧身一照镜子，看见半个后背的“草莓”顿时尖叫起来，气鼓鼓地朝陆耀瞪眼睛：“欧尼酱，你故意的。”

陆耀此时已经换上了西装，一副儒雅绅士的模样，微笑脸耸肩：“这可怎么办？”

陆小花咬牙切齿地进去换了备用的小黑裙，安全保守，不出错，但就是没法跟欧美大妞一决胜负了。

她好气。

但当她走上宴会红毯，瞬间就不气了，不但不气，甚至还想跪地感谢陆耀的恩德。

啥叫遗传基因她算是见识了，船长晚宴大概是按颜值来挑选宾客的。女宾客一个个都是大长腿，陆小花穿上十厘米的高跟鞋，还不到人家下巴，这种情况下不如老老实实地当个“霍比特人”，比较符合设定。

她就在这样的庆幸中，挽着陆耀走进了宴会会场，默默在心里流下了辛酸泪。她这种小学生级别的美貌，跟真正的女神站在一起，真的是……拼不过啊，拼不过。

2.

宾客都已入场，耳边各种语言混杂着，眼中是风情各异的美人，陆小花全程星星眼，光顾着看美人了，完全没注意到陆耀古怪的表情。

陆小花欣赏着别人，别人也在欣赏她，有位西装革履的男士过来跟她搭讪："东方娃娃，你看起来真小，这里可不适合未成年人来哦。"

陆小花长得显小，仿佛一辈子都脱不掉婴儿肥。虽然在国内被称之为萌妹，但是在欧美人眼里，像个孩子，可她偏偏最近想走女王风，最痛恨别人说她小，听到这话当时就奓毛了。

"不适合未成年人，那么就适合老年人来吗？大叔您贵庚？"陆小花牙尖嘴利起来，丝毫不饶人。

那位西装革履的绅士见陆小花生气了，约莫也意识到自己的话唐突了，连连笑着道歉："无意冒犯，女士，您看起来真的太……可爱了，实在跟这里格格不入。"

陆小花更气了，她都穿上小黑裙和十厘米的高跟鞋了，怎么还能用"可爱"来形容呢！

小花妹妹不想跟陌生人生气，转头想找陆耀评理，却无论如何都找不到陆耀的人了。

在会场小心翼翼地穿行，陆小花终于在洗手间附近找到了陆耀。嗯，跟一个腰细腿长的大美人抱在一起。

画面实在太具冲击性了，陆小花起初还以为自己看错了，连揉了几次眼睛，才确定不是幻觉，本就不美丽的心情瞬间被铺天盖地的怒气覆盖。她冲过去抬起脚，用高跟鞋狠狠地踢了陆耀一脚，转头就走。

陆耀吃痛，回头看到陆小花怒气冲冲的背影，顿时惊慌失措。他连忙推开美人，想去追她，却被美人狠狠拽住了胳膊。

那位颇有异国风情的美人，在陆耀耳边吐气如兰："陆，许久不见，你就这样对待你的恩师吗？”

陆耀回头，黑着脸咬着牙：“乔老师，我未婚妻好像误会了，我必须去解释一下。”

“未婚妻？那个未成年的小姑娘？”被叫作乔老师的美人嫣然一笑，身体前倾，“陆，你的品位真是让人着急。除了格斗，老师也要教教你别的才对，比如，什么才叫真正的女人。”

陆耀重新回到会场时，已经是半个小时之后。他的衣衫有些凌乱，气息也不太稳，慌乱地整理好领带，到处找陆小花。

然而等他找到陆小花，险些没气死。

宴会进行到一半，是船员们的表演，气氛陡然间热烈起来。那位让陆小花着迷不已的船长脱了上衣，正跳热舞，而跟他贴面热舞的东方女子，不是陆小花又是谁！

再看陆小花，规规矩矩的裙子被撕成了超短裙，袖子也撕去了一半，露着半边肩膀和雪白手臂，跟裸着上身的船长贴得那么近。陆耀看得血压都要升高了，他控制不住，冲上舞台去拽她，却被船长一把拦住。

“No，no，no，一曲还没结束，没人能带走我的舞伴。”

陆耀冷着脸想甩开他的手，却发现那位船长竟然是位练家子，根本甩不掉，失去耐心的他索性扯掉了领带，将舞池变成了格斗场。

也许是大家没想到热舞中途变成了格斗，况且是两位迷人的男士的战斗，女宾客们看得热血沸腾，鼓掌欢呼。陆小花醉醺醺地坐在地上，也跟着鼓掌叫好，通红的脸颊告诉众人，这位东方娃娃肯定是喝多了。

两人打得不可开交，一曲结束，船长却主动退出舞池，笑吟吟地冲陆耀鞠躬：“一曲结束了，你可以带走她了。只不过奉劝这位先生一句，你既然已经有了心爱之人，身上就别再沾染别的女人的香味了。”

陆耀皱眉，扛起陆小花，转身走了。

3.

陆小花足足睡了四个小时才醒，醒来已是半夜，陆耀还穿着那套西装，坐在床沿上，看着她。

她睡醒了，酒也醒得差不多了，陆耀跟美人缠绵拥抱的画面在脑海浮现，她下意识地抓起枕头就朝陆耀丢了过去。

“还没结婚就搞外遇，欧尼酱，我对你太失望了。”

陆耀接住枕头放回原处，耐心地解释：“你误会了，那是我的老师。”

“那美人看起来跟你差不多大，你骗鬼呢。”陆小花大叫。

陆耀头疼不止：“我大学的时候不是参加过一次国家级的格斗比赛吗？爷爷给我找的格斗老师就是她。她比我大八岁，比你大了至少有十岁，但是运动使人年轻，她看起来就是不显老，我有什么办法？”

听起来十分鬼扯，但的确是真的。

那位乔老师确实是陆耀的格斗老师，但是有一点他没敢说，就是那位乔老师，乔大美人，自教他第一天开始，就以勾引他、将他调教成自己裙下的小狼狗为己任。

目的赤裸，毫不掩饰。陆耀对此忍无可忍，但又无可奈何，原因无他，因为打不过啊。

刚才在洗手间门口，他之所以半个小时后才去追陆小花，也是因为足足花了半个小时才从乔老师手中脱身。跟那样的高手打了半个小时的架，他都快累死了。

陆小花看着陆耀眼中的疲惫，算是信了一半，另一半是给陆耀的爷爷打了电话，问过了之后才信的。

“她也太不要脸了，竟然对自己的学生下手，还有没有一点师德！”陆小花怒不可遏。

“她又不是正经的老师，只是受我爷爷之托教我而已，讲什么师德？”陆耀摆出无奈脸。

陆小花咬牙切齿道：“对，一看就不是什么正经老师。明天让我去会会她。”

“你还不够她塞牙缝呢。”陆耀叹气，“听爷爷说，她以前是雇佣兵，杀人不眨眼那种。”

“啊？”陆小花瑟瑟发抖，“那……耀耀，要不……你就从了她吧。”

“这么快就放弃我了？”陆耀咬牙，“说好的爱情呢？”

“啥爱情不爱情的。”陆小花把陆耀往外推，“快离我远点，别惹那位杀人不眨眼的姐姐不高兴。”

“陆小花，别闹了。”陆耀抓住她的手，“我是真的很苦恼。”

小花妹妹坐回床上，对此嗤之以鼻，醋意浓浓地说：“哼，有那么厉害的姐姐喜欢你，你得意还来不及呢！苦恼个鬼啊！”

“乔诺那种‘野生动物’，没有喜欢不喜欢，在她眼里，男人就是猎物。野生动物的狩猎本能懂不懂？”陆耀想起乔老师对他做的一切，就心有余悸。

那种女人的喜欢一般人真不敢要，毕竟一见面就来一次大比武，绞尽脑汁要激发人的生存本能。比如带他去荒无人烟的岛屿集训，将他一个人丢在满是野兽的地方自生自灭，真的让人承受不起。

而她这些变态手段并不是为了帮他赢得比赛，而是——

“雌狮只会和狮群中最强壮勇猛的雄狮交配，因为只有最强壮的雄狮才配留下后代。人类也一样。”乔大美人在某日晚餐时，举着高脚杯，优雅魅惑地笑，“而你，通过了我的测试。”

陆耀回顾这个画面时，心情一如当初般复杂，有种被调戏了的羞耻感，若不是实在打不过，他当时应该就已经掀桌了。

掀桌是不能掀桌的，但是想到他的小花，当时他的态度也很坚决，他冷着脸起身，准备离开，但是手还没放在门把手上，就被蛮力拉扯了回去。接着他的手臂被他不曾学过的擒拿技巧“蹂躏”了一番，还没回过神来，人已经趴在了地上。女王大人乔诺穿着高跟鞋踩着他的后背，居高临下，笑容柔媚：“大人还没说完话，小孩子不可以离开餐桌，这是最基本的礼仪，你没学过吗？没学过让老师来好好教教你！”

陆耀这辈子就没这么挫败过，那顿饭吃完，直接抑郁了。好在那段时间忙着比赛，根本没空回家，陆小花发现不了他的异样，他将在乔诺那里受到的侮辱，全数发泄在了赛场上，成功捧回了冠军的奖杯。

为此爷爷十分开心，觉得自己真是请对了老师，还专门摆了谢师宴。谢师宴上陆耀被爷爷逼着向乔诺鞠躬致谢，抬头时，看到她的脸上饶有趣味的笑容和赤裸灼热的眼神，恨不得从三十四楼的酒店窗口跳出去。

这么羞耻的事情自然是不能跟陆小花说的，可是不说要怎么打消她心中的疑虑呢？

陆大帅哥觉得自己此时就站在人生的悬崖边上，往前一步就是个死，于是他只好使出撒手锏——蛮横无理猛地俯身吻上小花妹妹嘟起的红唇，不许她再多说一句话。

人生第一次觉得自己像个无赖流氓。

只不过……

当流氓的感觉真的挺好。

第五节 一物降一物

1.

游轮驶入克罗地亚，小花妹妹就开始有些蔫巴。一来，她所熟知的二次元文化里，没有涉及这个国家的，她对这个国家兴趣不大；二来，她和陆耀还在冷战。

游轮在克罗地亚停靠的城市是杜布罗夫尼克，古名拉古萨，是克罗地亚最大的旅游中心和疗养胜地。不同于小花妹妹的兴致缺缺，秦菲是十分期待来到这座城市的，因为据说这里的海鲜大餐很棒，她早就做了预告，要给粉丝们做个古城下的海鲜大餐吃播。陆小花听了嗤之以鼻，吐槽道：“这一路，你好像都在吃海鲜，这里的海鲜跟其他地方的海鲜有什么不同？”

“古城下的海鲜，更有风味，更有食欲，更有浪漫的古欧洲风情，你懂不懂？”说到吃，秦菲就非常认真，一双杏眼瞪得溜圆。

“好吧，好吧。”陆小花蔫蔫巴巴地摆摆手，趴在吧台上哼哼唧唧，“我现在是看什么都没食欲。”

此时她们两人正坐在甲板上的露天酒吧里，边欣赏着大海边喝着果汁。果汁里混了龙舌兰，入口有些辣，但远比只喝果汁有味道许多。秦菲克制地小口小口喝着，担忧地看着陆小花问：“你跟你家欧尼酱还没和好？”

“和好？”陆小花冷笑，“不存在的。这辈子都不可能和好了。”

“还是因为那位乔老师？”秦菲见过乔诺，远远看了一眼，然后瞬间对陆小花产生了浓浓的同情心，她揉了揉鼻子，老实道，“都怪你家欧尼酱太万人迷了，连那种极品的女王都能吸引。”又暗自庆幸，“还是我们家二狗子好，不爱搭理人，看起来阴沉沉的，人家也就不爱搭理他。”

面对秦菲的乐观，陆小花又是一个“嗤之以鼻”，心想：那是你傻呀秦哥，喜欢你家二狗子那一款的妹子多的是，昨晚上你没看见那几个日本小美人看他的眼神吗？！

但是她没说出来，毕竟二狗子对秦菲也是忠心耿耿，不可能出轨，秦菲天真点反倒是种幸福。

秦菲见陆小花不说话，以为是自己说错话了，忙改口道：“跟乔老师比，你也不差啦，你家欧尼酱不会移情别恋的。”

“你说这话良心不会痛吗？”陆小花真诚地问。

秦菲咬着吸管，想了下乔老师混血儿一般立体的五官和让人流鼻血的身材，再看看小花妹妹仿佛从小学毕业就没发育过的身材，默默捂住胸口不说话了。

陆小花沮丧地拍了拍桌子，用英文喊酒保小哥：“给我来杯烈的。”

结果那杯烈的，成功让陆小花醉到不省人事。等醒来时，人正躺在房间的床上，陆耀坐在一旁的小沙发上看书。

陆小花头疼欲裂，嗓子干得冒火，又不想服软去喊陆耀给她倒水，就丧尸一般地往床下爬。动静惊动了陆耀，他看着缓慢爬行的她，无奈地起身倒了杯水，蹲下来递给她："要生气到什么时候？"

陆小花不理他，接过杯子将水灌进嘴里，原路爬回床上。他手里握着杯子，一步不离地跟过去，坐在床边上，委屈巴巴道："我也是受害者呀，你讲不讲理？"

他说完这句话又后悔了，陆小花什么时候讲过理？

果然陆小花还是不想理他，一转身，拿屁股对着他，以表示自己的倔强。

不讲理就不讲理吧，反正也习惯了。

陆耀起身，在她浑圆的小屁股上打了一下："还要继续睡吗？别人都上岸去玩了。"

这一下打得并不重，陆小花却抓住把柄似的，突然跳了起来，捂着屁股眼泪汪汪地控诉："你打我！你竟然打我！我要打电话给爸爸妈妈、给爷爷，说你家暴我。"

看着小花妹妹泪汪汪的眼睛，陆耀觉得这小妮子的演技又精湛了许多，不去当演员真是白瞎了一个人才。

他心里吐槽着，脸上却是无奈，坐下来看着她，叹了口气："上岸玩，给你买好吃的。"

陆小花抹抹眼泪："不爱吃！我又不是秦哥。"

"那买新衣服……"陆耀挑了挑眉，言语中满是诱惑，打开手机屏幕，"这里有古城，据说古城里有妹子穿着本国的古装拍照，哎呀，好漂亮的。

你的人设库里好像还没有过古欧洲贵族少女……”

陆小花瞥了一眼手机屏幕，眼睛立刻挪不开了，金发少女穿着纯白长裙，头上戴着白色头巾，打着白色的蕾丝伞，手里提着篮子，纯洁高贵又美丽。

是她没尝试过的人设呢。

好心动。可是又不想那么快妥协怎么办？

陆小花正纠结着，陆耀又滑动手机屏幕，上面出现了穿着本地服装的金发美少年。她一跃而起，旋风般换了衣服，背上仙人掌造型的小包，挽着他的胳膊，笑眯眯：“走吧，欧尼酱。哦，你身上的欧元够吗？要不要先去换一些？”

2.

由于陆小花和陆耀下游轮比较晚，同游轮的乘客早已自由活动很久了，游轮上的工作人员再三嘱咐，下午五点集合，务必准时赶来，迟到了游轮可不会等人。两人表示知道了，这才开始了今日的异国之行。

本来对这个国家并没有太大的兴趣，但是来到古城，陆小花就彻底改观了。这是座非常漂亮的城市，古城里完整保留了十四世纪的药房、修道院，还有大公府，建筑风格也是多样化，有罗马风格的建筑，也有哥特风格的，有些则带着明显的文艺复兴时期的痕迹。

陆小花对建筑其实并不是太了解，就是觉得很漂亮，陆耀偶尔会看些建筑类的杂志，虽然不是建筑迷，但也懂得欣赏它们的美，忍不住拿出相机来拍个不停。

等陆耀拍了许多照片，陆小花才回过神来，拉着他急匆匆地嚷：“买衣服，买衣服，快找找哪里有裁缝店。”

一般的服装店自然不会卖完全古式的衣服，陆耀用英语一路询问，找了足足两个小时才终于找到了一家裁缝店。

那家裁缝店藏在古城巷子的角落里，若不是当地热心的妹子指引，他们可能永远都找不到。

那位引路的本地妹子拥有一头金色的长发，皮肤雪白，英语生硬但是足够交流，她看着陆小花，双眼放光：“你长得好像中国年画上的娃娃，可爱。”

陆耀想着年画上的胖娃娃，忍不住笑出声来，陆小花却笑不出来，默默地捏了捏自己脸上的肉，决定回去就减肥。

走进裁缝店，妹子熟门熟路地用克罗地亚语喊店主。胖胖的、穿着复古的店主走出来，两人说了半天，店主看向陆小花和陆耀，微笑着点了点头，说了一句话。

金发妹子翻译道：“伊万大叔说，你们来找他真是找对人了。”又补充道，“伊万大叔手艺好，价格也公道，比很多华而不实的名店要好多了，我们自己都爱找他做衣服。”

小花妹妹开心地点头，已经被墙上琳琅满目的本国服装图片迷住了。伊万大叔看着小花着迷的样子，慈祥地笑起来，对金发妹子说了几句话，妹子转头对小花翻译：“伊万大叔请你们进去挑选，里面有一些成品，如果不喜欢成品，定做也可以。”

小花妹妹就拽着陆耀的手，跟着伊万大叔走进店里。他们进了一扇雕刻华美的门，里面是伊万大叔的工作室，有个很大很长的衣架，上面挂满了成衣，还有一些木质的男女模特，穿着做好的服装站在那里。

伊万大叔制作的克罗地亚服装多用绸缎，男装有短外套、披风，腰带上装饰着制作工艺复杂的闪亮金属，十分精美，还配有软靴。女装更多是有着刺绣和花边的褶裙、披风，精致而美丽，充满着异国风情。

“耀耀，你看这套衣服好适合你。”陆小花站在一个男模特身边，指着他身上的服装嚷嚷，“你穿上一定很帅。”

陆耀瞥了眼那套古欧洲骑士般的装扮，兴致缺缺，但是看到陆小花亮闪闪的眼睛，又不忍心拒绝：“陪你拍完照就脱。”

陆小花笑眯眯：“欧尼酱，你最好了。”

对于小花妹妹拍马屁的行为，陆耀本想嗤之以鼻，毕竟几个小时前她还在闹别扭，但是不知道为什么嘴角却不自觉地上扬了。

哼……夸他“最好了”的小花妹妹，真是……太可爱了。

3.

片刻之后，两个中国人化身为克罗地亚国美少年、美少女，手牵手走出裁缝店。金发妹子忍不住对着他们连连拍照，还说：“你们就在这个古城游览，不出去吧？我也要回家换衣服，叫上我的朋友们，大家一起拍照，我的朋友们颜值都很高哦。”

听说有颜值高的朋友，陆小花早已按捺不住，使劲点头，并且交换了联系方式。之后她才想起来去看陆耀，他也不想扫了她的兴致，只是指指手表，无奈地提醒：“我们要五点钟之前回去。”

陆小花根本没在听，朝着金发妹子消失的方向踮脚招手：“快点回来哦。我等你。”

金发妹子走了，陆小花便挽着陆耀在古城里闲逛，顺带着四处拍照。

古城里游客很多，来自世界各地，肤色不同、语言不同。但是大家

招聘须知：

①身高185cm、五官精致、皮肤细腻。

②忠诚度高，不和婚外（咳咳，工作外）的人暧昧不清。

③上得厨房、下得厅堂，能换灯泡，能修马桶。

④一起相处，要让我感到心安。

⑤爱工作，也要爱我。

⑥保持日常夸我频率。

⑦给我浪漫和惊喜。

⑧工作不拘小节，对我体贴入微。

看到盛装的小花妹妹和陆耀，都纷纷停下脚步，用相机对着他们。

对于这种待遇，陆耀十分不习惯，不是臭脸就是扭头，而经常参加漫展的小花妹妹却早已对镜头习以为常，娴熟自然地摆着 pose，还拉着他互动，结果换来的是更多的镜头和更多人的围观。

足足折腾了一个多小时，人群才散去。陆耀身心俱疲，感觉身体被掏空，小花妹妹却还是生龙活虎地四处摆拍，直到肚子传来一声响亮的“咕”。

陆耀斜眼看她，挑眉笑：“饿了？”

小花妹妹连连点头，揉了揉扁扁的肚子，卖萌道：“欧尼酱，求投喂。”

陆耀冷哼：“还以为你是什么千年的相机镜头成精，吃闪光灯的光就能填饱肚子呢。”吐槽归吐槽，他显然不舍得饿着她，看旁边有几家餐厅，挑眉问她，“想吃什么？”

小花妹妹笑嘻嘻地指着不远处的热狗摊：“热狗、薯条、可乐，肥宅套餐来一份，谢谢欧尼酱。”

陆耀看着小小的热狗摊，又看看雅致的海鲜餐厅、意大利餐厅，对小花妹妹的品位十分不解，不过既然她想吃……好吧，他表示妥协。

于是陆耀去买“肥宅套餐”，小花妹妹继续举着自拍杆跟她喜爱的街边摆设拍照。她拍得正开心，身体猛地被拉扯了一下，整个人都被拖到地上。等回过神来，仙人掌小包已经被抢走了，一个黑黑壮壮的男人正拼命朝巷子里奔跑。

为了躲避拍照的人群，陆耀拉着陆小花躲在人比较少的街道，因此这一幕并没人看见，陆小花下意识地尖叫：“耀耀……”

陆耀回头，看见跌倒在地的陆小花和拿着仙人掌小包奔跑的男人，立刻明白了是怎么回事。他急忙冲过来先将陆小花扶了起来，上上下下打量：“你有没有事？有没有受伤？”

“别管我了，耀耀，包，快去追包，护照，房卡，都在里面……”陆小花急得语无伦次，连连推着陆耀。

陆耀确认陆小花没事，才松了一口气，指着路边的长凳说：“你在这里待着等我，别乱跑。”

说着他转身去追那抢包的男人。

陆小花听话地坐在长凳上，看着陆耀远去的背影，心里满是担忧，可她手机也在包里，根本没法报警，只能用英语朝过往游客求助：“我需要帮助。我的包被抢了，请帮我报警。”

终于有知道当地报警电话的游客帮忙报了警，警察来之前，陆耀回来了，空着手，有些懊恼：“我对这里不熟悉，追丢了。”

陆小花冲过去抱着陆耀，安慰他，也安慰自己：“没关系，我们人没事就好。我报警了，警察会帮我们。”

这个时候，那个跟陆小花约好了一起拍照的金发妹子跑了过来，已经换好了一身纯白的传统服饰，看到沮丧的陆小花，担忧地问：“怎么回事？”

陆小花把自己被抢的经过告诉她，金发妹子气得半死，用生硬的英语骂：“这群毛贼，真是丢我们国家的脸。”又转头安慰陆小花，“别担心，我爸爸在警局工作，他会帮你的。”说着她便要打电话，电话还没拨出去，就听到一个浑厚的男低音用克罗地亚语说了一句什么，金发妹子回头，开心地朝男人奔了过去。

陆小花和陆耀和朝那边看，是一辆警车，警车上走下来三个身穿本地警局制服的高壮男人，其中一个男人正跟金发妹子说话。金发妹子长得和他有点像，指着陆小花义愤填膺地说着什么。

接着几个人朝这边走过去，金发妹子充当翻译，对陆小花说：“这是我爸爸，他和他的同事会帮你们的。”

金发妹子的警察爸爸说了几句话，金发妹子继续翻译：“我爸爸问你们，那个抢匪有什么特征，身高、体重、肤色、发色，越详细越好，我爸爸会通知城里所有的巡警一起抓人。”

陆小花其实也记不太清楚，因为一切发生得太快了，倒是陆耀还记得一些：“棕色皮肤，黑发，约有一米八，身材偏瘦，穿着格子上衣，黑色裤子。”

金发妹子将这些翻译给她的警察爸爸，然后警察爸爸跟同事们交流了一番，将陆小花和陆耀带回警局录口供。

金发妹子也陪着去了，因为他们是中国游客，被抢之后护照和其他有效证件全部丢失了，又很可能会错过原本乘坐的游轮，警局不得不联系了大使馆。使馆来了一位工作人员，核实了陆小花与陆耀的身份，给他们补办了临时护照。

护照要第二天才能办下来，而抢匪也没找到，也错过了游轮起航的时间，小花妹妹和陆耀只能凄惨地滞留在这座城市，等着临时护照办下来。

这实在不是一件让人开心的事，金发妹子也表示很同情，同时又十分积极地想要让小花妹妹心情好一些。

“反正你们现在能做的只有等，不如我带你们去玩吧。我的朋友们都很好客，他们看到你们一定会很开心的。”金发妹子眉飞色舞地说。

确实是太倒霉了，但是一直沮丧着无所事事不是小花妹妹的风格，她拉着陆耀问：“好不好啊，耀耀？我想跟他们去玩。”

陆耀叹了口气，能怎么办呢？既来之，则安之吧。

4.

小花妹妹和陆大帅哥没有赶上游轮，秦菲和乔诺纷纷打来电话表示担忧。

秦菲没拨通小花妹妹的手机，就用二狗子的电话打了陆耀的手机，听闻小花妹妹的包被抢了，惊得几乎从椅子上跳了起来，大嗓门嚷：“那小花有没有事？她那身高在欧美男人身边就是个手机挂件，她有没有受伤？”

陆耀满脑子都是陆小花变身“手机挂件”的场景，憋笑憋到内伤，将手机递给陆小花。而在一旁的她早已听到了秦菲的大嗓门，翻了个白眼说：“你才是手机挂件，你全家都是手机挂件，我有那么迷你吗！”

“声音听起来很有精神，看来是没事。”秦菲在电话那头嘿嘿笑，“那你们接下来怎么办？有没有联系大使馆？”

小花妹妹将后续的事情说了一遍，表示顶多滞留一天，明天就能离开了，并说：“我们明天估计从这里直接飞回国，国内见吧。”

挂了电话，乔诺的电话紧随而至，小花妹妹看到来电显示就抓狂，将手机塞给陆耀，没好气道：“你家乔老师。”

陆耀听到这个称呼，脸色并不比小花妹妹好到哪里去，磨蹭了半天才接通电话。

“陆，你在哪里？”

陆耀深吸一口气，尽量让自己的声音听起来礼貌又冷漠：“我误了游轮集合时间，恐怕回不了游轮了。”

“那真巧，我也没回游轮。正好和你会合，彼此有个照应。”乔诺幽幽笑起来，笑得陆耀脊背发凉，赶紧把电话挂了。

陆小花见陆耀一脸见鬼的表情，奇怪地问：“怎么了？你家乔老师说了什么？”

陆耀一声不吭，拖着陆小花就往小巷子里钻。

他要藏起来，藏得越深越好，绝对不要跟那个女魔头碰到面，毕竟这人生地不熟的，谁知道她会干出什么事来？贞操……不，不，安全要紧，安全要紧！

金发妹子要带小花妹妹去的地方就在古城巷子里，正合陆大帅哥的心意。等到了地方，他打开门却又后悔了，这里简直就是陆小花所在的cos社团的升级版。

说升级版其实也有些委屈这个地方，因为这里实在太酷了，即便是不热爱二次元的直男陆耀都忍不住看直了双眼。

这里看起来像个废弃的仓库，做了许多改装，看起来像是机甲战士们的堡垒，因为背景太炫酷了，所以走在其中的穿着奇装异服、肤色各异的男男女女并不显得太奇葩。

小花妹妹显然被眼前的一切惊呆了，要知道就算是之前参加过顶级的COS大赛，也没看到过制作如此精良的道具，更何况是将道具融入装修中。这里的金属片并不是涂成银色的纸壳，而是真实的金属片。

“这里……实在太酷了……怎么做到的？”小花妹妹语无伦次。

“我们有秘密武器。”金发妹子骄傲道，“他无所不能。”

她说这话时用到了“他”，很明显，这个秘密武器是个男人。

她们正说着话，一个穿着《星际迷航》宇航员制服的黑人少年走了过来，用英语跟她打招呼：“嘿，驯鹿，又带新朋友来了？”

“是的，卫兵，我在城里遇到他们，他们遇见了可怕的抢劫，护照和证件都被抢了，在大使馆发下临时护照前，由我来照顾他们。”被叫作驯鹿的金发妹子骄傲脸，“我未来可是要接爸爸的班的，照顾好每一位客人是我的职责。”

卫兵耸肩：“当然，当然，谁都知道你是未来的警长大人。”说着目光移向陆小花，友善地打招呼，“嘿，我是卫兵，你们怎么称呼？哦，不必说真名，我们在这里可以随心所欲地变身自己喜欢的角色。”

小花妹妹熟门熟路，笑眯眯道：“我叫小花，这位是我的哥哥……”介绍到陆耀，小花仔细地想了一下他喜欢的动画角色，想了半天，终于想到了，“黑猫警长，请叫我哥哥黑猫警长。”

陆大帅哥的脸瞬间黑了半边，他这么大的人了，叫他黑猫警长？他不要面子啊？而且兄妹是什么鬼？

于是他冷着脸改口道：“我叫陆耀，并没有想要成为的角色，我自己就很好。”他并没有戳穿小花妹妹，他估计这小妮子心里还在介意乔诺的事。

“酷。”卫兵赞道，就连驯鹿也摆出迷妹脸鼓掌，并小声问小花妹妹，“我一直以为你们是情侣呢，原来是兄妹，你哥哥好帅，有女朋友吗？”

小花妹妹瞬间拉下脸来，做母鸡护食状拦在陆耀身前：“不要打我哥的主意，他是回国就要结婚的人。”

“好吧。”驯鹿耸肩，不无遗憾地看了一眼陆耀，撇嘴道，“我带你们去见其他人。”

驯鹿带着小花妹妹和陆耀在“堡垒”里转了一圈，认识了“甘道夫”“钢铁侠”“雷神”。小花深深地感觉到中西方二次元文化的差异，不过大家都有着对二次元文化的热情，很快就打成了一片。最正常的陆大帅哥，在这中间，竟然显得怪异无比。

陆耀实在不想要加入这群“妖魔鬼怪”，看他们连猜带蒙加比画地交流。他四处张望，偶然看到一直关着的舱门打开了，一个身材高大的男人从里面揉着眼睛走了出来。那男人看起来十分邋遢，一身白大褂，头上戴着焊接用的护具，看不清长相，从装扮上来看，扮演的约莫是……科学怪人？

见陆耀盯着“科学怪人”看，驯鹿忙介绍：“他就是我们的秘密武器哦，查克博士。”

“查克博士？”陆小花对那位被称之为秘密武器的“科学怪人”，瞬间来了兴趣，眨着星星眼问，“哪部作品里的人物？”

“不不不，博士跟你哥哥一样，并不玩角色扮演，他就是他自己。”驯鹿小心翼翼地说，“查克博士起床气很重，我们还是先不要跟他说话了。”

“这个时候……起床？”陆小花点点头，压低声音问。现在可是晚上七点。

“查克博士的作息……与众不同。”驯鹿一脸崇拜，“他真的很聪明。嗯，就是有些穷，被学校赶出来后，无处可去，我们才收留他住在太空船里的。当然，贫穷无罪，更何况他的大脑是无价的宝物。”

被驯鹿这么一说，小花妹妹瞬间对这位流浪汉博士更好奇了。

陆耀也十分好奇，他好奇的是，这位博士刷牙的时候竟然也不摘掉护具，就将护具掀开一角，牙刷伸进去刷。那么洗脸呢？

很快他的好奇就有了答案。这位博士根本不洗脸——刷完牙就去桌子旁烤吐司吃了，且吐司切得十分方正，每一条线都像尺子量过一样笔直。

目瞪口呆的陆家兄妹让驯鹿有些不好意思，忙替查克教授解释道：“教授是有些怪癖，但是哪个天才没有怪癖呢？教授是天才！我们这个堡垒就是他亲手改装的，之前这里只是个普通的仓库。”

“哇！”

小花妹妹发出惊叹声，看查克教授的眼神瞬间又多了几分崇拜，看得陆大帅哥怒火中烧。

既然这个小妮子喜欢博士，那他是不是也要考虑继续深造，拿个博士学位，拴住她的心？

5.

查克博士怪异的日常让小花妹妹看得津津有味，然而这种平静很快就被一阵急促的敲门声打破了。离门最近的卫兵跑去开门，随即发出一声惊艳的欢呼：“热辣的美人。只不过……你是不是走错地方了？这里不是酒吧，没有伏特加，也没有 DJ 和钢管舞……”

话音未落，卫兵已经被推开，乔诺充满挑衅的声音在堡垒中响起：“陆，我知道你在这里。”

这个声音让陆耀一个激灵站了起来，陆小花又气又怕，一边缩脖子一边咬牙，驯鹿不明所以，问小花妹妹：“你朋友？好粗暴。她应该向卫兵道歉。”

“不是朋友，是……是……”小花妹妹咬牙，不敢发出太大声音，更不敢说她坏话，“是……老师，我哥哥的老师。”

话音未落，乔诺已经来到陆耀跟前，雪白的手臂搭上他的肩，笑得风情万种：“陆，你穿成这样真是性感。”

这赤裸裸的眼神和语气，让驯鹿倒抽一口凉气，对小花妹妹嚷嚷：“她在骚扰自己的学生，这是犯罪。”

“犯罪？”乔诺走过来，捏住驯鹿的下巴，眯起眼睛笑，“小美人，要不要老师教教你什么是真正的犯罪？”

驯鹿心狂跳，生平第一次被同性撩到了，竟然迷迷糊糊地点了点头。

乔诺满意地放开她的下巴，点了点她的额头：“乖孩子，改日老师有空了一定好好疼爱你。”

这羞耻的台词、赤裸热辣的眼神让小花妹妹目瞪口呆，而此时的驯鹿仿佛中了魔法一样，对着乔诺星星眼，一副痴迷表情。小花妹妹吓得慌忙伸手使劲晃驯鹿，大声叫她：“驯鹿，醒醒，驯鹿，驯鹿！”

处理好了打抱不平的小姑娘，乔诺又来到陆耀身边，挑眉笑道：“陆，听说你回去就要结婚，有没有想过我的感受？我可是很久之前就对你表达过我的心意，你并未拒绝我，这样是不是有点水性杨花？”

“什么？”小花妹妹立刻抓住了重点，“并未拒绝？欧尼酱你……水性杨花！”

陆耀冤枉死了，对着乔诺咬牙切齿。

天知道，她说的“表达心意”和“并未拒绝”是个什么情况！

那是集训快结束的时候，乔诺对陆耀说：“陆，老师我看上你了，跟我打一场，你若赢了便是拒绝，输了就是同意。”

陆耀刚绕操场跑了十圈，又连续做了一百个俯卧撑，还有她要求的体能练习，气还没喘匀她的拳头就已经上来了，结果……当然是输了……

乔诺得意地笑：“我就知道，没有男人能拒绝我。”

直到那时，陆耀才看清乔诺的本性，她有实力且并不介意使诈。她知道要是给他足够的体力，他一定会为了拒绝她拼尽全力，对一个拼尽全力的人，她并不是很有把握百分百战胜，所以这之前才故意为难他，消耗他的体力。为了达到目的，她是可以不要脸的！

够强、够奸诈，所以她一直都是无敌的。

陆耀不想为曾经的失败找理由，输了就是输了。他看了一眼河豚一样气鼓鼓的小花妹妹，推开乔诺放在自己肩膀上的胳膊，郑重道："再打一场，要是我赢了，你从此不要再纠缠我，行不行？"

乔诺，纤长的手指挑起陆大帅哥的下巴，笑得像个要强抢"良家妇男"的土匪："再打十次，你也赢不了。"

小花妹妹被乔诺这个动作气炸了，竟敢在她面前调戏她的男人……嗷呜……好想咬死乔诺……

小花妹妹这边想咬人，另一边立下赌约的两个人已经摆开了架势，分分钟打得不可开交。

乔诺训练过陆耀一段时间，对于他的身体条件、身体素质、打击力度都了如指掌。他为了打败她，也认真研究过她的套路，已经比当初当她的学生时要强很多了，因此两人打得难分上下，让围观人群都捏了一把汗。

可是过了一会，乔诺开始占了上风，陆耀越打越吃力，为什么呢？因为乔诺的路数开始不讲理了，知道陆耀是君子，便总是故意把胸往前挺，或者抬腿露出底裤。她十分享受陆耀吃瘪的样子，根本不在乎什么尊严。也许这就是雇佣兵的本性，为达目的，是可以不择手段的。

驯鹿被乔诺帅气的身影迷得不行，连连鼓掌："哇，女王太厉害了。"

小花妹妹一边担心着陆耀一边气鼓鼓地大喊："卑鄙……耀耀，你也不要这么君子了，打她！"

陆耀也知道跟一个小人打架，君子的打法注定吃亏，可是让他去碰另一个女人的胸和大腿他实在做不到。因此下次乔诺挺出胸来，他还是会躲，代价就是狠狠地挨上几拳。

打了十几分钟难分胜负，角落里突然传来一个不耐烦的声音，用的是汉语：“左边最下面一根肋骨是她的弱点，打那里。”

陆耀的肋骨并没有什么问题，他立刻明白“弱点”指的是乔诺的。他立刻转换路数，开始着重攻击乔诺左边最下面一根肋骨的位置。她脸色大变，下意识地躲避，动作变得迟缓、凌乱了许多。就这么持续了十分钟，他终于成功将她打倒在地。

“耀耀好棒。”小花妹妹兴奋地跳起来，冲过来抱住陆耀的脖子，在他脸颊上连亲了两口。他喘着粗气，反手搂住她，笑得一脸满足。

乔诺很久没有这么狼狈了，气得跳脚，冲着角落里的查克博士怒吼：“有你什么事？臭男人！”

陆耀和所有人这才想起来，那句最关键的提醒，是来自查克博士。

“吵死了。”查克博士拍拍手上的吐司屑，慢悠悠地站起来，朝他的太空舱走去，“我要睡回笼觉。你们要是还想打就出去打。”

说着他“砰”的一声关上了太空舱的门。

陆耀和陆小花面露敬佩，输了的乔诺则气急败坏地冲过来，连踢了好几下太空舱，这才转身冲出去。

6.

这场戏实在精彩，陆耀和陆小花虽然暂时解除了名为“乔老师”的第三者危机，但是也暴露了他们真正的关系。

驯鹿双手叉腰，生气地问陆小花：“所以，他根本就不是你的哥哥，而是你的未婚夫？你欺骗了我。”

小花妹妹自知理亏，缩在角落里绞手指：“我们一起长大的嘛，我一直叫他哥哥，说是兄妹似乎也没什么问题，只不过是没有血缘关系的兄妹。”

“青梅竹马？”驯鹿的表情变得陶醉，“真让人羡慕。”似乎忘记生气了呢。

小花妹妹顺杆爬，笑眯眯道：“驯鹿，能在这里遇见你真是太好了，真希望我们以后还有机会再见。”

“当然。”驯鹿有些伤感，“我喜欢中国，以后一定会去中国玩的。”

“到时候换我招待你。”小花妹妹许诺，“一定会给你一个不一样的体验。”说着她扯了扯身上的克罗地亚服装，说，“我们国家的汉服也很美，你一定要试试。”

“一定会的。”

一场兴师问罪说到最后竟然开始眼泪汪汪。

因为大家都知道，分别很快就会来临，但没想到会那么快。晚上十点，驯鹿接到警察爸爸的电话，说抢匪抓到了，陆小花被抢的包也找回来了，让她去趟警局查看下东西有没有少。

小花妹妹和陆大帅哥都很高兴，驯鹿也替他们开心，急忙带他们去了警局。小花妹妹仔细检查了包里的东西，发现除了手机和现金不见了之外，证件都在。

手机很容易变现，现金更是随手就能花，这是抢劫本来的目的，但是对于在异国他乡旅行的人来说，证件才是最重要的。

第二日一早，小花妹妹和陆耀就登上了离开克罗地亚的飞机。驯鹿跑来送别，只不过认识了短短半天，竟似乎有了深厚的友谊，两人又开始眼泪汪汪。

“我还会来这里的。”小花妹妹说。

“我也会去中国找你玩的。”驯鹿抹眼泪。

然后两人相拥，过了许久才分开。

离别的惆怅一直持续到上了飞机，陆耀看着小花妹妹不舍的样子，不禁陷入沉思。

似乎每到一个地方，小花妹妹都能交上好朋友，在讨人喜欢方面，她大概是天才。是不是就因为这样，他才那样喜欢她，且从小到大从未改变过？

不，并不是这样的。

他想。

他喜欢她，只是因为她是她，讨人喜欢是她，孤僻任性也是她，无论哪一种性格，都是她。

无论哪一种她，他都深爱着，不愿移开视线。

乐正珊捧着那碗面，心里暖得不像话。她一生下来就被抛弃，整个成长过程都在吃苦，然而直到今天她才明白，那些苦到底是因为什么。

为了遇见他！

她用半生辛苦，换来今生挚爱。

第六节
我的贤惠男友

1.

肖行舟最近情绪有些低落，低落到连门卫大叔都发现了，他进门出门时总是会向他投来关切的目光，还会在他的车上留“风雨中这点痛算什么？擦干泪不要问为什么”的字条。然而每日跑到他家报到的乐正珊却没发现，就这么持续了一阵子，他终于忍不住了，问乐正珊：

“你是不是不爱我了？”

乐正珊忙了一天，有个案子的嫌疑人终于回国了，为了能够顺利抓捕，她在机场蹲守了一天，别说吃饭了，连眼睛都没敢眨一下。最后她饿得有些暴躁，跟嫌疑人打了一架，场面略暴力，可这样一来，她更是饿得头晕眼花。

她来到肖行舟的小窝，看到一桌子饭菜，顿时如饿狼扑食，狼吞虎咽，可能真的没来得及抬头看他的“花容月貌”。听到抱怨，她连忙抬头，含混不清地说道：“爱爱爱。”一边说着还一边猛往嘴里塞比萨。

是肖行舟亲手烤的，这颜值、这味道……他真是太贤惠了，能不爱吗？

这个态度实在太敷衍了，肖行舟有些生气地放下碗筷。他本想兴师问罪，但看她的吃相，大概能猜出是饿了多久，又不太忍心，只好默默端起碗筷，将到了嘴边的话咽了回去，闷头吃饭。

吃完饭，乐正珊捧着肚子在沙发上满足地“躺尸”。肖行舟默默地去厨房给她切了一盘水果——草莓、哈密瓜再加一个猕猴桃，剥皮切块，十分精致。

乐正珊看见水果来了，挣扎着坐起来，捧着果盘吃了一个草莓，又揽过他的肩膀，在他的脸颊上响亮地亲了一口，留下一片草莓汁。

肖行舟嫌弃地擦掉脸颊上的汁水，坐在她身侧看她。

乐正珊是货真价实的女神，一身制服更是十分诱惑，肖行舟看着忍不住有些冒火，推开她手里的果盘，吻上她的唇，恶狠狠地亲了许久，以发泄自己压抑的怒火。

与肖行舟的恋爱，乐正珊一直是主动的一方。无论是追求、确认恋爱关系，还是偶尔的亲热，总是她想好了对策，然后一步一步实施，他很少主动去做什么。

不过，乐正珊到底是女生，在男女关系方面总是缺少些经验和冲动，所以两人亲热的次数屈指可数。这一次的深吻，算是他为数不多的主动，吻完，她整个人都愣了。

“技术越来越娴熟了，不错，不错。”她拍了拍他的肩，对刚才的吻表示肯定。

这是什么鬼态度，又不是上司鼓励下属，他们是情侣，情侣！好嘛！

肖行舟瞪起漂亮的眼睛，长睫毛像两把小扇子，傲娇地翘着："不要总是用这种对待低等生物的态度跟我说话。"

"没呀。我在鼓励你。"乐正珊急忙辩解，到了此时她才意识到，她的男朋友可能在闹别扭。于是她伸手摸摸他的头，放低声音问，"怎么了？遇到什么不开心的事了？"

肖行舟挪开她的手，愤愤不平道："也不要用这种哄孩子的语气跟我说话。"

乐正珊这下没辙了，于是站了起来，十分平静地看着自己男友气鼓鼓的脸："肖行舟，你到底怎么了？给你三秒钟时间给我说清楚。一、二、三……"

"三"字刚刚出口，肖行舟下意识地咬了咬牙，然后什么都说了。

"你最近是不是经常跟我妈联系？做了什么事情都跟我妈汇报有必要吗？前几天我妈给我打电话说什么你知道吗？她说，要我听话，你在外工作十分辛苦，让我不要给你添堵。她当我是什么？你养的小白脸？"

原来是这样啊。

乐正珊挑了挑眉，瞬间明白了事情原委。

乐正珊边上班边考研，等拿到本专业的硕士学位之后，还准备再修一门金融，原因当然是为了赚钱。她生长在那样一个贫困的环境中，从小就对赚钱这件事有着极度的渴求，所以一切能让她赚钱的事物她都十分感兴趣。

至于为什么要主动跟肖行舟的妈妈联系，当然是因为他的妈妈是学金融出身的，而且还成了成功的商人。她想取取经，听听过来人的意见，这是再正常不过的行为了。

为什么没告诉肖行舟，一来，确实是忘了；二来，不想刺激他。毕竟他这个从初中开始就没怎么好好学习，为了追妹子才发奋考上大学的人，考研已经失败过一次了，而她不但轻松高分考上，而且在准备攻读第二学位了，这实在有些……打击人。

当然啦，她很聪明，肖行舟也不笨，只不过她从小危机感就强，时刻担心没饭吃，学习几乎成了本能。而他衣食无忧，从来没为未来担忧过，也从来没怎么认真学习过，怎么可能想学的时候，就一下子神奇地考上研究生？

说句俗套的话，学习是需要积累的。

不过，乐正珊也理解他的挫败，毕竟就算在大学，在她面前没有挫败感的男生也没有几个。她眯起眼睛笑，努力让自己看起来诚恳又谦虚：“虽然你脸很白，但绝对不是小白脸，而且，我那么穷，可养不起你这样的美人。”说着还忍不住挑了下他的下巴。

听起来像安慰，可她说话的态度和举止实在太轻佻了，肖行舟皱起眉，冲她咬牙：“说话就说话，别动手。”

“不喜欢我这样对你吗？嘴上说不要，身体却很诚实嘛。”乐正珊玩心大起，笑眯眯地将他推倒在沙发上，“你这个磨人的小妖精。”

肖行舟都被她气笑了，忙着去抓她在他身上乱动的手，抓到最后，索性放弃了，任凭她上上下下摸个够。

后果就是，肖行舟用实际行动告诉她，谁才是真正的男人。

等闹够了，两人气喘吁吁地趴在床上。乐正珊手指不安分地玩着他的头发，懒洋洋地问：“最近复习得怎么样？有困难找姐姐，姐姐愿意贴身辅导，手把手、一对一教学哦。”

肖行舟望着乐正珊娇美的脸庞，摇摇头，对关于学习的话题，兴致缺缺："就那样吧。"

这是再明显不过的消极怠工了，乐正珊笑眯眯地搂着他的脖子，说："最近每天待在家里复习，都不怎么出去，压力是不是太大了？明天姐姐不上班，带你出去玩好不好？"

"去哪儿？"肖行舟抬头看她。

"你说去哪儿就去哪儿听你的。"乐正珊信誓旦旦。

"那好……"肖行舟想到了一个特别想去的地方，看着乐正珊慢慢浮出笑容来，"去了你可不许后悔。"

2.

肖行舟有个外号叫船长，事实上，很长一段时间里，大家都忘记了他的真名，却没人不知道，圈内第一"妖艳"船长。

肖行舟绝对有扮伪娘的资本，他皮肤白，五官精致，穿男装是个美人，穿女装也绝对是祸水。而且他身材比例很好，腿长且线条匀称，剃了腿毛穿上裙子，连明知道他是男人的直男看了都流口水。

乐正珊在追他的时候，看过他的女装照片，是班上男生拿给她看的，那几个看热闹的男生故意问她："听说你在追他？他爱穿女装的，会不会是……"

乐正珊笑眯眯地望着那几个男生："你们这么闲呀。不如帮着篮球队搞下体育馆的卫生，用汗水和肌肉来展示你们的男子汉气概。"

几个男生顿时黑了脸，后悔自己做出这种招惹大魔王的作死行为。

之后，乐正珊下载了肖行舟的很多妖娆照，只觉得越看越好看，甚至还设置成手机屏保。

有一次，在她为肖行舟“特别定制”的体能训练结束后，他一脸“劫后余生”，爬着去喝水。没想到一不小心瞄见她放在凳子上的手机亮了起来，露着雪白大腿的古装女神成功让他刚喝进去的水全部喷了出来。

他拿起乐正珊的手机，结结巴巴地问正擦汗的她：“你，你，你怎么会有这张照片？”

这是他刚入伪娘圈子时 COS 一个古风漫画的照片，也算是他的成名照，虽然不是黑历史，但也年代久远了。这种照片都被她挖出来了，她，她，她，到底是有多觊觎他的美貌？

想着刚才自己被虐的凄惨劲儿，再看乐正珊一脸舒爽的微笑，他顿时有些瑟瑟发抖。

“我在网上找来的。”乐正珊夺过手机，望着照片上的雪白大腿，又笑眯眯地往他穿着运动裤的大腿上瞥，语气里带着遗憾，“听酒吧里的人说，你退圈的时候删除了许多授权到期的照片，现在网上你的照片好少，我费了好大劲才找到了几张。”

然后她又翻开相册，找出珍藏的猫女、蛇姬，兴高采烈地跟他讨论：“我最喜欢这张蛇姬，简直是神还原。其实吧，我高中缺钱的时候，也去当过模特，但是没拍几套照片就被开除了。摄影师嫌弃我动作太僵，当初我还不服，看了你拍的照片，我是彻底服气了，好柔软、好生动、好骚气，我是比不了。”

终于有一样学姐比不了的东西了，肖行舟却一点也开心不起来，咬牙切齿地去夺手机：“删掉。”

乐正珊利用自己卓越的武力值，成功镇压了他的反抗，并珍重地将手机塞进贴身口袋里，笑道：“多好看啊，干吗要删？”

肖行舟进入伪娘圈子，根本不是出自热爱，而是无聊，更有些作死气他老娘的想法，但是拍着拍着就拍出乐趣了，被男人误会是女神表白的时候，他更是恶趣味十足地调侃：“兄弟，大胸没有，不过你有的我也有，要不要了解一下？”

看着宅男落荒而逃的样子，他觉得滑稽，觉得他们好傻。

虽不至于抵触自己的过去，但总是觉得当时的自己实在不是自己喜欢的样子。那时候为了胡闹而胡闹，生活毫无目标，活得像天上飘着的气球，外人看见总会惊艳地拍手叫：“哇，气球。”但只有气球本球知道，飘着的感觉有多无助，有多糟糕。

那样糟糕的自己，实在不想被乐正珊看见。

之前明明在千方百计摆脱她，此时却又因为被她看到黑历史而觉得丢脸，他都不明白自己是种什么心境。

见肖行舟黑着脸不说话，乐正珊以为他生气了，挠了挠头，将手机递给他：“想删就删，生什么气？”

肖行舟却没接她的手机，起身拾起自己的背包走了。

乐正珊到现在都没弄明白，他当初是怎么想的。她也曾经想过删掉那些照片，可是每次删的时候就万般不舍，手指头在手机上绕来绕去，都绕成鸡爪了，还是下不去手。于是那些照片到现在还在她的手机里珍藏着，只是小心地藏着，没让他发现而已。

所以当肖行舟带着她来到摄影棚，乐正珊还是着实惊讶了半天。

肖行舟熟门熟路地跟摄影师打着招呼，服装师和化妆师更是热情地跑过来招呼他和乐正珊：“船长，能再见到你真是太好了，你宣布退圈之后，我有多伤心你知道吗？啊……这位就是你经常提起的女神姐姐吧？真好看，身材比例真好，发质也超级好……今天你们两个一起拍吗？情侣古风照？哎呀，我上辈子是积了什么德能看到这样的美景。”

服装师妹子叽叽喳喳说了一堆，旁边的化妆师忙着点头附和，两人过于热切的眼神，弄得乐正珊浑身不自在。

肖行舟大大方方地将乐正珊介绍给老朋友们：“没错，她就是我经常提到的女神姐姐，也是我的女朋友，今天想跟她一起拍一组情侣古风照。拿出你们的看家本领吧，普通的东西可糊弄不了我。”

摄影师是个瘦瘦的年轻男人，穿着像个学生，十分腼腆，跟乐正珊打招呼的时候，都不敢看她的眼睛。

“虾籽特别容易害羞，都不敢跟稍微漂亮点的女生说话，交际能力更是为零。就算这样也还是成了圈子里最好的摄影师，可见他的摄影技术有多棒。”肖行舟向乐正珊介绍时，脸上满足的笑容是在家里时看不到的。

也许这里的环境让他觉得熟悉，觉得放松。乐正珊也跟着放松下来，随便那两位热情过度的妹子摆弄自己，虽然她根本就不爱拍照。

拍之前，肖行舟很认真地和虾籽讨论了今天拍摄的主题，他要穿男装。服装妹子手一抖，伤心地表示：“人家给船长准备了好漂亮的裙子，竟然不穿，裙子都要哭了……”

化妆妹子也不死心地说：“情侣……小裙子了解一下。”

乐正珊化妆化到一半，回头看肖行舟，他正望着她，对着使劲游说他的妹子们摇了摇头：“再也不穿了，因为在真正的女神面前会自惭形秽。”

“你这样虐单身狗真的好吗？”

“船长，你心眼太坏了。”

这下子两个妹子一起伤心了。

最终服装妹子拿出自己压箱底的几套好料子的古装。说是古装也并不确切，服装妹子加入了自己的原创，营造出更为华丽大气的视觉效果。

也许搭档久了，衣服刚拿出来，化妆师和摄影师就都有了相应的想法，飞快地动起来。等乐正珊化完妆，做好发型，穿上衣服走出试衣间，肖行舟整个人都愣住了。

他知道自己的女朋友是女神，生活在贫穷的环境中，气质却不输大家闺秀。大概因为生活环境贫苦，反倒让她的眼中有种不屈的坚韧。

她像亡国的公主，最后一次穿上盛装，去鼓舞她的士兵。之后便要脱去红装换上铠甲，拿起刀剑去前线厮杀，誓要夺回自己的家园。

“珊珊……”肖行舟是最近才开始叫乐正珊小名的，她以前总是让他叫她姐姐，后来他在某件事上赢回了尊严，坚决不肯叫姐姐，而要叫“珊珊”。两人为此打了很多“架”，才好不容易达成共识，出去的时候叫全名，在家才能叫“珊珊”。这还是他头一次在外面斗胆叫她“珊珊”。因为太惊艳了，他有些失去理智：“你真是太美了。”

一直默默蹲在墙角擦镜头的虾籽也觉得好看，化妆师妹子解释：“他手都开始抖了，只有顶级的美貌能让他手抖。他好久都没抖了呢。”

乐正珊却不觉得这一身累赘和满头的发饰有什么好看的，不过就是答应了肖行舟今天听他的，才勉强忍着。她皮笑肉不笑道：“废话少说，什么时候才能拍？我的脖子都快被压断了。”

肖行舟知道她没耐性，对衣服首饰什么的更是毫无兴趣，根本就理解不了他们的兴奋。逼得急了，她很可能甩手走人，于是赶紧跑去换了衣服。

肖行舟以前根本没穿过男装，第一次穿这种偏大气的古装，也着实让人惊叹他可男可女的“转性别”能力。

他们先在室内拍，摄影棚里经常会有古装约拍，因此准备了不少道具和场景，比如“临窗照镜”“烛下对酌”。在服装师妹子的强烈要求下，摄影师虾籽还脸红手抖地为他们拍了香艳的“衣衫半煺”以及“幔中鸳鸯”，还有……

“停……”原本包得像个粽子，现在被扒得红肚兜若隐若现的乐正珊终于忍无可忍地站起来，将“粽子”裹了回去，“再拍下去就是犯罪了知不知道？”

虾籽、服装师、化妆师事先都知道乐正珊的职业，只是刚才被两个美人惊艳到了，被魔鬼操控了双手，不知不觉就一路拍了下去……

回过神来，三人慌忙解释并信誓旦旦：“我们是正经人呀。”

乐正珊将信将疑地离开了唯美的道具床，肖行舟却一脸的意犹未尽。原来古装还能这么玩，他决定买两套放家里，晚上……玩玩角色扮演的游戏……咯咯……

拍完室内，两人跟着虾籽等人来到一座古镇，开始拍外景。

这座古镇虽说是新建的，但是据说要打造成小横店。各种拍摄的场景都有，有宫廷，有大宅门，有市井街道。

因为场景比较多，再加上又是肖行舟难得地转性出山拍照，因此虾籽拍得特别起劲。他们从中午一直拍到夕阳西下，天黑了还意犹未尽地拍了几张夜景。

一天下来，乐正珊粗略算了一下，自己一共换了八套衣服，改了八次发型，更别提补妆次数了，累得身体似乎被掏空。回到家，她直接瘫倒在沙发上，眼神迷离，神情恍惚。

肖行舟却似乎一点都不累，哼着小曲跑厨房里做饭，做了乐正珊最爱的蛋包饭。两人一人捧一个白瓷小盘子，盘腿坐在沙发上，边吃边看电视。

“好玩吗？”肖行舟笑眯眯地问她。

乐正珊一边往嘴巴里塞饭，一边摇头，一脸惊恐：“哪里好玩了？累死人不偿命！姐姐我宁愿去跟局里的师兄摔跤。”

肖行舟笑得更欢了：“你就当跟我在摔跤。”

乐正珊猛然想到今天拍的那些照片，心中微动，再看肖行舟笑得意有所指，忍不住踢了他一脚，瞪眼道：“小浑蛋，你学坏了。”

肖行舟微笑，见她嘴角有番茄酱，凑过去伸舌尖将番茄酱舔了，诱惑道：“是学姐调教得好。”

反撩起来一点不手软，这小浑蛋简直是无法无天了。乐正珊恶狠狠地冲他咬牙：“别勾引我，姐姐我自控力可不怎么样。”

“不怎么样就别控了。”肖行舟笑笑，放下盘子。

于是……饭都没吃。

乐正珊半夜醒来饥肠辘辘，全身发软，想想睡前……咯咯。肖行舟这么“狠”……是在报之前体能训练时受虐的仇吧？

正思量着，某人揉着眼睛醒了过来，看她一眼，起身迷迷糊糊地往厨房走。她以为他在梦游，怕他受伤，连忙跟了过去，就见某人闭着眼睛烧水切菜打鸡蛋，不过几分钟，一碗色香味俱全的鸡蛋青菜面就放在了她的面前。

某人揉眼：“饿醒了怎么不叫我？快吃吧。”

说完他又迷迷糊糊却爬回床上睡着了。

乐正珊捧着那碗面，心里暖得不像话。她一生下来就被抛弃，整个成长过程都在吃苦，然而直到今天她才明白，吃那些苦到底是因为什么。

为了遇见他！

她用半生辛苦，换来今生挚爱。

这一生，很甜。

第七节 “失恋”阵线联盟

1.

陆小花和陆耀的婚前旅行，在一段小插曲中结束。回国之后，行李才刚放下，陆耀就被局里的领导叫去了，一连三天都没能回家。

因为案情保密，陆小花甚至都不知道陆耀去了哪里，在干什么。也许是上面不准，他也没有打来过电话。

当天晚上，陆小花就自己整理了行李，洗洗澡躺在床上挨个亲友群报到：我回国啦。

303 的群里，一片欢呼：

鲁晓彤：胡汉三，你杀回来了？好玩吗？羡慕嫉妒恨！

孟洁如：一定累得不轻吧？今天晚上就不要再“操劳”了，早点休息。

陆小花看着手机屏幕，满头黑线，回：想“操劳”都操劳不了，我家欧尼酱刚到家就被局里喊走了，我怀疑他们领导在他身上装了 GPS。

孟洁如：年轻人，体力真旺盛。

鲁晓彤：同情你家欧尼酱，他一定累坏了。

小花妹妹也充满了担忧，但是担忧也没办法，工作就是工作，她总不能因为心疼，就要求陆耀辞了工作在家陪她躺着。更何况，以她这个工资收入，他如果不工作了，俩人肯定要开始喝西北风。

想到这里，陆小花就陷入对自家老板的唾弃中。可转念一想，自己能力一般，换到哪个公司都不可能有太高的收入，怪老板之前，还不如先想想如何提升自己呢。

如此一自怜，她又想到了乔诺，被全方位碾压的感觉实在不好受，心态瞬间爆炸了。她抱着被子在床上滚来滚去，痛骂自己的一无是处，又开始担忧她与陆耀的将来。

她家欧尼酱现在喜欢她，是不是贪恋她年轻……那等她老了怎么办？

等她老了，再出现一个乔老师，难保他不会动心，毕竟那个时候他的妻子又矮又老又没用。

秦菲打来电话时，陆小花正在收拾行李准备离开陆耀家，至于为什么要收拾行李离开，她的理由是：不能等到悲剧发生了再离开，要离开就要离开得有尊严。

小花妹妹边收拾边接通秦菲的电话，秦菲的哭声一下就从手机里传了出来。

“小花，我跟二狗子分手了。”

小花妹妹惊得下巴都快掉了：“呃？怎么可能？前几天不是还在游轮上甜甜蜜蜜吗？”

“一言难尽……呜呜呜……”

秦菲的哭声震耳欲聋。

“出来陪我喝一杯行不行？呜呜呜……”

陆小花哪敢不答应，连忙问她在哪儿，行李都顾不上收拾了，下楼去打了一辆车就往那边奔。

2.

秦菲在夜市的烧烤摊上喝闷酒，陆小花赶到时，小圆桌上已经摆了许多空啤酒瓶。喝得已经有几分醉意的秦菲正扯着嗓子让摊主上“拉菲”“威士忌”，摊主一脸无奈，道：“拉菲没有，拉菲它妹拉皮儿要不要？”

“骗人！拉菲是酒，拉皮儿是吃的，怎么是它妹？想骗我？没那么容易！”秦菲大着舌头跟摊主吵架。

“后妈带来的妹，长得不一样，味一样。”摊主几秒钟就拌好了一盘东北大拉皮儿放在她的桌上，“吃吧，别闹了，长得挺漂亮的小妹子，少喝点酒，这里可不安全。”

陆小花赶过去，扶住摇摇欲坠的秦菲。秦菲看见陆小花，就像看到了亲人，搂着她的脖子，号啕大哭哭了起来。

“小花你可来了……这里的人都欺负我，我要拉菲，偏给我拉皮儿，还说是它妹，国籍都不一样，能是它妹吗？太欺负人了……”

陆小花又是担忧又是好笑，轻拍着她的背安慰她：“好啦，别哭了，到底怎么回事？跟我说说。”

秦菲还是哭，足足哭了半个小时，哭饿了，足足吃了三大盘东北大拉皮儿，才抽抽搭搭地开始说：“二狗子在船上向我求婚了。”

“求婚？”陆小花觉得自己脑子有点短路，“刚电话里不是说分手吗？情节发展太不按剧本走了，我有点跟不上剧情，你能说得再仔细点吗？分手……求婚……之间发生了什么？”

“二狗子在游轮上向我求婚……”秦菲忍着眼泪，一抽一抽，“然后我向他提出分手，他答应了。”

陆小花咬着牙，理解剧情理解得一脸痛苦：“你是说，二狗子跟你求婚，你非但没答应，还提出了分手，他答应了，然后你就在这里哭天抢地？”

秦菲点了点头，又哭了起来。

陆小花终于明白发生什么事了，但还是理解无能，吃播的脑子里装的都是小龙虾、冰激凌吗？脑回路为何如此清奇？

她默默叹了口气，觉得二狗子好可怜，怎么就喜欢上这个除了在吃上精明，其他方面都傻透了的姑娘？

“人家二狗子向你求婚，你如果现在还不想结，不想答应可以委婉拒绝，他那么爱你肯定会理解的，干吗还提分手？太打击人了。”陆小花忍不住为二狗子说公道话。

秦菲继续抽抽搭搭，断断续续、毫无逻辑地哭诉：“是啊，我脑子怎么就抽风了呢？可我脑子抽风还不是为了他吗？别人不理解我，他怎么能不理解我呢？我们从小一起长大，五岁的时候，我抢了他的馒头，他都特别理解我，怕我吃不饱，还回家又给我拿了五个，被他妈揍了一顿……呜呜呜，二狗子为了我，没少挨他妈揍，他可傻了，挨揍都不知道跑……呜呜呜……可怜的二狗子……”

在这乱七八糟、时间线乱窜的哭诉中，陆小花发现了重点，试探地问：“你提分手，难道是他妈逼迫你的？”

秦菲的泪眼里满是委屈，点头又摇头：“他妈逼迫的，也是我妈逼迫的。”

陆小花听得云里雾里，气得拍桌：“到底是谁妈逼迫的？”

拍桌声太大，听起来像骂街，周围的食客纷纷往这边看。陆小花这才意识到，她俩刚才的对话有多奇怪，不禁低头扶额。

唉，这辈子的脸都丢光了。

3.

周至策划这场求婚，已经策划很久了。从懵懵懂懂的年纪开始，他就一直梦想着能用一枚亮晶晶的戒指将他家旁边这个吃货套牢，让她再不能跑丢。

秦菲经常跑丢，在村里是出了名的，人送外号秦丢丢。

每次跑丢的原因都差不多。

“我听同学说，山上的野果子可好吃了，我想去摘点回来。”

“我去追兔子，兔子肉可好吃了。”

“这个季节该吃螃蟹了，可我们这没有河，我就想去隔壁镇上抓。”

被寻回来的她，面对家里人的质问，总是这么说，总之千万个理由，都离不开吃。

面对这样一个孩子，就连秦菲的妈妈都叹气：“一个女孩家，这么馋，以后怎么嫁得出去？”

渐渐的，秦菲身上就牢牢地贴上了“馋”这个标签，别人家教育孩子总是会说：“女孩家别那么馋，跟那个秦丢丢一样，家里的脸都让她丢光了。”

当时秦菲不过七八岁，吃得比谁都多，却依旧瘦瘦小小。她别的特长没有，唯独看到吃的，就走不动路，跟个从饥荒年代里走出来的灾区孩子一样。

那个时候谁都不喜欢秦菲，唯独周至喜欢她，尽管他跟她在村里是两个极端。她是极端的反面教材，而他则是标准的“别人家的孩子”。

周至的妈妈也不许周至跟秦菲玩，因为她会抢他吃的。在她第十次抢了他手里的鸡蛋、苹果、馒头，周至的妈妈终于受不了了，拉着“作案”之后正蹲在角落里享受“胜利果实”的秦菲来到秦菲的妈妈面前。

“管管你家孩子，跟条野狗一样，整天到别人手里抢食，我家周至的脸都被她抓破了。”

想想周至那张细白的小脸，再看看捧着大馒头还在默默啃的自家熊孩子，秦菲的妈妈就气不打一处来，结结实实地将她一顿暴打。

吃过晚饭，周至偷偷爬上屋顶去看秦菲。她也坐在自家屋顶上，两人隔着一米多宽的距离，说悄悄话。

周至丢过来一个大苹果，秦菲赶紧捡了，抱着啃。那个苹果真大，快有她脸大了。

“脸上的伤口还疼不疼？”秦菲边啃苹果边问他。

周至摸摸脸上的伤口，那个伤口已经被细心地擦过药了，早就不疼了。他摇摇头，说：“不疼了。下回别替我打掩护了，大不了我回家挨顿揍。”

“你妈那么心疼你，知道你跟同学去后山防空洞探险，还刮花了脸，她还不得当场晕过去？晕完了还得把你锁在家里。还不如说是我抓的呢，反正我也吃到了你的大馒头……大馒头真好吃……嗯，苹果也好吃。”秦菲喋喋不休，小脸堆满笑，完全不像是挨过揍的人。

周至沉默不语，他怕他妈不错，可是也怕秦菲挨揍，而且以前那些大馒头、鸡蛋，也都不是她抢的，而是他主动给的。大人看到了，就认定是她在抢，被误会的次数多了，她都懒得解释了。

反正解释了也没人相信。

而且解释了……周至怕他妈晕倒，晕完了连夜搬家，以此躲开秦菲对他的影响。

周至不想搬家，他想跟秦菲继续当邻居。

他低着头，郁郁寡欢，他比秦菲还小，也不过是个孩子，实在想不出什么办法来，只能先忍着。他从口袋里摸出一个指南针，对她说："明天我带你去后山抓兔子。我带着你，绝对不会迷路。"

也就是从那天起，秦菲再也没走丢过，因为无论她去哪儿找吃的，周至都会跟着她，帮她辨明方向。

青春期来临，班上的男孩子、女孩子都开始有了懵懵懂懂的感情，男生们聚集在一起，也经常会谈论周围的女生。

秦菲从来都进入不了男生的话题圈，因为她的身上牢牢贴着"馋"这个标签。男生提起她，总是嘻嘻哈哈笑成一团："谁想娶个馋媳妇儿？"

周至从小就过目不忘，是远近闻名的小神童，因此跳过级，年纪明明比秦菲小，却比她还高一届。班上的男生都比他大，因此大家都将他当成稀有物种，小心珍视，从不在他面前讲段子，偶尔还会用过来人的身份嘱咐他："以后娶媳妇千万别娶秦菲那样的，那种吃法，金山银山都被她吃空了，养不起的。"

周至保持着纯白如纸好孩子的人设，心里却对此嗤之以鼻：你们养不起，我养得起！金山银山不够吃，那就赚座钻石山，总能喂饱她的。

周至在外人面前总是表现得很好，谦虚、矜持、有礼貌，典型的"别人家的孩子"，即便在自己爸妈面前，也是端着的。唯独在秦菲面前不一样，会耍赖，会赌气，也从不掩饰自己的"坏心眼"。在他心里，世上能理解他、纵容他活出真实自我的，也就只有秦菲。

因此，这场求婚，对于秦菲来说是场意外，对他来说却已经在心里演练了无数遍。

求婚的时候也并没有什么特殊的仪式，并没有网络上看到的“鲜花铺满路，朋友齐助阵”的大阵仗，或者戒指藏在蛋糕里、藏在甜品里的那种情节。毕竟秦菲吃东西那么豪迈，十个戒指都不够她吞的。

那天，他们晚上在甲板上看星星，头顶星空璀璨，海天连成一片。秦菲吃得太饱，正靠在他怀里打着盹。

周至敲了敲她的小脑袋，将她唤醒，指指天上：“在这么漂亮的星空下也舍得睡觉？”

秦菲揉着眼，抬头望天，嘿嘿一笑：“是挺漂亮的，像撒了亮粉的黑森林蛋糕。”

她晚餐吃了那么多，还想着吃，周至简直无奈了，只好换了话题：“我变个魔术给你看看好不好？”

秦菲果然来了兴致，坐直身子，笑眯眯地说：“我家二狗子竟然学会变魔术了，果然还是在国外长本事了。快快变来。”

周至习惯性忽略她对自己的“爱称”，他望着她的眼睛，深情道：“菲菲，我爱你，想把天上的星星都摘给你。”

说着，他伸手向着星空抓了一把，再在秦菲眼前伸展开，刚才还空荡荡的手心里赫然躺了一枚戒指。那是一枚十分闪亮的钻戒，中间镶嵌着一颗主钻，被周围的碎钻簇拥着，光芒璀璨，真是像极了天上的星星。

他将戒指举到秦菲面前，话还没来得及说，她早已自顾自地捏起戒指，赞叹道：“真好看，是真钻吗？哪来的？哎呀，你这魔术变得有点吹牛啊，这才几颗钻，怎能说把天上的星星都摘给我呢？”

周至本来有点紧张，被秦菲搞不清状况地这一闹，就放松下来了。他一把把戒指夺过来，严肃认真地对她说："真看不出来吗？我在求婚啊，二货。"

秦菲先是一愣，随后摆摆手，"哈哈"笑起来："二狗子，别闹。"

周至皱着眉，钳住她的手，叹气："我是认真的。"

秦菲这才止住笑，吓得大气都不敢出："真求婚？真钻？这么大一颗得多少钱？"

周至满脸黑线："谁求婚用假钻？一克拉以下的碎钻不值钱，越大越保值，从经济学的角度来看，买保值的大钻才是正确的做法。"

秦菲看着大钻戒咂舌："二狗子啊，你说你活着有什么乐趣？无论买什么都想着保值还是升值，完全失去了买买买的意义。你看我保不保值？"

周至气得翻白眼，晃了晃戒指："我在求婚，你能不能尊重我一下。"

秦菲忙点头："哦哦哦……好的。可我不能答应你。"

周至心里咯噔一下，忙问："为什么？"

"你妈不会同意的。"秦菲叹气，"我们谈恋爱都背着她，她要是知道你跟我求婚，非气得背过气去不可。"

"我求婚关我妈什么事？你嫁给我，又不是嫁给我妈。"周至皱眉道。

"可是婆媳关系处不好，婚姻生活是不会幸福的。"秦菲一本正经地说道。

周至咬牙："你电视剧看多了吧？我不会允许那种事情发生的。事实上，只要你愿意，整个婚姻期间，我可以不让你和我妈接触。毕竟那是我妈，不是你妈，你不用尽什么孝道，你没那个义务。"

"那我们结婚后，你会孝顺我妈吗？"秦菲撇嘴。

“当然，那是你妈，好不容易把你养大，我把你娶走了，我当然要好好孝顺她。还有小妹，我也会负担她的大学学费的。”周至说。

秦菲忧郁脸：“你看你这算不算是双重标准？”

周至不说话了。她妈霸道，说一不二，但是爱他是真的，虽然爱的也可能是他从小到大立的“神童”人设。他妈讨厌秦菲也是真的，他整个成长过程都在想这个矛盾要怎么化解。后来想到了，将来给他的爸爸妈妈另买一套房子，住得不远不近，他每天回家去探望，秦菲则可以在家躲清闲，不见面总不会有冲突的。

对他们学经济的人来说，没什么是钱解决不了的，如果有，那就再多花点钱！给他妈搞点小投资，让她忙着当“女强人”，没时间“祸害”秦菲。

他都计划好了，却被秦菲一口否决了。

“你妈同意之前，我是不会答应你的。”秦菲说，“我不能瞒着她把她宝贝儿子拐走，太不道德了。”

周至生气了，他觉得秦菲的道德感有点莫名其妙：“我再申明一次，我结婚，跟我妈没有关系。”

“那也不行。”秦菲嘴硬，“这事解决不了，我坚决不能同意，说什么都不能同意。”

“这次求婚我期待了很久，也筹划了很久，钻石都是我看着切割的……”周至脸色煞白，似乎真的伤心了，“你非得把它搞成这样吗？”

“我搞成什么样了？我实话实说，哪有结婚不通知自己亲妈的？”秦菲也生气了，鼓着腮帮子跟他吵，“我看你才是个异类，难道要我们先斩后奏？万一她大闹婚礼现场怎么办？”

“怕她闹，我们就旅行结婚，去哪儿都不告诉她，她去哪里闹？”

“你竟然连婚礼都不想办？太过分了，我妈还等着看我穿婚纱呢，我妹还等着给我当伴娘呢。”

“我就是打个比方，这些事，我们以后还能慢慢商量。只要我们在一起，总能解决。我怎么就跟你说不通呢？”

“是啊，是啊，跟我说不通，我脑子不好使，没有你聪明，跟不上你的步调，可我也努力在跑啊，我就是跑不了你那么快，我也很累啊……”秦菲说着说着就哭了，“你是神童，是天才，考个名校跟玩似的，我是普通人，笨得要死，连个公务员都考不上。我们俩本来就不应该在一起，我不想耽误你，我们分手吧！”

“你说真的？”

“当然真的。”

“好……你要是真的觉得跟我在一起太累了……我不勉强你……分手吧。”

……

4.

陆小花听完全过程，望着哭得稀里哗啦的秦菲，伸手握住了她的手，痛心疾首地问：“秦哥，你神经病吧？二狗子招谁惹谁了？怎么摊上你这么个脑子不好使的！”

骂完秦菲，陆小花突然又想到自己，自己不也正收拾行李准备跟陆耀“分居”吗？她家欧尼酱又招谁惹谁了？有优秀的人喜欢他、追求他，又不是他的错。

这么想着，小花妹妹也跟着哭了起来，两个年轻貌美的女生在夜市的小吃摊上抱头痛哭，这场景少见。喝着酒、聊着天的大叔、小伙，纷纷往这边看，边看边乐，权当是下酒菜了。

两人哭了许久，秦菲才想起来问：“小花，你哭什么？”

陆小花把乔诺的事，还有自己准备离开陆耀家的事，跟她说了一遍，秦菲果然惊讶了，睁着圆圆的杏眼嚷嚷：“陆小花，你脑子有问题吧？你家欧尼酱招谁惹谁了？”

说完，两人都沉默了。果然，问题不在二狗子，也不在欧尼酱，在她们自己身上，她们的脑子有问题。

两人沉默片刻，决定有病看病，好好去看看自己的“脑子”。

于是第二天，两人结伴去市里最好的一家心理诊所挂了号。虽然价格贵得让人咬牙切齿，但是她们觉得自己病入膏肓，不是好医生根本看不好，所以花点钱还是值得的。

排号排到三个月后，陆小花和秦菲一边掏钱，一边感叹：不愧是全市最好的心理诊所，人气就是旺啊。

拿完排号单，两人在303群里提了一下这件事，孟洁如问：臭菲那家诊所叫求是？

两人忙回：对呀，对呀，好火爆的，听说创始人兼首席医生是个大帅哥。

孟洁如：不用等三个月，下午就能看。

陆小花和秦菲：？

孟洁如：我哥叫孟求是。

两人捧着手机，愣了许久，才恍然大悟。

哦，求是诊所的那个“求是”啊。

果然，下午一点，陆小花就率先坐到了求是诊所首席心理医生的诊疗室里。

桌上摆着“孟求是”名牌的医生，有着一张跟孟洁如七分像的面孔。他的眼角略微上扬，像只狐狸，也并不像孟洁如那般面瘫，而是时刻挂着职业性的微笑。他说话的声音……陆小花知道用大提琴形容好听的男声有点俗套，可是实在找不出别的形容词来形容他这种低沉、优雅、让人身心舒缓的声音了。

“陆小姐。”孟求是微笑，“我听如如提起过你，今日一见，果然就像如如形容的那样，是位可爱的女孩。”

陆小花不好意思地挠挠头：“谢谢。”

孟求是微笑，如春风化雨：“来吧，说说你的烦恼。”

陆小花似乎憋了许久，终于找到了宣泄口，一口气说了一个多小时才停下来，说到最后甚至哭了起来：“我明明很喜欢耀耀的，可是不知道为什么最近总想离他远一点，我不明白这是为什么？难道我变心了吗？我对自己好失望。”

“永远不要对自己失望。”孟求是起身，将身边的纸巾盒递给她，声音温柔而有力，听着让人心情愉快且十分具有信服力，“你和陆先生从小一起长大，因为他是男生且比你年长两岁，家里人一直希望他能保护你，而他也一直是这么做的。这样的关系在成年之前是没有问题的，但是现在你们是情侣，以前的相处模式就会给你们造成一种压力，他过于不放心，你过于依赖他的保护，就因为你的这种依赖，让你对自己十分不自信，且有了强烈的自卑感。如果不将从前的关系摒弃，并且建立新的关系，将会让你们的爱情破裂。成也萧何，败也萧何。”

孟求是说完，笑了一下：“无意冒犯，你是不是从未独立生活过？”

陆小花抠手指，十分屈辱地点了点头。

毕业前靠家里养活，刚毕业就被陆耀“拐”走了。不仅如此，他还安排好了他们的未来，不出意外，那大概就是她要走的路了。当然，她也上班，可是她的工资也就刚好够她自己的零花钱，生活开支都是他在负担，甚至她身上但凡贵一些的东西也都是他买的。为什么不自己买？还能为什么，她买不起啊！

这种生活模式，刚开始还觉得甜蜜，一年下来，她就觉得有些不对劲。

因为这跟没成年时靠家里养活有什么区别？她已经开始走在成为废柴的路上了。

而且人无法掌控自己的生活，真的会自卑，尤其周围都是优秀的人。毕竟连船长都开始考研了，她却连个公务员都考不上。

“独立生活是一个人建立自信的最好途径。特别是你这种本来就聪明，且并不想依靠别人的女孩子，一定要独立生活一段时间。这段时间将会打开你的眼界，带给你很多新的思考，你也有更多的空间来安放你的爱情。”孟求是说着给了她一颗糖。

乳白色的糖带着诱人的牛奶香甜，让陆小花很安心。她接过糖，朝孟求是点点头：“谢谢你孟医生，我会好好考虑下你的建议。”

“这是我的荣幸。”孟求是笑，然后又想起什么似的，提议道，“关于如何逃离掌控开始独立生活，你可以去咨询下如如，她在这方面非常厉害……”他没再继续说下去，留了个眼神给陆小花体会。

那个眼神陆小花体会了许久才终于想明白了，孟洁如……莫非……她已经彻底改变了带着保镖出门的大小姐人设，开始了自己的生活？

孟洁如也才毕业一年而已，而且她那个老爹看起来可比陆耀难搞多了……真是太牛了，她确实要好好找孟洁如聊一聊。

陆小花之后轮到秦菲，两个小时后，秦菲顶着两个哭肿的眼睛走出来，看着陆小花又是一顿大哭：“我的脑子没问题真是太好了……医生说我在二狗子面前有自卑心，他的付出会给我造成压力。能没有吗？换你跟一个过目不忘的神童一起长大试试？”

陆小花抱着秦菲，心里充满了同情。虽然陆耀也从小就在各方面碾压她，可他是她的欧尼酱呀，她还能卖个萌安慰自己。可二狗子比秦菲要小，秦菲连自我安慰都做不到。

“好啦好啦，别哭了。”陆小花安慰她，“我们又不是处处都不行，携手一起变成女强人吧？秦哥。”

“嗯。”

两个在爱里迷路的女孩手握着手，正式走上了名为“寻找自己”的道路。

5.

陆耀结束了三天的秘密任务，欢天喜地地回到家，开门就开始到处找陆小花。当时在晚上，她不在卧室，不在书房，最可怕的是，连行李都不见了。

陆耀给小花妹妹打电话，接通之后，那头软绵绵地飘来一句话：“我搬出去了呀，耀耀，不要大惊小怪的，我也是需要个人空间的。而且爸爸妈妈还有爷爷都同意了。我和秦菲一起找的单身公寓，我俩住对门，鲁晓彤和孟洁如帮我们搬的家。”

也就是说全世界都知道，他陆耀被他的妹子抛弃了，只有他本人不知道？他郁闷死了，忍了半天怒火，才勉强让自己镇定下来：“为什么没跟我商量？我还没同意呢。”

“耀耀，你这就不对了，我是成年人，我要搬家，不需要经过你的同意。我早就到了可以独自签合同的年纪了。”陆小花的声音依旧软绵绵的，听起来就像讨论今天的晚饭吃什么一样正常，“再说，我就算想跟你商量，也找不到你呀，你关机都关了三天。”

陆耀顿时说不出话来了，捂了心口半天，才问：“你的新家在哪儿？我去找你，我们见面谈。”而且三天没见面了，他很想她。想了那么久好不容易回家，却发现自己被踹了，这件事如果不说清楚，让他怎么睡得着觉？

他睡不着，陆小花却睡得很香，她在电话那头打了个哈欠：“先不告诉你，省得你半夜冲过来，我要睡觉啦，再见。”

说着她就挂断了电话。

留下陆耀一个人在电话那头仰天长啸：“这到底是怎么回事啊？”

挂掉电话的陆小花捂着嘴巴贼笑，对身旁的鲁晓彤和秦菲说：“怎么样？我有没有骨气？一点退堂鼓都没打。”

鲁晓彤翻了个白眼，拨了拨她新烫的大波浪，撇撇红唇，道：“要我说，你和秦哥就是身在福中不知福，像你们这样爱情一帆风顺的人可不多。就比如那位万年单身狗，据说初吻都还在呢。”

鲁晓彤指的是孟洁如。孟洁如此时正在厨房里忙着给姐妹们做夜宵，面无表情地打蛋、切菜，动作干净利落，小小的个头系上一条大围裙，像是随时要去“刺秦”的“荆轲”。孟洁如抬手捡了个暗器（芹菜梗）朝鲁晓彤丢了过去，正插进她卷卷的长发里。

鲁晓彤将芹菜梗从头发里扒拉出来，继续说：“陆耀学长和二狗子都是我的菜，我不介意当接盘侠。明天我就去约他们出来吃饭，据说失恋中的男人最容易攻陷……”

鲁晓彤的花痴畅想还没说完，小花妹妹和秦菲就激动地跳起来，“掐住”她的脖子，恶狠狠地威胁：“你敢。敢动我们的奶酪，让你死无葬身之地。”

“如如救我。”鲁晓彤半真半假地翻着白眼，朝厨房里的孟洁如伸出“尔康手”。

孟洁如端着菜从厨房里走出来，走到鲁晓彤身边，一脚“踹”在她的心口，鲁晓彤脖子一歪做“死亡状”，孟洁如满意道：“好了，她死了，你们俩去摆桌子。”

陆小花和秦菲欢呼着丢下鲁晓彤的“尸体”，拖着小桌子摆在地垫上。

这套单身公寓实在是小，小到分不清客厅和卧室，开放式厨房过来就是个小客厅，巴掌那么大，只有一张单人沙发，一块地垫。沙发后面有个简易的书柜，书柜后是床和衣柜，算是卧室了。

地方实在太小，几个人干脆都放弃了沙发，围着矮桌跪坐在地垫上。

孟洁如做了四菜一汤，西芹百合、可乐鸡翅、香菇肉末鸡蛋羹、醋熘笋尖，还有西红柿蛋汤。菜摆了一桌子，又每个人装了一碗饭，哦，秦菲的饭是用盆装的。

陆小花和秦菲还没吃过孟洁如做的饭呢，听说是她毕业后才发现的新兴趣。平时在家里，她连锅铲都碰不到，偶尔进了一次厨房，仿佛看到了“圣光”，找到了自己生存的意义，于是毅然决然离家出走，去寻找“美食的终极奥义”。

“中华小当家呀。”陆小花边吃边赞叹，“太好吃了，看不出来，你还有这种隐藏技能。”

“能不好吃吗？”鲁晓彤凑了过来，拍拍孟洁如的头，“这位大小姐离家出走，躲在酒店厨房里当杂工当了半年，最近才当上助手了，每天可用功了。”

之前孟洁如并没有提过自己离家出走的事，她本来就不是话多的人，每次出现在群里，也只说自己在打工，陆小花和秦菲是最近才知道这件事的。只有鲁晓彤一开始就知道，孟洁如刚离家出走那会就寄住在她的出租屋里，毕竟，那会儿只有她是单身，打扰起来毫无心理负担。

孟洁如甩开鲁晓彤的手，面无表情地吃了一口菜：“我最近准备辞职。那家酒店已经没什么让我学的了，接下来我要去试试法国菜。世界各地的菜式都学一遍，这样我才能找到属于自己的厨艺，开属于自己的店。”

“赞哦，小当家。”陆小花赞叹。

“等你开了属于自己的店，我去帮你站台，去你店里直播。”秦菲边吃边说。

孟洁如“十动然拒”：“不要。”

秦菲泪眼：“为什么？我人气很高的。”

“怕你把我的店吃垮。”

“让我去嘛，如如，我只吃八分饱。”

“五分。”

“七分。”

“六分。”

“成交。”

吃完饭，几个人捧着圆滚滚的肚子在地垫上“挺尸”，除了秦菲。她一边洗碗，一边将厨房里孟洁如做饭剩下的西红柿、西芹、肉末、葱花……全消灭光了。

“如如，你哥让我找你取经，饭都吃了，经还没取呢。”陆小花捧着肚子，顶着食困，轻声问孟洁如。

孟洁如"躺尸"都躺得面无表情，侧头看陆小花："什么取经不取经的？孟求是纯粹是在报复我。我不在家，家里人的注意力都在他身上，我妈闲着没事，每天都逼他去相亲。"

"啊？你哥这么帅还用相亲吗？"秦菲啃着冰箱里最后的半根黄瓜凑了过来。

听到"帅"字，鲁晓彤一跃而起，惊道："帅？有多帅？有小花家欧尼酱、你家二狗子帅吗？"

"差不多吧。"秦菲说着，想了一下又改口，"不过，在我心里二狗子最帅。"

"欧尼酱也最帅。"陆小花举手表忠心。

鲁晓彤不淡定了，踢开陆小花，挤到孟洁如身边："如如啊，我当你嫂子怎么样？"

孟洁如头一歪，吐出舌头："我选择死亡。"

"为什么嘛？"鲁晓彤不满道，"我不好看吗？我们关系这么好，等我嫁进去，我们可以和婆婆一起打麻将。"

孟洁如翻白眼："我妈难搞得很，要不然你以为我哥为什么大龄还单身？打麻将？哼，不存在的，不让你跪地上给她捧烟灰缸就不错了。"

"真的假的？"鲁晓彤怯场了，"这么可怕？可是我们家如如明明这么可爱，那么可怕的妈妈，怎么能养出这么可爱的女儿？"

"因为孟大龙是好爸爸。而且我又不用她养，我家十二个用人。"孟洁如翻了个身，用后背对着她，显然不想再谈论这个话题了。

鲁晓彤也就没追问，但是有帅哥啊……好不甘心哪。

"真没什么经验要传授给我们？"秦菲不死心地问。

"能有什么经验？生活就是生活，一个人，一百个人，没什么区别。

有工作就认真做，饿了就吃饭，困了就睡觉，好好存钱，别把自己饿死，就这么简单。”孟洁如说，“比如，我现在困了，要睡觉。”说完她闭上了眼睛，不出几秒，就打起了细小的呼噜。

秒睡神功让人咂舌。

鲁晓彤也躺了下来，惆怅地想着她没见过面的帅哥。

陆小花更惆怅，这是她决定离开陆耀独自生活的第一个晚上。也不知道他吃饭了没有？有没有生气？有没有想她？

同一时间，陆耀拿着一瓶啤酒正在阳台上借酒浇愁，远处是这座城市璀璨的灯火，就是不知道哪一盏灯照着他家小花。

想着想着他叹了口气。

好想她。

第八节 小花的独立宣言

1.

陆小花哈欠连天地走进公司，第一眼就看见陆耀黑着眼圈，坐在她的工位上等她。他那副“今天不给我个解释，就别想活着走出去”的架势，让她忍不住脊背发凉。

陆小花慢悠悠地走过去，陆耀早已不耐烦了，挑了挑眉毛，问：“难道你就不想说点什么吗？”

陆小花咧嘴笑：“耀耀，你今天也好帅哦。”说完，从口袋里拿出他家钥匙放在桌上，想了一下，又拿了回去，摇头道，“先不还给你了，我东西还没拿完。”

“你这是……要跟我分手？”陆耀噌的一下站起来，脸色发白，“就因为乔诺？她的问题不是已经解决了吗？我保证她不会再来骚扰我们了。”

陆小花被陆耀的阵仗吓到了，连连摆手："不分，不分，就……就是想独自生活一段时间，不打算分手。"

听她连连保证不分手，他的脸色才缓和一些，耐着性子问："那到底是为什么？家里住得不舒服吗？床不够软，还是装修不喜欢？我立刻换掉。"

"耀耀……"陆小花苦恼道，"那是你家啊，不是我家。"

"我家不就是你家吗？我们从小到大什么时候分过彼此？"陆耀实在是搞不清楚她在想什么，"还是说，你觉得房产证上不是你的名字，没有安全感？我可以立刻过户给你！房子是你的，就是你家了。"

"不是的，不是的。"陆小花被他吓死了，怎么说几句话就要把房子过户给她？"跟房子没有一毛钱关系，就是……就是……耀耀，你也知道，我这不是从小到大就没独立吗？不是我爸养我，就是你养我，我觉得自己就是个废物……长年累月下来，我对自己特别没有自信，我甚至不敢独自出门，不敢独自住酒店……我不想以这种废物的状态嫁给你。"

"一个女生独自出门、独自住酒店本来就不安全，你要去哪里，等我放假了陪你去。"陆耀问。

小花妹妹叹气："乐正珊学姐肯定就敢，她就不怕不安全。"

"那是因为坏人遇见乐正珊，坏人会比较不安全。"陆耀挑了挑眉，"她是天生的大力怪物，又接受了四年的格斗训练，你们俩就连……体型……"其实是想说身高的，但是考虑到小花妹妹的自尊心，他还是换了个词，"体型也不一样，不能这样比较。"

"因为乐正珊学姐从小就没有可以依靠的人，所以她只能变强。我可以依靠的人太多了，不知不觉越来越弱，除了吃喝玩乐，什么都不会。"

小花妹妹越说越沮丧，“总之，我希望你能理解我，我不想当怪物，不想永远活在你和爸爸的保护下。就这样决定了，你要是接受不了，就分手好了。”

小妮子紧绷的脸，毫无转圜余地的口气，看来是铁了心，陆耀瞬间不敢说话了，怕逼急了，她真要分手。

一忍再忍，陆大帅哥才将这口气忍了下去，决定先退一步，说：“那你至少把你的新住址给我，我要确认下那个地方治安好不好，适不适合女孩子独居。”

“放心，我找的就是适合女孩子独居的小区，虽然社区老了点，但是旁边就是派出所，小区也住了很多警察叔叔，安全得很。”小花妹妹说着飞快将地址写给了陆耀。

陆耀看了眼地址，知道那一片确实还算安全，也挑不出毛病来，无话可说，只能什么都不说，甩手走了。

他的背影刚从办公室里消失，陆小花就瘫坐在工位上，使劲拍着胸口，连叫“好险”。

“差点就抱着大腿，求他让我回家了。”她嘟囔着。

今天少了免费司机，没人接送，陆小花难得挤了地铁，差点被早高峰的人流量吓死。她买了早饭……哦，对，早饭！

她赶紧把包翻出来，找她买的煎饼馃子，果然……已经被挤成薄片了。

“真是刺激啊。”

吃着看不出原形的煎饼馃子，温室里的小花妹妹含泪微笑。

果然，独自生活不是那么容易的事。

但，自己选的路，跪着也要走下去，吸取教训，明天早点出门，早饭……还是在家吃好了。

陆小花一边盘算着，一边开始一天的工作。同事们普遍反映，今天的她似乎比平日里更努力了呢。

陆小花泪流满面：能不努力吗？交完房租口袋空空，瞬间回到解放前，她还指望着多赚点奖金，填补下亏空呢。

午休时间，陆小花偷偷地跑去姚栗办公室，一脸谄媚问：“姚工，您之前说的那个加班补贴……我想了解一下。”

姚栗正在追剧——《清宫传》，一百多集的宫斗戏，他看得一把鼻涕一把眼泪，正全神贯注地追剧。听到小花妹妹的话，他明显愣了一下：“不对呀，你们旅行刚回来，应该很甜蜜，天天想着不加班回去腻歪才对，怎么问起加班补贴了？莫非……陆耀干了什么对不起你的事，被你打入冷宫了？”

陆小花挠挠头：“我搬出去住了，时间上比较自由，姚工有事尽管吩咐。”

等陆小花了解完加班补贴，欢天喜地地走出办公室，姚栗立刻拨通陆耀的电话，对方刚“喂”了一声，他就爆笑起来：“哈哈哈，陆贵妃，你也有今天，被打入冷宫的滋味怎么样？哈哈哈……”

2.

陆耀左想右想，怎么想都觉得自己不能坐以待毙，于是一下班就去了小花妹妹的新窝。到了地方他才发现自己没有钥匙，只能在门口蹲守着。

为了图便宜，小花妹妹新租的房子位于一个旧住宅区，没有电梯不说，楼梯间里的灯还坏了。陆大帅哥一个大活人站在黑暗里，总是将上楼下楼的邻居大妈吓一跳。

“哎呀妈呀，这么大个小伙子站这里也不吭声？我刚装的心脏支架都要被你吓折了。”

也有警惕性高的大妈，来来回回地在他身边路过 N 次，忍不住苦口婆心地规劝道：

“小伙子，遇到困难跟大妈说，大妈帮忙，可不能小偷小摸。入室抢劫更不行，要判刑的！有可能会判死刑呢，你说吓人不吓人？”

陆大帅哥作为在职警务人员，虽然不是刑警，但是也对大妈的机警和防范意识表示欣慰，并解释：“我在等我女朋友回家，她昨天刚搬来。”

“哦，就是那群叽叽喳喳的小姑娘。”大妈笑得一脸慈祥，转身下楼扯着嗓子喊，“刘穗花，三楼新搬来的小姑娘有男朋友了，让你儿子不要回来相亲了，人家男朋友比你儿子帅多了。”

陆大帅哥一头黑线，然后就见楼上楼下都有人伸头出来看他。

就这么等了两个小时，陆大帅哥被邻居大妈们围观得有些焦灼。他拨了无数次陆小花的电话，还是没人接，这时就看见陆小花和秦菲手挽手走了上来。

秦菲一见陆耀那张铁青的帅脸就道了声“晚安”，钻进对门自家小窝了，留下陆小花和他站在狭窄的楼梯间大眼瞪小眼。

“打你电话怎么不接？”陆耀强压怒火，尽量让自己的声音听起来和缓一些。

“没听到手机铃声呀。”陆小花伸手进包里摸手机，摸了半天没摸到，才一拍脑门干笑道，“手机忘在公司了，抱歉哦，耀耀。”

然后她摸出钥匙开门，转身招呼他：“快进来，昨天才搬进来，没怎么收拾有点乱，别介意哦。”

陆耀站在门口看着里面巴掌大的空间，半天没进去。

他很难过。

他家小花从小就被自己捧在手心上，哪住过这么小的房子？楼道里还这么黑，她一个人下班回来要怎么上楼？

他越想越心疼，好久才走进门。

果然，走进来发现屋子是真的小。

陆小花脱了鞋子，蹦蹦跳跳地踩在地垫上，然后跑去厨房烧开水，又跑去阳台收衣服，忙碌了半天才回头看他，笑眯眯道：“耀耀，你坐呀，唯一一张沙发让给你啦。不喜欢坐沙发，坐我的床也行，我的床虽然很旧，但是我新买的床单、被褥可舒服了。”

正说着话厨房里的水壶响了，她又蹦蹦跳跳地越过他去厨房。

陆耀将公文包放在沙发上，挽起白衬衣的袖子跟着她走到厨房，看她忙着泡茶的背影，忍不住走过去从后面抱住她。

“一个人生活，真的这么开心吗？”他问她，口气十分幽怨。

陆小花点头：“开心。”然后她转身，仰头看着他深情的眼睛，“耀耀，你看这个小窝，它虽然很小，也旧旧的，但是这里面的所有东西都是我自己买的，这让我觉得自己很有用，所以我很开心。”

她眸中似有星光，让他沉迷，忍不住低头吻上她的红唇。

吻完了他又问：“那我想你怎么办？”

陆小花被亲得眼神迷离，双手圈住他的脖子，笑眯眯地说：“你看这不是能见面吗？我明天给你配一把钥匙，你想我了就来看我，我想你了就去看你。好不好？”

陆耀被她嗲嗲的声音撩得呼吸困难，挑了挑眉问：“你说你新买的床单被褥很舒服是不是？”

小花妹妹使劲点头：“很舒服！鲁晓彤帮我杀的价，很便宜。”话未说完，人已被打横抱起。

陆耀抱着她，长腿两三步迈到床前：“我要试试。”

陆小花挣扎：“耀耀，别急，茶还没喝呢。”

陆耀很急：“我不是客人。”

那天，陆耀就一直赖着不走，陆小花狠心赶人：“耀耀，你住在我家，跟我住在你家有什么区别，我独自生活就失去意义了呀。”

陆耀死皮赖脸道：“就算独自生活，你也是个有男朋友的人，总要考虑下男朋友偶尔会过来住一下的情况。你这样赶男朋友走，显得多无情？！”

陆小花仔细思考了一下，觉得确实有些怪怪的，就妥协了：“那我们做个约定。你每周可以在我这里住一晚，我不加班的时候呢，就去你家住一晚。”

“一周才一晚？”陆耀十分不满，“一周有七天呢。”

“才七天而已。”陆小花无奈，“耀耀，你不要耍小孩子脾气。”

陆耀依旧不依不饶：“一周住两晚，至少两晚。周末另算。”

然后他就被气愤的小花妹妹扫地出门了。

小花妹妹又好气又好笑，关上门在门口站了好久。她之前可从来都不知道，她家那个又酷又稳重的欧尼酱还有这么无赖的一面。

不过，也是可爱呢……

小花妹妹想想就笑了，独立生活，果然是个不错的主意，那位孟求是医生的建议真管用。

想着心事，她就听见安静了许久的门外似乎有动静，打开门一看，是陆耀正在换楼梯间的灯泡。

他踩着小板凳，袖子挽得老高，口里咬着手电筒给自己照明，动作利落地换好了灯泡，才回头看她：“现在不黑了吧？下次坏了物业不给修就叫我来。一个人摸黑上楼很危险的知不知道？特别是这种连摄像头都没有的老社区。”

陆小花足足愣了半天，才点点头，陆耀摸摸她的头，收拾了东西，又嘱咐她：“睡觉记得锁好门窗。下次来我再给你装个链条锁。”

说完，他怕她嫌自己烦一样，转身下楼去了。

陆小花望着他离开的背影，一个没忍住脱口而：“耀耀，这么晚了，要不别走了，反正这周还有指标。”

陆大帅哥脚步立刻停了，虽然他换灯泡并不是为了这个，但是……好吧，他承认他实在拒绝不了。

3.

陆小花最近很忙，为了房租水电，还有生活费，她尽可能地多加班来“掠夺”公司的加班补贴，顺带蹭一顿晚饭。她现在吃剩的包子都要打包，看见超市打折的卫生纸都要买一堆回来囤着，像只勤劳的仓鼠，努力地经营着自己的小日子。

乐正珊听闻陆耀和陆小花分居了，出外勤的时候特意从她公司“路过”，拎了一份鳗鱼饭上去看她。此时她正偷偷摸摸地躲在电脑后面剪杂志上的优惠券，乐正珊将鳗鱼饭在她鼻子前面一绕，她的灵魂瞬间被吸走了，双眼跟着鳗鱼饭转了半天，才看到乐正珊。

“学姐，你太好了。”小花妹妹跳起来，隔着外卖盒眼泪汪汪地拥抱乐正珊，“知道我贫穷，特意带吃的来慰问我。这种时候还有什么比一份香喷喷的鳗鱼饭更能表达我们姐妹情谊的？没有！”

乐正珊哑然失笑：“我们的情谊就值四十八块？还送小份蔬菜沙拉和味噌汤。”

小花妹妹已经迫不及待地去打开外卖盒了：“礼轻情意重，我就好这口！”

乐正珊被小花妹妹拉去了茶水间，还没到午饭时间，她将外卖盒小心翼翼地放进自己的小柜子里，还不忘吸两口香气，一脸销魂的模样。

乐正珊坐在茶水间的小沙发上，看她那副样子就觉得好笑，忍不住问她：“好好的，干吗跟陆耀分居？他得罪你了？”

小花妹妹给她泡了杯咖啡，然后坐在边上笑着摇头：“没有啊，就是……”

她把自己最近的心路历程讲给乐正珊听，包括去看心理医生的事，乔诺的事情也轻描淡写地说了一遍。

乐正珊显然将她前面的话全忽略了，关注点都在后半段，她听完拍桌哈哈大笑：“陆耀也有这么挫败的时候？奇观啊奇观，真想亲眼看看。那位乔老师真有那么厉害吗？不知道她什么时候回国，回国了找时间去约一下，切磋切磋。”

说完才注意到小花妹妹不悦的表情，意识到人家正跟她说心事呢，立刻正经脸，咳嗽了两声，分析道：“这个吧……我觉得没毛病，分居分得对。陆耀确实占有欲太强，一直将你视为私有财产，你要是觉得不舒服了，当然应该反抗。有问题就努力寻找解决方法，总比一直藏着掖着，最后真闹出什么问题要好。”

小花妹妹寻求到了认同，非常开心，连连点头：“我也觉得是。”

又问，“船长最近怎么样？我好久都没见他了。”

“在家窝着复习呢，非要考研究生，担心学历比我低没面子呗。不过，那个不服输的小样子也挺可爱。”乐正珊提到肖行舟表情就温柔了许多，“希望他早点考上吧，省得窝在家里不开心，人都蔫了。”

“船长也很努力了呢。”小花妹妹竟然有些羡慕，“有明确的目标也是好事啊，像我，都不知道自己想干什么，公务员也考不上，废柴一个。”

乐正珊微笑：“你考公务员干什么？不就是为了追着陆耀，他干什么，你就想干什么，嘴上说独立，心里还拴着绳呢，小花狗狗。”说着，似乎还嫌弃刺激她不够大，“汪汪”了两声，“你其实是陆耀的忠犬呢。”

陆小花如遭雷击，整个人都不好了，待在原地半天都没说话。

“你一定想问我家船长，他不一样，他考研虽然有不服输的成分，但是他本人是很喜欢法医这个职业的，他的目标是成为国内颜值最高的法医，死神的代言人，伟大着呢。”乐正珊依旧微笑脸，“你喜欢你的专业吗？”

陆小花抱头哭泣：“我不知道，嘤嘤嘤。”

“那你好好想想吧，小花狗狗。”乐正珊站起来，捏了捏陆小花的脸，笑眯眯地又叫了一声，“汪汪。”

离开小花妹妹的公司，乐正珊给陆耀打电话：“不好意思啊，经过我的劝说，你家妹子好像更加不可能跟你回家了呢。”

陆耀：“……”

这都是什么朋友！

乐正珊离开之后的很长一段时间，陆小花都是蒙的。当然，鳗鱼饭还是很好吃的，吃完了心情也好了许多，她就愉快地去工作了。

下班之后，小花妹妹给姚栗发了辞职信。

姚栗一脸发蒙，赶紧给陆耀打电话：“陆贵妃，我也被打入冷宫了，小花这是嫌弃我们年老色衰，要重选一批秀女入宫啊……”

陆耀沉默片刻：“……我竟然懂了。”

晚上十点，陆耀冲去了陆小花的家。秦菲正在小花妹妹家啃黄瓜，看见一脸严肃的陆耀，立刻很没义气地丢下她闪人了，临走还不忘顺了两个西红柿。

小花妹妹笑嘻嘻：“耀耀，你消息很灵通嘛。”

陆耀看着她笑的样子，一肚子的担忧突然都不见了，变成了无奈，然后就是妥协。算了吧，她开心就好。

“你今后有什么打算？”他放下公文包，坐在小沙发上，地方实在太小了，他的大长腿完全没处伸，只能屈着。

小花妹妹兴冲冲地去给他泡茶，然后盘腿坐在地上，托腮看他：“接下来的计划就是挣脱狗链。”

“什么？”陆耀觉得自己才跟她分开几天，就要跟不上她的节奏了，无比懊恼地拍她的头，“说人话。”

“就是啊，今天学姐来看我，给我带了鳗鱼饭，特别好吃，我吃着吃着就想起了孟洁如。孟洁如正在学厨艺，她也不确定自己到底要做什么样的菜，就一直在打工，中国菜、法国菜，估计全世界的厨房她都想去看看。不知道就去试去找，这倒是个挺不错的想法，适合我们这种目标不那么明确的人。”

这一段话，她说得乱七八糟，陆耀着实笑话了半天才终于懂了：“那……钱够花吗？不够的话，我这里……”

“耀耀，不要再给我拴狗链了。”小花妹妹严肃起来，拍着自己的大腿，“你这样我很难做人的。”

陆耀“黑人问号脸”：“狗链？”

小花妹妹站了起来：“我好好地整理了下自己的财务状况，还是有一点点启动资金的，你完全不用替我担心。”

“你的启动资金有多少？一百？两百？”陆耀一脸的不相信，要知道小花妹妹从小就不是个勤俭节约的人，自从迷上二次元之后，更是花钱如流水，从来就没见她存下来过一毛钱。

小花妹妹明显受到了侮辱，双手叉腰，愤怒道：“比这多很多好吗！”说着掏出手机，翻出余额给他看。

这一看竟让陆耀惊到了，竟然有五位数呢，陆小花也能存到有五位数的余额？

见陆耀一脸惊讶，小花妹妹这才挽回了一点尊严，十分得意：“没想到吧，其实我发现我还蛮有钱的，只要狠得下心。”

“什么意思？”陆耀又是一惊，俗话不是说“男人有钱就变坏，女人变坏就有钱”吗？她不会是打算变坏吧？

陆小花微微一笑，神秘地扯着他来到床前，然后掀开床单，床底下赫然都是她曾经的藏品。

“这一箱子已经卖出去了，明天寄出去之后，买家付了尾款，我就又有进项了。”她指着那些大箱子喋喋不休，“这一箱子是手办，活不下去就卖它，所以，为了我的鲁鲁修、小樱和沙加大人他们，我也要好好努力才行。”

陆耀这一次是真的对小花妹妹刮目相看了，连这些命根子都能卖，看来她是真的下定决心了，不是闹着玩的。

“好吧。”陆耀帮她放下床单，捏着她的手心，“我相信你。”

陆小花跳起来双手搂他的脖子：“我就知道欧尼酱最好了。”

最近两人分居，陆耀火气很大，最受不了这个，于是顺势就堵住了她的嘴。

“今天就睡在这里，不走了。”

“哎！这周指标用完了……”

“那就先挪用下周的。”

“怎么这样……”

某人的抗议声越来越小，最后逐渐被细小的呻吟声完全取代。

陆小花根本没睡，正坐在房间里发呆，听到陆耀大舌头的声音，心想不好，赶紧去打开了门。

门刚打开，一个巨大的花束就怼了进来，花束后面，陆耀迷蒙着一双眼睛直勾勾看着她。

“他要买娃娃。”他指着旁边东倒西歪的周至说，然后指自己，“我来道歉。”

第九节 小花创业圆舞曲

1.

陆小花辞职后尝试的第一份职业是摆地摊，毕竟这份职业门槛低，本钱低，时间上还算自由，只要有一双好腿，能跑赢城管，你就是地摊小天后。

小花妹妹卖的是玩偶，自己画图自己设计的。顶着花的贱兮兮的小人，表情十分丰富，时而沮丧，时而大笑，时而假正经，时而色眯眯……鲁晓彤第一次看到这个玩偶，笑得高跟鞋差点崴断了，指着小花妹妹的脸，上气不接下气："这不就是你的自画像吗？"

小花妹妹撇嘴："我哪有这么贱？"

"你这句话应该把 '哪' 字去掉。"鲁晓彤还是笑。

小花妹妹懒得跟鲁晓彤计较，她有事相求。

"帮忙借个裁缝铺用用呗？"她做哈巴狗状。

鲁晓彤爱名牌，虽然也有咬牙吐血买下的真货，但是有一些就是外人根本看不出来的高仿货。她有这方面的渠道，也认识一些以此为生的人，虽然不光荣，但是……喀喀，总要给虚荣女孩一条生路嘛。

所以让她借到一个裁缝铺根本不是事儿。

几天之后，鲁晓彤开着她的二手小别克载着小花妹妹七拐八拐来到一座民宅前。她们走进去，犹如走进另一个天地。

“天哪，这里好像是制假售假窝点，好想报警哦怎么办？”小花妹妹看着眼前整齐的皮料和各式缝纫机器，表情复杂。

“人家是网红自主品牌，正经生意，好不好？”鲁晓彤翻了个白眼，“每天早上给你用两个小时，超时收费。”说着她转身踩着小高跟走了，还不忘嘱咐，“两个小时后我来接你，别自己瞎跑，这一片儿可不太平。”

小花妹妹欢天喜地坐下开干。

于是陆小花早上做娃娃，晚上卖娃娃，养尊处优的她，开始了属于她的创业之路。

2.

陆耀下班跑去捧小花妹妹的场，来得太急忘记换制服，还没靠近小花妹妹常驻的巷北街，就听见有人大喊一声：“城管来了。”

小花妹妹摊子一卷，撒腿就跑，陆大帅哥就在后面追，边追边喊：“陆小花，是我，是我！”

小花妹妹肾上腺素正疯狂分泌中，什么都听不见，小短腿如装了电动马达，一溜烟就不见了。陆大帅哥无奈，只好原地站定，给她打电话。

电话接通，那头气喘吁吁，小花妹妹惊魂未定：“耀耀，我跟你说，我刚才差点就被城管抓住了。”

陆耀一头黑线：“那城管就是我！”

“耀耀，你换工作了？”小花妹妹大惊失色。

“不是换工作，是下班没换衣服，刚走进这一片，就被你们的暗哨看见了。”陆大帅哥的语气颇为无奈，“你们的反侦察能力倒挺强，跑路速度也够快，怎么在学校的时候，体能训练课上没见你跑得这么快？”

小花妹妹这才知道自己白跑了，拎着大包走出巷子，果然看到一身制服的陆耀就站在她的摊位前。她一边在心里暗骂放哨的小美不靠谱，这都是能看错？世界上有这么帅的城管吗！一边拎着大包跑过去，重新摊开，仰着头跟陆耀说话。

“耀耀，你今天下班怎么这么早？没有案子吗？”

“最近还行。”陆耀含混不清地答着，目光始终在小花身上没离开过。

不过几天没见，小妮子似乎瘦了，婴儿肥的脸上都没那么多肉了，倒显得眼睛更大了似的，也似乎黑了一些，这是吃了多少苦？想到这里，陆大帅哥简直心似油煎。

陆小花手脚麻利地摆开了摊子，陆耀看到上面贱兮兮的手工小娃娃。他蹲下身，拿起一个正噘嘴等亲亲的“贱小花”，对比着她本人看了又看，不禁笑了起来：“这是你的自画像吧？”

“哪有？”陆小花气恼，“怎么都这么说？这不是我！是我原创的卡通人物形象，我从小不就在学画漫画嘛，长大了也喜欢涂涂画画的，这次刚好用上这个技能。跟你说哦，我不仅在线下卖，线上也有卖，而且还给各大玩偶公司投了稿，将来还想画一部以贱小花为主题的漫画、影视、动画，全面开发。”

陆小花说到这里，双眼放光，但是理想很丰满，现实很骨感。当陆耀问她销量怎么样时，她噘着嘴一把将他手上的小玩偶抢了去，嘴硬道：“只是现阶段，大家不识货而已啦。”

那就是不怎么样。

陆耀心里有数了，默默叹了一口气：“饿不饿？已经到晚饭时间了，我请你吃饭。”

小花妹妹坚决地摇头：“不行，这会正是人多的时候，哪有时间吃饭？你自己去吃吧，不用管我，等收摊的时候，我自己会去吃。”

陆耀也不勉强，提着公文包走了。

片刻之后，他走了回来，已经换掉了那套让人紧张的制服。他手里拎着两份牛腩饭，自顾自地走到小花妹妹身边，将饭放在她的小摊子上，打开外卖盒递过去：“吃吧。”然后打开自己的，又找了块石头坐下，“这样也算一起吃了。”

小花妹妹感动得稀里哗啦，她也确实是很饿了，捧着饭吃得“日月无光”。

陆耀一直陪着小花妹妹摆摊到十点钟，等路人越来越少，她才恋恋不舍地收摊。

陆大帅哥心算了一下，一个晚上小花妹妹卖出去五个贱小花的玩偶包挂，一个二十，一共一百，扣除成本，纯利润约莫五十。很好，饿死自己不是梦！

陆耀载着她和她的宝贝们回到住处。她又赶紧打开电脑查看电子邮件，打开电商网站看今天的留言，回复留言，一忙就是两个小时。

陆耀默默地给她整理了屋子，洗了衣服，还刷了碗，等一切都做完，她还在写写画画，一副很认真的样子。然而此时已经是十二点了，他忍不住抽走了她的笔，摘掉她的大眼镜，皱眉道：“该睡觉了，没忙完的，明天再做。”

“明天六点就要去做娃娃，鲁晓彤帮忙借的缝纫店，人家的机器只借给我两个小时。”陆小花打着哈欠，抽回笔，“我再画两个草稿啦，之前投的稿都没动静，要再多投几个才行。漫画也还只有草图，要早点画出第一话去投稿。”

这小妮子从小就爱玩，虽然现在看起来跟小时候差不多，但是似乎这次玩得很认真。陆耀叹了一口气，揉了揉她的头发，轻声道：“那我回去了，你早点睡。”

陆小花头也不抬地说：“嗯嗯。”

回到家，陆大帅哥辗转反侧，实在睡不着，起身打开电脑，复制了一个链接，开始给自己朋友圈里的所有人发红包：

“帮忙用你的账号，买这个娃娃。娃娃留着自己玩，谢谢。”

“这个娃娃是不是很可爱？买不买？”

“喜欢就推荐给朋友。”

“不买不是中国人！”

……

第二天，陆小花捧着手机看着噌噌上涨的销售量，目瞪口呆。然后她开始手舞足蹈，开始快乐地向每一个买娃娃的客人表示感谢，然后手脚麻利地包着快递，足足忙活一天，晚上连摊都没出，因为没有东西可卖了。

这种创业成功的幻想，只维持了一天就被戳破了。船长打电话来问陆小花：“小花，你的贱小花好可爱，什么时候上新呀，我还要再买两个，凑够全部表情包。还有啊，我是真的喜欢，让你家欧尼酱不要给我发红包了，真是的，把我当成托了。”

陆小花不明所以："什么红包？"

"你家欧尼酱给所有认识的人发红包让大家去买你的娃娃，你不知道吗？我还以为是你让他帮忙刷销量呢……难道……苍天啊，你家欧尼酱太浪漫了，够意思！"

这话的意思再明显不过了，陆小花如遭雷击，挂掉电话就"哇"的一声哭了起来。

3.

陆小花生气了，哄不好的那种！

陆耀上门好几次，都吃了闭门羹，她铁了心要给他一个教训。

"这样算什么？自己花钱买自己的东西，你这是对我的侮辱。"小花妹妹隔着门跟他吵架，吵得义愤填膺。

陆耀手足无措，慌手慌脚地解释："我只是担心你卖不出去会灰心，真的没有别的意思，你要是不喜欢，我以后不这么做了……小花，你开门，我当面跟你说。"

陆小花十分坚决："不开！什么叫卖不出去会灰心？在你眼里，我就这么脆弱，一点挫折都经不起吗？"

陆耀沉默了，呃……说真的……他所认识的陆小花……确实没吃过苦，也没怎么经受挫折……他没有这方面的经验啊。

门外的沉默是又一次沉重的打击，陆小花气得直跺脚："你走，你走，我再也不想看见你了。"

如此闹了半天，楼上楼下的大妈都来警告好几回了，陆小花还是铁了心不开门。陆耀无奈，只好先走了。

第二天再上门，正碰上风尘仆仆的二狗子……周至被秦菲关在门外，两个苦命的男人对视一眼，立即从对方眼中读出了“同病相怜”四个字。

陆耀和周至一起去酒吧喝酒，打算一醉解千愁，顺带互相吐吐苦水。

“我只是想帮她一把，有错吗？怎么好像我就成了十恶不赦的坏蛋，连门都不让进。”陆大帅哥本就心烦，好酒量都不见了，几杯烈酒下肚，舌头都大了。

周至也好不到哪里去，眼神早已迷离：“知足吧。你看我，千里迢迢从美国赶回来只想见她一面，还不是一样被拒之门外？”

“现在的恋爱怎么这么难谈？”陆大帅哥抱怨，又连喝了两杯，此时看人已经开始出现重影，“真想打晕了直接拖她去领证。”

“这是犯罪。”周至与他勾肩搭背，“知法犯法不太好吧，陆警官。”

“管他呢。我要小花，我这辈子就喜欢她。”陆警官开始撒酒疯了。

“我也没别的愿望，就想使劲赚钱，将她养得白白胖胖的。这么简单的愿望上天都不愿意成全我。”周至捶桌，嗓门也越来越大了，“我现在也赚了一些钱，可她一毛都不花，她不花，我赚来干什么！”

“想花钱还不简单？走走走，我带你去花钱。”陆大帅哥拽着周至往酒吧外走。

两人摇摇晃晃地走出花店，一人手上多了一捧“巨无霸”玫瑰花束，足足有九十九朵。

周至看着花嘟囔：“换成羊肉卷，菲菲可能更喜欢些。”

陆耀也嘟囔：“换成 RMB，小花可能更喜欢些。”

嘟囔归嘟囔，最终没能实施，操作起来难度太大。两人就这么神志不清地重新来到陆小花家门前，陆耀敲了敲门，大着舌头说：“有人在家吗？有人要买娃娃。”

陆小花根本没睡，正坐在房间里发呆，听到陆耀大舌头的声音，心想不好，赶紧去打开了门，门刚打开，一个巨大的花束就送了进来，花束后面，陆耀迷蒙着一双眼睛直勾勾地看着她。

“他要买娃娃。”他指着旁边东倒西歪的周至说，然后指自己，“我来道歉。”

4.

最终，无奈的陆小花只好喊了秦菲，两个人费力地将各自的男人拖进自己家门，当然还有那两束“巨无霸”。

小花妹妹刚关上门，陆耀就把花扔了，整个人靠上来，将陆小花结结实实地压在门上。

他的鼻息混着酒气喷洒在她脸上，还有他那双迷蒙的眼，实在让人招架不住。她赌气歪头不看他，他就一口咬在了她白嫩嫩的脖子上。

“嗞……疼……”陆小花抬手打人，却见某人笑了。他这副得了便宜还卖乖的无赖模样真是不多见，她抬起的手就放下了，“耀耀，你变坏了。”她控诉。

“你爱我吗？”陆耀抵着她的额头问。

酒后的嗓音低沉沙哑，好听得让人受不了，陆小花早已心跳如擂鼓，一句话都说不出来了。偏他还在不依不饶地追问：“说啊，爱不爱我？不说话我就咬你……”

小花妹妹怕疼，忙不迭地点头：“爱，爱，爱。”

陆耀这才满意了，拍拍她的脸，轻笑：“下次不许把我关在门外，也别跟我生气，生气我就咬你。”

陆小花那个气呀，不是说来道歉的吗？这是道歉的态度吗！

陆耀又低头去蹭她的脖子，他比她高了那么多，这个动作做起来实在费劲，最后干脆将她抱了起来。

“不生气了就去睡觉吧，不能熬夜，熬夜对皮肤不好。”

他说着抱着她往床边走。陆小花这才回过神来，开始挣扎：“你要住这里？不行的，耀耀，你这周的指标用完了。”

“预支下周的。”

“下周的也预支完了。”

“那就下下周的。”

“……”

孟洁如拳头捏了又捏，想想又算了，只当那是友谊之吻好了，就叹口气，嘱咐他："别再作死地锻炼了，你要残废了，你的粉丝们会哭死的。"

"放心吧，如如，没娶到你之前，我是不会死的。"

"你再说一遍！"

"如如，我喜欢你。"

"宋越！"

"如如，我爱你！"

第十节 暴力萝莉的小奶狗

1.

秦菲最近受邀参加一档美食节目，主持人是歌手出身，真正的万人迷，陆小花知道后非常激动，抱着秦菲的大腿不放：“秦哥，求你带我一起去吧，我给你当助理，不不，当首席提鞋官也行。那可是宋越呀，我做梦都想见他一面，他唱歌唱得太好了，听完耳朵都能怀孕。”

“我不知道他唱过什么歌。”秦菲非常诚实，对陆小花的狂热也无法理解，但同样很兴奋，“主办方请了素萝园的大厨做菜，我的任务就是将他做的所有东西都吃光。素萝园啊，我做梦都想吃光他家的菜。”

“那我就负责给你夹菜，让你吃得快一点。”

“好啊，好啊。”

两个人兴奋的点虽然不一样，但是同样都很期待这一次的节目，因此在家里做了很多功课。

“秦哥，你别光想着吃，参加人家的节目，也要对主持人有所了解。”秦菲家里，陆小花盘腿坐在她家单人沙发上，跟她科普，“宋越是最近当红的歌手，唱跳俱佳，长得特别水灵，观众缘非常好，是流量明星中唱得最好的，专业歌手中流量最高的。他过生日的时候，人家的粉丝团在拉斯维加斯包了大楼表演灯光秀，震撼程度简直不是一个‘壕’字能够形容的。最要命的是，人家才十九岁！今年考上了音乐学院，在读大一，空闲时间相对多了，才开了这个节目，一周一期，虽然电视台不播，但是在网络上点击率超级高的，你到底懂不懂？”

“哦！”秦菲恍然大悟，啃着黄瓜条，咂嘴，“怪不得能请到素萝园的大厨呢。素萝园的大厨超级牛的，总统来吃饭都要排队。”

关注点根本不一样好不好？陆小花翻了个白眼，翻完又想通了，秦菲对宋越没兴趣又怎样，她有兴趣就行。到时候她俩，一个负责吃，一个负责看人，两不耽误，实在美妙。

为了上节目，陆小花着实做了许多准备。她不但自己动手做了新衣服（主要是穷，没钱买），还做了新发型，最后搬出许久没用的面膜、颈膜、手膜、脚膜，全身贴上，躺在地板上跟秦菲说话。

秦菲也被强行贴了一身，跟小花妹妹并排躺着。贴了面膜不能吃东西，她等得极其不耐烦：“什么时候能好啊？我去吃东西而已，能吃就行，要那么好看干吗？！”

陆小花一脸恨铁不成钢：“上了节目，就有几百万的人看到你，不弄好看点怎么行？难道你想留下黑历史？”

“那有什么关系？”秦菲满心不解，毕竟她是吃播主播，吃起来贼真实，面目全非那种，黑历史？没在怕的，毕竟一直都没“白”过，“能吃就行啦。”说着不顾小花妹妹的反对，撕掉面膜、颈膜、手膜爬了起来，去小花的厨房找吃的。

陆小花无奈了，索性不再管她，自己保养了个够。

傍晚，有人敲门。陆小花打开门看见周至提了一大袋子吃的站在门口，微笑道："菲菲在你这吃了不少东西，我来给你补货。"

"哎呀，二……周至你太客气了。"陆小花兴高采烈地迎上去，顺便捏了正专注从袋子里抠西红柿的秦菲一把，"秦哥，你哪辈子修来的福气，找到这么好的男朋友。"

秦菲啃着西红柿，一脸茫然："不用找啊，从小就在，赶都赶不走。"

周至微笑着也去捏秦菲的脸："说得我好像哈巴狗一样，你就这么迷人吗？"

秦菲一脸困惑："是啊，我又不迷人，你还不肯走，是不是脑子有问题？"

周至的微笑中透着"咬牙切齿"四个字，揽着秦菲的腰，说："走走走，我们回去仔细探讨下这个问题，看看我的脑子是不是真有问题。"

陆小花被塞了一嘴狗粮，但还是保持风度，目送两人离开，然后转身给陆耀打电话：

"耀耀，快说你爱我，快！"

陆耀："……你在邀请我去你家住吗？"

"并不是！你下个月的指标都用完了，好好反省！哼！"陆小花气鼓鼓地挂掉了电话。

2.

因为节目是录播的，所以要提前录好，陆小花和秦菲早早就去了演播大厅。

陆小花从走进这栋大楼开始就一直很兴奋，拉着秦菲持续不停地尖叫：

“秦哥，秦哥快看，杰仔的人形立牌，我好喜欢他的。给我拍张照。”

“哇哇，好酷的海报……”

“刚才走过去的是居老师吗？好厉害……”

……

而秦菲全程都在揉肚子，哭着脸嘟囔：“什么时候吃饭啊，走得太急了，早饭都没吃，小花你不饿吗？”

“吃什么吃？饿什么饿？这么多好看的人，看看就饱了，哪里还用吃饭。”陆小花继续犯花痴，四处拍照。

“好看的人又不能吃。”秦菲叹气，蔫头耷脑，“我还是比较喜欢肯德基爷爷、麦当劳叔叔他们，至少看着就很好吃。”

两个人鸡同鸭讲，也聊了一路。来到摄影棚，陆小花的眼睛瞬间更亮了：“这就是传说中的演播大厅，太……出乎意料了，感觉像进入了外星人的城堡。之前在网上看到的原来只是一部分，没看到的地方还有这么多……”

秦菲看着飞来飞去的摇臂摄像机，趴在顶梁上调试灯光的灯光师，第一次认同陆小花：“确实很像，在这么多摄像机面前，我不知道还能不能吃得下去。”

事实证明，秦菲完全多虑了。等到素萝园的大厨推着食材进来的时候，她就开始疯狂分泌唾液，什么摄像机、录影棚都忘记了，满心满眼都是那些吃的，也完全没看见跟在大厨身后进来的孟洁如。

孟洁如却看到了她，惊讶地叫了一声：“秦菲，你怎么在这？小花也在？”

陆小花拍完了一圈照片，奔过来，看见孟洁如也是一脸惊喜：“秦哥来录节目，我是她的助理呀。”

“看节目流程单确实请了个吃播网红，没想到是秦菲。”孟洁如的面瘫脸上浮现出一丝笑容，“我是跟着师父来打杂的。”

“如如，你竟然成了素萝园大厨的徒弟，太牛了！一品牛腩你会做吗？好想吃哦。”秦菲说着口水都要滴下来了。

孟洁如摊手：“会做是会做，但是今天我只能打下手。而且现在你最好清空肚子，因为节目组让我们准备了很多食材，待会有你吃的。”

“是吗？”秦菲跃跃欲试，一脸迫不及待，“节目什么时候开始呀？”

“早呢，没看见主持人还没来吗？我们这些无关紧要的小虾米，慢慢等着吧。”孟洁如说着跑回自家师父身边待命去了。

接着秦菲被带去了化妆室化妆，节目组的副导演过来打了招呼，并且讲了一遍节目流程，顺带表了一下白：“秦菲，我是你的粉丝哦，减肥的时候每天都看你的吃播，靠着你的吃播才熬过了漫漫长夜。”

减肥期间看吃播？陆小花觉得这个白白净净的年轻男导演大概是有受虐倾向。

但是你来参加节目，发现导演是你的粉丝，还是十分值得开心的事，秦菲开心地握住导演伸过来的手，不好意思地说：“很多粉丝都说在减肥期间就靠看我吃饭来画饼充饥，可是一想到我在镜头前吃肉、喝奶茶，你们却只能吃草就觉得太残忍了，以后我打算出个减肥主题，陪着你们一起吃草。”

“太好了，这个主题一定十分受欢迎。”男导演激动道，“接下来我还需要增肌，减肥主题结束后，菲菲能不能陪菲力牛排们一起吃个增肌餐？”

“菲力牛排”是秦菲粉丝们的自称。

“好主意呢。”秦菲鼓掌，“不愧是导演，点子真多。”

男导演不好意思地挠挠头：“哪里啦，是菲菲吃得好。”

呃……这段对话实在太诡异了，陆小花实在无力吐槽，只好暗自开溜了。

离彩排还有一段时间，但是孟洁如已经开始帮师父处理食材了，料理台上有水龙头、有菜案，还有智能烤箱、微波炉等各种由赞助商提供的现代化厨房用具。

孟洁如正站在水池边处理一只大龙虾，龙虾比她头都要大，看起来张牙舞爪。她神态自若，清洗虾背、虾腹部，又操刀将活蹦乱跳的龙虾拆了，每一条肉都清理出来摆在盘中。

陆小花正觉得好玩，想上前去搭话，就见水池下方，有颗脑袋探了出来，看样子是个少年，但是戴着黑口罩，看不清长相。

少年正使出浑身解数跟孟洁如搭话：“如如，你看我最近是不是瘦了？如如，如如，我新学了一个魔术变给你看呀。如如，你这周回不回爷爷家？我回的。如如，如如，你低头，你低头看看我。”

孟洁如视少年为空气，对他的聒噪充耳不闻，只是面无表情地忙活着自己的。

陆小花在一旁看着觉得神奇，又觉得少年实在可怜，就上前去拍了拍孟洁如的肩膀，朝水池下面努了努嘴：“人家跟你说话呢，你怎么不理人家呀？”

孟洁如头也不抬，冷酷无情道：“我忙！”

“边忙边说话嘛，你在我家做饭的时候，还能边忙边替鲁晓彤分析新遇见的男人是渣男呢。”陆小花说着也蹲了下去，看着少年的眼睛，只觉得好眼熟，仔细分辨了两秒钟，顿时惊叫起来，“宋宋宋……越？”

宋越惊慌失措地赶紧捂住陆小花的嘴巴：“嘘！别让我的经纪人听见了。她不许我跟如如说话。”

孟洁如终于低头了，冷漠地看了宋越一眼，然后抬头对正满演播大厅乱窜着找人的年轻女人道：“宋晴，请把你们家宋越带走，不要再让他骚扰我了，谢谢！”

那年轻女人穿着干练的西服套装，妆容精致，手上提着的爱马仕闪闪发亮，闻言，“噌噌”走过来，拖着宋越的衣领往化妆间走。

宋越看着孟洁如，一脸不舍地伸出“尔康手”，不甘心地嚷：“如如，如如……姐，你放开我，我要跟如如说话。姐，你听到没有？姐……宋晴，你被开除了！”

目睹了一切的陆小花，心潮那叫一个澎湃，瞬间脑补了一出言情剧，剧的名字叫作：面瘫姐姐和她的大明星小奶狗。

好精彩，好精彩。

这趟真是来对了！

3.

接下来的彩排，陆小花全程在一旁围观，并向一众助理安利她的“贱小花”。

等彩排结束，“贱小花”已经人手一个，在市场上遭受嫌弃的玩偶，在这个场子里却大受欢迎，着实让陆小花很意外。

更让陆小花意外的是，彩排期间，宋越跟孟洁如完全零交流，又像电视上看到的那个宋越一样，阳光、逗趣，时不时对镜头放电，撩一撩自家粉丝。跟刚才黏人的奶狗简直判若两人。

陆小花压制着自己的八卦欲，一直憋到节目录完，这才联合秦菲，将正在收拾东西的孟洁如“劫持”到僻静处。

“说，你跟宋越到底是什么关系？”陆小花严肃地问。

秦菲打着饱嗝也问：“说，你师父做的酒醉龙虾到底有什么秘诀？怎么能那么好吃？”

陆小花恨铁不成钢地拍了秦菲一下：“你都快把人家电视台吃了，还想着吃！先别管吃的了，如如的终身大事要紧。”

听到“终身大事”四个字，孟洁如挑了挑眉，终于说话了：“什么终身大事？我的终身大事永远都不可能跟宋家人扯到一起去。”

“难道你们两家是世仇？罗密欧与朱丽叶？”陆小花更兴奋了。他俩本来的设定就很萌了，再来个世仇梗，更刺激了有没有？！

“就算是罗密欧与朱丽叶，也是我和宋晴，跟宋越没有一毛钱关系。”孟洁如说起这个，面瘫脸终于崩裂了，满脸都是拒绝。

陆小花捂嘴惊叫：“如如，你喜欢女生？”然后飞快地捂住自己的胸口，一脸要被非礼的警惕，“你不会对我有什么想法吧？我告诉你哦，我已经有欧尼酱了。”

孟洁如翻了个白眼：“我喜欢大胸的好吗？就你那‘旺仔小馒头’……我真的看不上眼。”

陆小花受到了侮辱，悲愤脸：“谁‘旺仔小馒头’？你们全家都是‘旺仔小馒头’。”

“如如，你……你是这样的人吗？”慢半拍的秦菲总算跟上节奏了，“我是支持你的。”

孟洁如叹息："我真的很想是那样的人，女孩子多好！可惜啊，本人性别女，爱好男。"

"那你刚才说什么你和宋晴是罗密欧与朱丽叶？"陆小花放下捂胸口的手，气愤地去捏她的脸，"到底怎么回事，快点从实招来。"

"其实，真的挺狗血的。"孟洁如四十五度角仰望星空，忧伤了起来。

孟洁如和宋晴的恩怨，起初真没宋越什么事。

孟洁如和宋晴是初中同学，是同学也是闺密，好到能穿一条裤子那种，两人还考上了同一所高中。但就是在高中，宋晴抢走了孟洁如的初恋，她至今都念念不忘的、洁白如雪的同桌，两人从此决裂。

孟洁如说到这里义愤填膺："我把她当最好的朋友，她把我当什么？竟然挖我的墙脚！要不是看在多年朋友的分上，我早就抓她去沉江了。"

陆小花和秦菲也觉得宋晴这事做得不地道，但是从头到尾都没听到宋越。陆小花不甘心："那宋越呢？"

"什么宋越？"孟洁如皱眉，"一个跑腿的小屁孩，有什么可说的？"

这位姐姐是从头到尾都没把这位大明星放在心上过啊。

陆小花语塞，忍不住为宋越抹一把同情的热泪。

4.

此时"跑腿的小屁孩"正把自己锁在他专用的化妆间里，披着马甲在贴吧里发帖子。

巨烦我姐：喜欢上姐姐的闺密，可是她总是把我当孩子，我该怎么办？

他这个马甲是新注册的，没什么人气，贴吧里人虽然多，但是回复他的却很少。他一个人抱着手机，蜷在椅子上，死死地盯着屏幕，试图用意念控制看帖的吧友给他出谋划策。

终于，意念攻击法管用了，有人回复了他。

恋丹人：表白过了吗？

宋越立刻打起精神，打字如飞。

巨烦我姐：不敢啊，怕她揍我，你不知道，她可凶了。

恋丹人：这么凶的女人你也喜欢？兄弟怕是有受虐倾向吧？

因为有了互动，陆续有其他人来回贴。

宋越老婆本人：作为女生，可以负责任地告诉你，我们不喜欢胆小如鼠的男人。

爱越一百年：同意楼上，连表白都不敢，难怪总被当成小孩。

亲亲我越越：除非你长得跟我家越越一样帅。

如越而至：首先，世界上不可能有人跟越越一样帅，其次越越还小，怎么会有喜欢的人？

……

宋越看着屏幕上一个个疑似他的脑残粉的账号在数落他，心情十分复杂，索性不管他们，自顾自地打出自己的心酸暗恋史。

巨烦我姐：

她是我姐的闺密，从初中起就是，这里先叫她 S 吧。

第一次见 S，是在我家，爸爸妈妈不在家，我姐就叫了 S 来家里吃饭看电影（我家有个放映室）。那个时候我钢琴要考级了，就没出去玩，一直在家里练琴，我姐叫外卖，她就站在我的琴房门口听我弹钢琴。我有一段怎么弹都弹不好，她就走了进来，叫我起来，然后她坐下来弹了一段，就是我刚才一直弹不好的那一段。她弹完了站起来，抓过我的手看了两眼，冷冷地说：“你指甲太长了，去剪一剪。”

她那样子特别酷，比我姐以前带回来的那些只知道吃喝玩乐、追星的草包，强多了。从那时候起，我就开始关注她。

那个时候我读小学，她们初三。我的个头跟她已经差不多了，她的头发总是短短的，说话很冷，还总是面无表情的，像个面瘫的娃娃。可她的性格非常光明磊落，是的，就是光明磊落，像个大侠，从不矫揉造作，这也是我最喜欢她的地方。

她从来都不欺负我，每次让我跑腿之后都会说“谢谢”。

对我也十分好，怕她们看电影吵到我练琴，就将我琴房的门锁了起来。我就练了一个晚上的琴，练熟了一支我一直弹不好的曲子，被老师夸奖了，真是多亏了她。

我上初中的时候，她们上高中。可能是因为忙，她来家里少了，我就用尽各种借口去我姐学校，主要还是为了看她。

有一次，我去给我姐送榴梿，我知道我姐不爱吃榴梿，但是S爱吃，我姐不爱吃就会给S吃。刚靠近她们教室就看见一个男生被人从教室里扔了出来，然后怒气冲冲的S跑了出来，还踩了那男的一脚，说以后见他一次打他一次。

她真的太酷了。

我怕S出事，就跟了过去，她一个人在操场上偷偷地哭。我好心疼，但又不敢去安慰她，毕竟她生起气来，连自己都打，像条喷火的小暴龙。

她哭了一会，吸吸鼻子似乎闻到了榴梿味，转头才发现我。她喊我过去，我很开心，以为她终于有需要我的地方了，哪知道她让我把榴梿留下，然后滚蛋。

她说：你姐抢了我的男人，你就是我的仇人，我讨厌她，也讨厌你。

她还说：以后都别让我看见你。

那天，我受到两个打击：

一，我喜欢的人有喜欢的人了。

二，我喜欢的人讨厌我了。

讲到这里，宋越觉得好委屈，忍不住抱紧帅帅的自己，然后叹了口气，继续打字。

巨烦我姐：

那之后好长时间都没见到她，因为没有机会，她跟我姐决裂了，既不会再来我家，也不接我电话。我很难过，我决心和她一起讨厌我姐，并且自强自立。她不来见我，我去见她。

我去她家门口堵她，去她爱去的冰激凌店门口等她，去……然后我就被她的保镖扔进了垃圾桶。

没开玩笑，她出门真的会带保镖，虽然保镖都是远远跟着，但是有那两个傻大个的阻碍，我根本见不到她。

就这样她去上大学了，我上了高中，也开始忙了起来，不是演出就是拍戏，每次演出完我都会发消息问她有没有看，还会发自拍给她，可是她一次都没回过我！

刚才，我在工作的地方竟然看到她了，真的太开心了，躲开了我姐（她现在是我的管家婆）去找她，可是她根本就不搭理我，还喊了我姐，让我姐把我拖走了……我真的有那么讨厌吗？

发泄完，宋越叹了口气，看了一眼大化妆镜里的自己，自认还是很帅的。每次他拍了时尚大片，粉丝们都大呼“养眼”，年初甚至还去了米兰走了时装秀，成了某奢侈品品牌亚洲地区最年轻的代言人。

她到底为什么不喜欢我？

欣赏着自己英俊的面庞，宋小男神陷入深深的沉思中。

5.

回家的地铁上，陆小花、秦菲、孟洁如三人坐在一起，都是一脸疲惫，谁都没有了一开始的兴奋。她们开始深深地同情每天都要录节目的明星们，保持精力充沛地录一天节目，真是太累了。

陆小花百无聊赖地刷着手机，偶然间刷到一个帖子，名字叫：喜欢上姐姐的闺密，可是她总是把我当孩子，我该怎么办？

那个ID名为“巨烦我姐”的吧友在讲述自己暗恋姐姐闺密，然后一直被对方无视的心酸历程。陆小花越看越觉得眼熟，当看到最后一段，忍不住拍了下大腿，又激动地去拍孟洁如的大腿。

“如如，你失恋那天，宋越是不是给你送过榴梿？他是不是经常给你发消息？还给你发自拍？还被你的保镖扔进垃圾桶过？”

孟洁如本来闭着眼睛打盹，被陆小花的“大力金刚爪”拍醒，肾上腺素正往上蹿，暴力的手马上就忍不住了。但听她一连串的问题，又觉得奇怪，咬牙问她：“你偷看我手机了？”

“也就是说，是真的了？”陆小花兴奋起来，将手机递到孟洁如的眼前，“你看你看，这个是不是宋越？”

孟洁如拿过手机看了两眼，又将手机丢给陆小花，继续闭上眼睛打盹，脸上没有一丝表情：“不是。”

陆小花不死心，连连追问：“真的不是？可是看起来很像啊？你确定不是？”

孟洁如挪了挪身子，朝秦菲那边靠了靠，打定主意不再理她。

孟洁如现在住在素萝园安排的宿舍里。这栋独立的别墅是素萝园大厨的产业，专门用来安置他的宝贝徒弟们。虽然他的徒弟不多，加上已经出师搬走的，总共也不超过十个，但是这里依旧没有其他用途，宽敞得很难让人相信是宿舍。

已经半夜了，师兄们都睡了，走廊上静悄悄的，孟洁如回到房间，累得跌倒在床上，半天没爬起来。

就那么趴了一会，猛然想到地铁上陆小花给她看的帖子，就用手机搜了一下，从头到尾看了一遍。

细节、语气都对得上号，是宋越那个小浑蛋。

帖子已经盖到一千多楼了，还被吧主加了精华。她刷到底楼，发现“巨烦我姐”还在跟回帖的吧友们聊天。

种棵星星草：好甜的暗恋，楼主加油。

没有我你该怎么办：有志者事竟成，总有一天你的诚心能感动她。

……

下面还是一堆打起来的，“巨烦我姐”一一回复“谢谢”外加一个握拳的表情。

孟洁如忍了又忍，还是没忍住，登录了许久没登过的贴吧号，在下面回了一帖：

榴梿小王子：也有可能你根本就不是她的菜，比如说，她喜欢高大威猛有阳刚气的男生，而你过于好看了？

过了一会，有了回复。

巨烦我姐：我还没有停止发育，你怎么知道我将来不会成为高大威猛的阳刚男人？

榴梿小王子：【流汗】我就是打个比方，主要还是想说，也许她喜欢的就不是你这个类型的，你再怎么努力都是白费。

巨烦我姐：我都说了，我还没有停止发育，可塑性还是很强的，她喜欢什么样的，我都可以定制。

孟洁如无奈了，默默将手机放下，气得使劲捶床。还没捶完，就听到微信提示音，打开，看到宋越发来一串男生的照片。

“你喜欢什么样的男生？”

这是真准备为她定制自己的未来？

孟洁如顿时气不打一处来，赌气回复：

“我喜欢现在、立刻就能陪我睡觉的成年人！”

那边竟然安静了，孟洁如竟然紧张起来，以为自己说话太过分了，毕竟对方还是个孩子，这么说话万一吓到他了怎么办？

孟洁如正忐忑着，门外传来急促的敲门声。她打开门，一个戴着鸭舌帽的高大身影就蹿了进来，二话不说就开始脱衣服。

她被吓了一跳，还以为是色狼，正气沉丹田准备来一顿好揍，就看见摘了帽子露出来的脸，那张还没来得及卸妆的精致面孔，不是宋越还能是谁？

“宋宋宋……越？”孟洁如惊得都结巴了，赶紧把门关上，压低声音问他，“你干吗？大半夜跑到我这里来，不怕被狗仔拍到？不怕你姐杀了你？哎哎哎……你赶紧把衣服穿上。”

也不过一句话的工夫，他已经脱掉了上衣，赤裸的胸膛竟然一点也不单薄。虽不是猛男类型，但腹肌也是有的……呃……开始脱裤子了……

“别脱了！”她一把抓住他的手，咬牙切齿地问，“你到底在干什么？”

宋越抬头，看着她一脸无辜："你说你要一个现在、立刻就能陪你睡觉的成年人。我就是啊！下个月我就十九了，早就已经成年了。"

"气话你听不出来吗？！"孟洁如的面瘫脸都要崩塌了，将床上的衣服拾起来一股脑地往他身上套，"我的意思是，你太小了，我不喜欢小孩子！"

"可是我都十九了，哪里小？"宋越被她强迫着套上黑色的T恤。T恤上有一颗小小的红色爱心，更衬得他整个人唇红齿白，"如如，你这是歧视。"

"歧视又怎么样？我谈恋爱当然是要挑自己喜欢的男生。"孟洁如说着随手从床头拿了本杂志，翻开一页，"我喜欢这种类型的。你看，跟你是不是完全不一样？"

那是一个健壮的男模，身高有一米九多，皮肤黝黑，裸着上身，八块腹肌油亮油亮的，配合着一脸的坏笑，十分容易让人想入非非。

宋越虽然不矮，但还是比男模矮了十厘米，而且似乎太白了，腹肌也没有那么诱人，一直走的都是"阳光小生"的路线，根本不是"行走的荷尔蒙"类型。

他生气地夺过杂志，丢到一边："你一米五六，找个一米九的男朋友，不觉得不搭吗？接吻都够不到嘴，不知道的还以为你是他的吊坠呢。"

孟洁如看着他生气的脸，挑了挑眉："你管不着。"

"好……"宋越盯着她，双眼通红，"我明白了，你就是讨厌我，不管我变成什么样子，就是不行。我明白了，以后都不会再来烦你了。"

说完，他戴上帽子，开门走了。

气走了这个家伙，本应该松一口气，孟洁如却一点都不觉得开心，心里有什么东西在挠她一般，又疼又痒。她烦躁地在房间里转了一圈，索性将火都发在那本杂志上，拿着杂志跑到楼下“砰砰砰”地敲门。

“二师兄，你又躲在我房间偷偷看猛男了是不是？下次再这样，我就告诉大师兄，让他休了你！”

6.

宋晴来堵门的时候，孟洁如正准备下班。她刚换好衣服，包都没背起来，抬头看见宋晴那张怒气冲冲的脸，她又面无表情地挪开视线，关上储物柜的门，转身要走，完全当宋晴是空气。

“越越是不是来找过你？你都跟他说什么了？”宋晴堵住更衣室的门，不让孟洁如前进半步，妆容精致的脸上，满是兴师问罪的意味。

孟洁如依旧不理她，折回去，坐在沙发上拿出手机，塞上耳机，玩起了游戏。

接连的无视让宋晴崩溃，冲过去拔掉她的耳机，嚷了起来：“孟洁如，你什么意思？我跟你说话呢，你是不是聋了？孟洁如，你到底跟越越说什么了？他这几天跟中邪了一样，节目也不录了，学也不去上，整天待在健身房里猛练。教练跟我说，他再这样下去，不死也是个残废……孟洁如，我求你了……孟洁如，你说话啊……”

孟洁如将手机扩音器打开，激烈的打斗声立刻盖住了宋晴的声音。她气急败坏，一把抢过孟洁如的手机砸到了地上。

孟洁如终于有反应了，抬头看着宋晴暴怒的、挑衅的脸，然后面无表情地抬手扇了她一巴掌。

宋晴没想到孟洁如会打她，整个人扑倒在更衣室的沙发上，半边脸都麻了，头还在“嗡嗡”作响。她这才想起来，高中的时候，大家都叫孟洁如“暴力萝莉”，只是这位暴力萝莉从不曾对她使用过蛮力，现在算是见识到了。

“我脾气不好，你不知道吗？”孟洁如捡起手机，看了一眼碎掉的屏幕，冷着脸，“赔给我。”

宋晴趴在沙发上，木木地看着她，竟然没再闹，而是乖乖地点了点头。

“修屏的钱打到我卡里吧，我账号没变。”孟洁如说着，将手机揣好，抬脚就走。

“对不起！”

刚走到门口，就听宋晴带着哭腔大喊：“孟洁如，对不起！”

孟洁如的脚步停了下来，转身冷冷地看她：“因为什么？因为什么而道歉？”

“周南桥……”宋晴闭了下眼睛，似乎不忍回忆，“因为我抢了你的周南桥。”

周南桥是孟洁如高中时期被宋晴抢走了的男朋友的名字，是她的初恋，她心底永远的白月光。

孟洁如折了回来，看着脸颊通红的宋晴：“终于愿意道歉了吗？但似乎有点晚了。不过……也总比没有好。”

宋晴突然间捂着脸号啕大哭：“孟洁如，好你个孟洁如，你怎么这么狠心？就为了逼我道歉，你就默默地改了志愿，去上别的大学，把我一个人撂到了外省。这还不算，你还无视我的电话，无视我的信，现在又去祸害我弟。好……好，你成功了，我道歉，当年是我色迷心窍，跑去勾引周南桥，是我浑蛋，我跟你说一万句对不起，这总行了吧？”

“宋晴，你怎么还是那么不讲理。”孟洁如坐在她旁边，递了张纸巾过去，“你抢了我男朋友，不道歉，还有理？而且怎么就是我祸害你弟，是他缠着我，你是瞎了吗？没看见？”

被她这么一说，宋晴哭得更狠了，几乎要昏厥过去：“孟洁如，你就是非要我服软，你就是个变态、浑蛋。”

“是的。”孟洁如勾了勾唇，“非把你驯服了不可。”

“死变态！”

“你第一天知道吗？喝酒，去不去？”

7.

不到一个小时，宋晴已经喝得东倒西歪了，搂着孟洁如的脖子说胡话：“如如啊，我当年多爱你啊，我才应该是你的第一，你倒好，偷偷摸摸交了个男朋友。吃饭跟他一起，周末还跟他去什么游艇派对。我家的电影不好看吗？我弟弟不好看吗？你竟然抛弃我，去跟那个野男人玩，我恨你！”

“周南桥可不是野男人。”喝得比她还多的孟洁如依旧面不改色，“你也喜欢他，别以为我不知道。”

“他确实……蛮帅的，又聪明。”宋晴“嘿嘿”笑，“所以说，以后找男朋友，就不能找太聪明的，你看我这下场。”

宋晴跟周南桥分手，是孟洁如意料之中的。而且，就算宋晴不来挖墙脚，她和那位白月光也长久不了，那位白月光是注定要出国留学的。无论是她还是宋晴，成绩都没好到可以考上他准备要去的任何一所学校。

可是周南桥真帅呀，戴上眼镜，又特别像衣冠禽兽。虽然他说话她总是听不懂，但也觉得很厉害。

孟洁如想着她的白月光，不禁陷入惆怅，天才跟凡人之间的代沟就像马里亚纳海沟那么深……哦，连这个海沟的名字，也是听白月光说起的。

两人一直喝到半夜，孟洁如终于也喝不动了，扛起宋晴，送她回家。

宋家的大宅，现在就姐弟俩住着，家政一周来四次，打扫打扫卫生，做做饭，顺便看看这忙起来没黑没夜的姐弟俩有没有猝死在家里。

晚上家政不在，应该只有宋越在家，孟洁如到了宋家门口，按了好几遍门铃都没人应，有些烦躁地拨通宋越的电话，吼："再不开门，就把宋晴丢门口喂蚊子。"

电话那头一阵惊慌的噼里啪啦声，接着门打开了，宋越穿着运动背心站在门口，大汗淋漓，头发都湿了，正滴答滴答地往下滴水，像洗过了一样。

看他那副模样，孟洁如才知道宋晴说的都是实话，看来宋越这傻子是铁了心地要练成猛男。

她扛着宋晴，用肩膀顶开呆滞的他，径直走进门厅，直接将宋晴丢在地板上，然后抬脚就走，被宋越一把拽住。

"你们和好了？"宋越一脸惊喜，抹了把脸上的汗，忙问，"那是不是说明……"

他的话还没说完，就被孟洁如不耐烦地打断了："什么都说明不了。还有，我骗你的，我不喜欢杂志上那种猛男，我喜欢聪明的，就像霍金那样的……啊……你干什么？"

宋越早已一把将她抱住，一身的汗味带着爆炸的男性荷尔蒙气息包裹着她的身体，她竟然感觉到自己心脏漏跳了两拍。

"我想通了，如如，你喜欢什么样的都无所谓，反正我就喜欢你这样的。”

“别胡说八道了，放开我，去把你姐弄到床上去睡觉，她睡在地上会感冒的。”孟洁如推他，竟然纹丝不动，她诧异了半晌才想明白，不是自己力气变小了，而是他的力气变大了。

那个每天给她跑腿的小孩竟然真的长大了。

她愣了一下，就给宋越逮到了机会，低头在她的唇上亲了一口，然后立刻放开她，拖着宋晴就跑。

被偷吻的孟洁如看着他消失，想发火都无处发，只好恨恨地跺了跺脚，撂狠话：“宋越，让我逮到你，你就死定了！”

“如如，死在你手上，我也是心甘情愿的。”宋越愉悦的声音从走廊拐角处传来。

孟洁如咬牙切齿了半天，拳头握了又握，想想又算了，只当那是友谊之吻好了，就叹口气，嘱咐他：“别再作死地锻炼了，你要是残废了，你的粉丝们会哭死的。”

“放心吧，如如，没娶到你之前，我是不会死的。”

“你再说一遍！”

“如如，我喜欢你。”

“宋越！”

“如如，我爱你！”

“……”

8.

陆小花在陆耀家里过周末。吃过晚饭，她瘫在沙发上，枕着他的大腿看电视。电视上正播到宋越的一个访谈，电视上的宋越，一身合体的休闲打扮，却有着让人移不开视线的夺目光芒。

主持人问宋越："喜欢什么类型的女孩子。"

宋越说："我喜欢个子小小的，头发短短的，力气很大，有点暴力，但是很酷的。"

主持人惊讶："这么具体，是有喜欢的人了吗？"

宋越低着头微笑着说："嗯，有一个女孩，我从小学就喜欢她了……"

看到这里，陆小花从沙发上一跃而起，惊得陆耀差点把手里的平板电脑扔出去。

"怎么了？"陆大帅哥揉着突突跳的太阳穴，奇怪地看着陆小花，而她早已跑房间里找手机去了。

片刻之后，房间里传来陆小花的吼声："孟洁如，你还想骗我，那个发帖人就是宋越，而他喜欢的人就是你！你太没义气了，这么大的事情竟然瞒着我，不知道我是宋越的粉丝吗？哼，伤我们家越越的心，我要跟你绝交！"

与此同时，孟洁如正头疼地盯着手机，在心里咒骂宋越。他到底都在电视上说了些什么，以至于她一个晚上，接到十几通来自四面八方，甚至她亲妈和亲师姐的威胁电话！

看来以后，她还是要对宋越好点，否则自己将要成为众矢之的了。她烦恼地想着，躺下继续睡觉，梦里持续出现的"白月光"的脸开始模糊不清了，反倒宋越的脸开始越来越清晰。

烦死了！烦死了！

最烦这种黏人的小屁孩了。

如此想着，暴力萝莉就有些生气，想把梦里的宋越揍一顿。可一想到，揍哭了他又要哄，就觉得麻烦。

她抬起的手，就又轻轻地放下了。

第十一节 二狗子的求婚计划

1.

二狗子……周至好不容易争取到自己教授在国内某集团的投资案。他作为教授的代理人，要在国内待上大半年，这是绝佳的好机会，他打算借此机会将秦菲娶到手。

毕竟，之后回学校还有半年的硕士课程，再加上教授一早就推荐他继续读博，又是三年。夜长梦多，他实在不能再等了。

跟集团负责人开完会，周至开着车去接秦菲下班。

车是集团董事为他配备的，连同临时的住处也是。今天是他第一天落脚，他想接秦菲一起去看看，再跟她一起去逛个家具店，添置点家具和日用品。以后就将她绑在这里住，不许她回自己的小狗窝。

跟陆小花一样，已经完全放弃公务员之路的秦菲，最近在一家美食杂志社上班。她当美食记者，专业寻找好吃的，然后边吃边直播，自己赚打赏，也给杂志社赚人气，互利互惠，主编喜欢她喜欢得不得了，有事没事就叫她去吃饭。

“是菲菲治好了我的厌食症。”长得有些婉约的主编大人开会时常常这么说。

这个工作对于秦菲来说，其实非常完美，只除了主编大人约她吃饭的次数越来越多，而且还会送花，这让她受到了惊吓。昨天洗过澡，她顺口跟她家二狗子提了一下，二狗子说：“交给我吧。”

秦菲并不知道周至会用什么办法既能打消主编对她的邪念，又不搅黄她的工作，所以下班时在公司门口看见他，还是有些紧张。紧张了不到两秒，他已经走上前来，给了她一个大大的拥抱，然后低头在她脸颊上亲了一下。

自然不造作，亲昵又不过分，很好地宣布了主权，这一举动，成功地让跟在秦菲后面出来的主编大人脸上的笑容凝固了。

“菲……菲菲，这是你男朋友？”主编大人哭泣脸，“真……真帅……祝你们幸福……”

然后主编泪奔而去。

秦菲看着主编大人的背影，那叫一个忐忑，忍不住捶了下周至的胸口，抱怨道：“戏太多了，该给主编大人一个缓冲才是。”

周至耸肩：“是他心理太脆弱，其实我已经很克制了。”

秦菲本想问，不克制你还想干什么？但是想想他在家里时的所作所为，就将问题又咽了回去。嗯，不克制的话，她家二狗子什么都干得出来。那些夸他沉稳、内敛的大人，都瞎了眼啊。

坐周至的车去他的新家，秦菲一路上都不怎么说话，专心致志地刷着手机，跟自己的粉丝互动。到了地方，他打开车门叫她：“菲菲下车。”

秦菲“哦”了一声，下车时，眼睛还盯着手机，一脚踩空，扑到了周至怀里。

“这么迫不及待？”周至在她耳边坏笑。

秦菲一个激灵清醒过来，赶紧放下手机，抬起头，这才发现自己在地下车库。四周光线昏暗且空旷无人，是二狗子最喜欢的地方。

“有监控的，你别乱来。”秦菲别扭地扭动着身子，“除非你想直播给保安看。”

“我没想乱来呀。是你自己扑过来的。”周至笑起来，单手揽着她，伸长胳膊，将她放在副驾位上的包提了出来，又在她额头上亲了一下，“走，上去看看我们的爱巢。”

“什么爱巢啊？是你要住的地方，我可不会住在这里。”秦菲嘟囔着。

“这周围有非常棒的牛排店、港式餐厅、意大利餐厅、四川菜馆、外卖直送……”周至诱惑她。

秦菲吞了下口水，毫无立场地动摇了：“那……那偶尔住一下也是可以的。”

“比如今晚？”

“今晚不行，要直播。”

“我打算把周围餐厅的外卖都点一遍。”

“直播吃外卖，我想我的粉丝们也不会介意。好！就这么决定了。”周至揽着秦菲，一脸得逞的笑容。他的小媳妇，怎么就那么好哄呢！

2.

公司给周至安排的临时住所是一套复式的单身公寓，装潢是东欧风情，白色底色外，多用灰和褐色，带着高级奢华感。跟秦菲租住的小狗窝比，根本就是一个天上一个地下。

秦菲上下看了一圈，不禁摇头道："资本家太腐败了，太腐败了。"

"怎么就腐败了？"周至笑道，"这一轮融资做成了，集团的股票至少要上涨十个百分点，送我套房子都是应该的。"

秦菲听不懂他那套金融理论，撇了撇嘴跑去厨房看了一圈，十分不满地催促："不是要叫外卖吗？快点叫，六点直播，可不能延迟。"

周至打开外卖软件，将手机递给她："想吃什么自己点。"然后就进去收拾行李。

待周至简单地收拾完，一拨又一拨的外卖开始送上门。他一趟一趟地开门，收到最后，外卖小哥忍不住探头进来问："帅哥，你家在开派对吗？点这么多吃的，请了不少人吧？十个？不不，至少十五人。"

周至撒起谎来已经面不改色了："是啊，朋友们要来庆祝我乔迁，要不要进来喝两杯？"

外卖小哥连连摆手："开玩笑，开玩笑，我们怎么能喝客户家的酒？帅哥给个好评就行啦。"

送走了外卖小哥，他的"朋友们"已经将所有的外卖盒摆了满满一餐桌，然后撅着屁股在那里安手机支架。

周至上前去帮忙，顺带讨了些报酬：使劲亲了亲她刚涂完口红的唇。

秦菲满脑子都是吃的和她的直播，被亲得头晕眼花还不忘看时间，眼见着时间跳到了六点，她慌忙将周至推开，打开直播间，站在餐桌前开始说自己特有的开场白。

"又到了菲菲的吃饭时间，今天的晚饭吃什么？对，没看错，外卖！这些外卖我要把它们全部吃掉。看起来全都很好吃，快点来一起吃吧。"

她在说开场白，弹幕却已经疯了。

“菲菲的嘴巴是怎么回事？”

“口红整个晕出来了哈哈哈。”

“菲菲你今天是来搞笑的吗？”

“被亲的，一定是被那个神秘男友亲的。”

“神秘男友也在？”

“说起来，菲菲后面的背景不一样了，难道是在男友家？”

“求男友露脸。”

“求露脸。”

“求露脸。”

……

下面一整排的求周至露脸，甚至有人不惜刷了很贵的礼物。秦菲擦了擦口红，懊恼地看着周至，心一横决定宠宠粉，朝他勾了勾手指头：“你过来。”然后又对着屏幕严肃道，“只给你们看一眼。”

当周至那张颇有韩范的俊脸，带着一嘴可疑的口红印出现在屏幕中的时候，粉丝们更是炸了。直播间瞬间涌进来数万人，一齐在喊：

“菲菲，求跟男朋友一起吃饭。”

“菲菲，求跟男朋友一起吃饭。”

……

又是整整齐齐的“弹幕喊”，秦菲看了看周至，为难道：“要不然一起吃？”

周至挠挠头，冲屏幕笑了笑：“我吃饭不好看，不如我喂菲菲吃？”

这是要虐死单身狗的节奏，弹幕又闪成一片。

“求喂。”

“求喂。”

“求一个能喂我的男朋友。”

秦菲没想到周至会来这一招。但是正直播着呢，她也不好发作，只好硬挤出笑容来，跟他一左一右坐下，对着屏幕，竖起一根手指头：“就喂一份外卖。”

周至不满足起来：“要喂就全部喂完，反正以前也不是没喂过，我业务很娴熟。”

秦菲咬牙瞪周至：“你……”

周至已经打开了印着牛排店 Logo 的餐盒，认真地切好了牛排，叉起一块递到她嘴边，笑眯眯道：“菲菲，吃饭了。”

这场直播大概是吃播历史上的奇迹，秦菲抢走了所有吃播的观众。直播平台的老总亲自打电话来询问她，既然有这么好的策划，怎么不提前打声招呼，网站好配合着宣传一下，顺便还询问周至要不要当主播，价格好商量。

秦菲委婉地拒绝了老总，挂掉电话刚准备发火，周至笑意盈盈地递过来一碗酸梅汤：“菲菲，辛苦了，来消消食。”

伸手不打笑脸人，再说她是真的渴了，喝了他的酸梅汤，火就彻底发不出来了，只能气愤地碎碎念：“今天干吗捣乱？你这样让我以后怎么直播嘛？他们要是只想看你不想看我了怎么办？”

“没捣乱，就是想给你的新粉丝们打声招呼，告诉他们，你是有男朋友的人，不要老是喊你老婆。”周至伸出大手替她轻轻揉着肚子，“我可是会生气的。”

秦菲不服：“女生也会喊我老婆呀！这有什么关系。”

“你的男粉不比女粉少，我可是分析过你的粉丝数据的。”周至给她揉着肚子，揉着揉着揉出火来了，贴近她的耳边，轻声问，“今天一起洗澡怎么样？我帮你按摩。”

秦菲知道他打什么主意，十分坚决地拒绝：“不要，我……”

话没说完，嘴巴就被他柔软的唇堵住了，再想说什么，早就忘记了。

3.

周至又和秦菲提结婚的事，这次没亮出大钻戒，而是亮出了自己的邮箱。

“苏菲娅给我写了好多求爱邮件了，还有这个芭芭拉，她家是在阿联酋采石油的……为了拯救我，请给我戴上结婚戒指，好吗？”

秦菲仔仔细细地看着邮件，但邮件是纯英文的，她看来看去也没看出个所以然来，指着邮件警惕道：“别想骗我，这里面连一个 love 都没有。”

周至翻白眼：“中文里也有很多诗词，不带一个爱字，却深情款款的。”

“你打个比方。”秦菲不死心。

“十年生死两茫茫，不思量，自难忘。”周至念。

“何以致拳拳，绾臂双金环。”

“蒹葭苍苍，白露为霜，所谓伊人，在水一方。”

秦菲听到这里瞬间明白了，敢情这些外国小妞是跟二狗子玩“才子佳人”梗呢，气得她“啪”地一下合上了电脑，怒道：“你就不能跟别人说，你有女朋友了？”

“有女朋友了又怎样？异地又异国，没准哪天就分手了，她们可是很有耐心的。”周至一副被迫害的小媳妇模样，“最好的办法还是戴上结婚戒指，断了所有人的念想。”

秦菲抓起他的手，找了个钥匙圈套在食指上：“你自己就不会戴个戒指，然后告诉别人你结婚了？”

周至用看白痴的眼神看着秦菲：“我结婚是要上报到学校，改学籍资料的，教授还会给已婚的学生开派对送礼物，难道我连学籍都要去造假？”

秦菲挠头：“这样啊。那……那你就……就……”“就”了半天，她的小脑袋瓜里也没想出个好办法来，狠狠地捶了捶周至，气恼道，“你没事撩拨人家干什么？以后不许穿短袖，不许穿低领，更不许穿短裤！”

“要不要给我缠上小脚锁在家里？”周至气笑了，“想戴个真的结婚戒指就这么难吗？”

秦菲坚决不松口：“我之前不是说了吗？不搞定你妈，我是不会嫁给你的，哼！”

周至立刻抓住她的话柄，并要求录下来：“是不是我搞定我妈，你就愿意嫁？”

“当然啊，二狗子，不然我跟你谈什么恋爱呢？多浪费吃饭时间。”秦菲信誓旦旦。

“那就把这些话连起来，再说一遍。”周至将手机举到她面前。

说就说，秦菲是不信他能搞定他妈的，那个远近闻名的泼妇：“只要二狗子能够搞定他妈林桂枝女士，让她不再看轻我、贬低我，我就立刻同意求婚。”

周至笑眯眯地收起手机，拍拍秦菲的脸颊，一脸诡计得逞的笑容：“乖，这可是能够成为呈堂证供的，反悔是要负法律责任的。”

秦菲才不怕，她就不信，他真能搞定他妈。

4.

也不怪秦菲对周至没信心，实在是她在周至亲妈林桂枝女士心中的形象太差。就算到了今天，提起她，林女士还是嫌弃得直摇头："老秦家的闺女真是没救了，从小就馋，馋就馋吧，还不知羞耻，天天搞什么直播，上万的人看她吃饭，你说丢不丢人？"

周至替秦菲辩解："她不偷不抢，靠自己的能力养活一家人，还供妹妹上学，比那些十指不沾阳春水的女人好太多了。"

林女士气得拿手去点周至的额头："你竟然帮她说话，是要气死你妈是不是！是不是！"

周至拨开亲妈的手，捧着手机去自己房间了，还不忘把门锁上。

小神童周至从小就不是个亲人的宝宝，长大了跟家里人相处也是淡淡的。就算是这样，在林女士眼里，他也是个完美的孩子，至少茶余饭后吹娃的时候，没人能吹得过她。

她辛辛苦苦养大的"猪"，长大了自然是要拱白菜的，可就算是拱，也要拱棵白白嫩嫩的好白菜，绝对不能让秦菲那棵烂白菜给祸害了！

周至不动声色地给自己"换"了个女朋友，温柔大方，最重要的是，她父母还是高干，第一次去拜访林桂枝女士，提了两盒高级燕窝，喜得林女士逢人便夸：

"我儿子新找的女朋友，真是好，人漂亮不说，还一点都不馋，吃饭可斯文了，一小碗饭都吃不完，一看就是富养出来的姑娘，满身都是贵气。还有，你看人家送的礼物，燕窝，据说几千块一盒呢！哎呀，苦了半辈子，终于要享儿媳妇的福了。”

这位叫月月的新女友，经常跟周至回家，吃完饭，月月坐沙发上看电视，娇滴滴地叫林桂枝：“阿姨，可以给我削个苹果吗？我新做的指甲，不能拿刀，会磨花的。”

周至起身：“我去给你削。”

月月含情脉脉地拦住他：“亲爱的，那可不行，你的手是用来赚钱的，怎么能干这种小事？我在家都是我妈给我削呢，拜托了，阿姨。”

林桂枝看着月月水灵灵的脸蛋和一身高级裙装就喜欢，忙起身：“我去我去，你们坐着吧。”

一来二去，只要月月去家里，林桂枝就不得不忙前忙后，鲜少能坐下来。

月月家里住别墅，每到林家就嫌弃味道不好闻。林桂枝就起早贪黑地打扫卫生，喷空气清新剂，结果月月进门就狂打喷嚏，气得跺脚走了，小高跟“噔噔噔”，扰得左邻右舍都出来看热闹。

月月想让周至去她家住，当着林桂枝的面跟他商量：“我爹说了，你要是过去住，他就把他名下的别墅转到我名下，以后就是我们两个的房子了。不过，以后生了孩子要跟我姓才行。”

这可就踩到林女士的痛处了，她小心翼翼地跟月月搭话：“月月啊，这不对啊，自古孩子都是跟男方姓，跟你姓，不就成了倒插门吗？我儿条件可不错，没道理去你家倒插门。”

月月噘起嘴巴：“阿姨，您思想怎么这么古板？现在这个年代跟谁姓不一样？再说了，周至爱我，愿意让孩子跟我姓，跟您有什么关系？对啦，我今天去看养老院了，条件特别好，等您再过几年，就搬进去……”

林桂枝女士简直惊呆了，陡然站起来，指着月月：“你还没嫁进来就想把我赶去养老院？这……是你爸妈教你的吗？你们家就这种家教……”

月月眨眨无辜的大眼睛：“我不嫁进来呀，周至婚后去我家住，你家又小又臭，怎么住人？”

林女士瞬间陷入儿子被抢走的恐慌中，对着月月大吼：“你做梦！”

月月似乎受到了惊吓，眼泪汪汪地扑到周至怀中：“你妈妈吼我！嘤嘤，我长这么大都没人这么吼过我！”

周至有些不开心了，心疼地拍了拍月月的肩膀，对林女士说：“妈，有话好好说，至于这么大声吗？”

然后他带着月月离开了，这一走好久都没回来。

林女士抹泪给周至打电话：“儿啊，你是不要妈妈了吗？”

周至冷漠脸：“我看您和月月相处不太愉快，就不敢带她回去，怕让您不开心。”

林女士惊恐：“你真准备跟她结婚呀？”

周至：“这不都是您教我的吗？找媳妇要找大家闺秀，带出去才有面子，我带着月月出去，可是人人羡慕。”

林女士语塞：“可是……她……唉，想来想去还是老秦家闺女好，除了能吃点……”

周至生气了：“之前您非说她带不出门去，逼着我跟她分手，现在我按您的要求找了女朋友，您又不满意……好了，不说了，我要去陪月月爸妈吃饭了，就这样。”

林女士看着冷冰冰的家里，再想想自己的儿子在别人面前尽孝，眼泪瞬间逆流成河。

林女士实在受不了周至的冷漠，跑去找秦菲，就在她公司楼下等她，把她惊得赶紧抬头看看，今天的太阳是从哪里升起来的？！确认了太阳还好好的，她才放心，踩着高跟鞋，赶紧迎上去。

“阿姨，您怎么来了？等很久了吗？怎么不上去找我？外面这么热，中暑了怎么办？”然后拿着小扇子给林女士扇风。

其实林女士也抱过小时候的秦菲，偶尔秦家过不下去了，也接济接济。秦菲对她是有感情的，所以不愿意周至为了自己去伤林女士的心。更何况秦菲的妈妈也不希望女儿被婆家嫌弃，就算喜欢周至，也不太愿意让秦菲在林女士反对的情况下结婚，所有的原因加起来，才促使秦菲忍痛，一次次地拒绝周至的求婚。

林女士被月月使唤了这么久，见到秦菲，心中的委屈竟然一下子迸发出来了。她握着秦菲的手，眼泪哗哗流：“菲呀，帮帮阿姨……”

在秦菲公司附近的咖啡厅里，林女士一把鼻涕一把泪地讲述她被月月使唤以及月月抢走周至，要将她送去养老院的悲惨经历。她听得一头雾水，完全搞不清状况，可是又不想让林女士失望，只好顶着林女士期盼的眼神，起身去找二狗子。

一路上，秦菲都在琢磨，二狗子莫非有了别人？不太可能呀，他每天晚上不是抓她去他家过夜，就是强行留宿她的小狗窝，怎么还有时间偷吃？可林女士说的话又实在不像是假的，莫非……林女士出现幻觉了？

秦菲带着一脑门问号跑去周至家里，他戴着蓝牙耳机讲着电话出来开门，见是她，俯身便是一吻，然后对电话里的人说：“就先说到这里，我这边有更重要的事要办……对……比投资案还重要……”

说着他挂掉电话，拉着秦菲进门，并关上了门。

秦菲推开上前讨亲亲、求抱抱的二狗子，一脸严肃：“二狗子，月月是谁？你实话告诉我，是不是背着我偷吃了？”

周至眼睛一亮，一脸神秘：“算了下时间，我妈确实该去找你了。”

“什么意思？”秦菲一点也不喜欢周至的神秘感，因为这样显得她好傻，虽然她确实没他聪明。

于是周至将自己的整个计划对秦菲和盘托出。

周至分析了亲妈林女士的心理，就是因为她儿子赚钱了，给她在城里买房了，在村里算是扬眉吐气了，虚荣心让她开始盲目崇拜城市里的一切，包括白白嫩嫩、仿佛能掐出水来、吃饭细嚼慢咽的小姑娘。所以她才对同村的邻居、老秦家的女儿各种嫌弃，倒也不全是因为秦菲能吃，事实上，秦菲能不能吃都会被林女士嫌弃，而当一个人嫌弃你的时候，你哭是错，笑是错，连喘口气她都能挑出刺来。

周至决定打破亲妈对城市小姑娘那种、不切实际的幻想以及过度的吹捧。

于是他雇了城里小姑娘月月来扮演他的新女友，一点点将亲妈的美梦扼杀在摇篮里。当理想中的小姑娘在她心里开始显得面目狰狞，她就会想起秦菲的好了，毕竟，秦菲是真的好。

秦菲听完这个计划，对周至佩服得五体投地，然后问：“那我该怎么办？阿姨等我回话呢。”

“你就这么回答她……”周至开始跟秦菲咬耳朵，还坏心眼地咬了下她的耳垂，惹得她一阵痛呼。

秦菲跑去跟林女士打电话，努力让自己的声音听起来义愤填膺。

“阿姨，我问过周至了，他还不承认自己做错了。我就严肃批评了他，跟他讲，您含辛茹苦地将他养大，他竟然为了一个女人就将您抛下，简直要天打雷劈的。”

林女士在电话那头忙说："跟他说说就行，不用雷劈。他也是一时被那个月月骗了，我家周至太单纯了。"

"嗯嗯，他太单纯了。"秦菲说到这句时忍不住翻了个白眼，心想这亲妈滤镜真够厉害的，周至要是单纯，世界上就没腹黑的人了，"我磨破了嘴皮子，他才终于认识到了错误，今晚就回家看您，不带月月。"

林女士感激涕零："周至从小就听你的，对付他，还是你有办法。菲啊，阿姨谢谢你。"

挂掉电话，秦菲的小下巴抬得高高的，她还是第一次被林女士感谢，心情十分好，得意道："你妈说她谢谢我哦。"

周至捏着她的小下巴，柔情蜜意道："以后还会更加感谢你，并且宠爱你。有我在，谁都别想欺负你。"

秦菲使劲点头，伸胳膊圈住他的脖子："二狗子你真好！我爱你！"

周至心神荡漾，一个没忍住就地就把她压倒了，幸好客厅有地毯，软软的，一点也不硬。

5.

周末周至带着秦菲去见传说中的月月以及月月的正牌男朋友。

跟林女士描述的不同，出现在秦菲眼中的月月鬈发扎成利落的马尾，穿着一件宽大的白衬衣，样子既美丽又爽朗。她看见周至揽着个姑娘进门，使劲招手："我的小男朋友以及小男朋友的女朋友，快点来，再不点菜，我就要被旁边那桌馋死了。"

秦菲盯着月月看了一分钟，一直到落座才陡然想起来，指着她大叫："钱月馨！坏女人专业户，钱月馨！"

没错，月月是一名演员，虽然还在十八线挣扎，但是也出演过几部偶像剧的女二，清一色的破坏男女主角感情的坏女人，上访谈节目用的标签都是“坏女人专业户”。

月月对自己的标签一点都不反感，反而开心地笑：“我这么出名了吗？竟然被你认出来了。”

“我们月月本来就出名。”旁边一直默默不语的男生宠溺地拍了拍她的肩。男生长得倒是清秀，就是身型有些圆润，看起来十分敦厚老实。

这位就是月月的正牌男朋友，周至的学长，偶尔也客串月月的经纪人，这次出演“矫情的月月”，就是这位学长帮她接的角色。虽然没有什么报酬，但是他和月月都很开心。

“你妈被我气到没？”月月兴奋地追问周至后续，“我对我的演技还是很有信心的。”

周至笑起来：“嗯，她被你气得不轻，果然去找菲菲帮忙了。”

“再过段时间，你就可以演浪子回头的戏码了。”谈起“表演”，月月异常兴奋，还教了周至一些表演的技巧，什么要有过度、情绪要有起伏、不能脸谱化等等。

秦菲觉得好笑，却不由自主地喜欢上了月月，因为银幕外的她实在爽朗可爱，而且很能吃，丝毫没有演员包袱。

聊完了“演戏”，她又开始和秦菲聊起了吃的，秦菲邀请她一起直播，她也毫不犹豫地答应了。于是菲菲的吃饭时间，迎来了“史上最坏的女人”，两人一起大吃特吃，逗趣聊天，十分好玩，直播间的人数再一次刷新纪录。

平台负责人又一次给秦菲打电话：“菲菲呀，下次邀请艺人要提前发预告呀，每次都这么搞，我们的技术小哥很崩溃的。他今天结婚你知道吗？接新娘的时候跪在媳妇家窗前维修被你的粉丝刷瘫痪的后台……”

秦菲讪讪地笑："对不起啦。替我向技术小哥道歉。"

负责人："公司已经给他补发了结婚大礼作为补偿，家庭矛盾应该是解决了。你呀，下次有情况还是要提前说，知道吗？"

秦菲点头如捣蒜，挂掉电话，对周至吐舌头："我这个月收入能爆表。"

"我们家菲菲真能干。"周至揽着她，"我也要努力才行，不能拖你后腿。"

秦菲知道周至这么说是为了哄她开心，毕竟他现在就很不错，等博士毕业了，收入会更上一层楼。

她享受着他的哄骗，也不戳破，笑嘻嘻地说："我喜欢月月。她性格那么好，为什么老演坏女人？导演都是什么眼光？"

"她貌似单纯享受演戏的过程，对她来说，演坏女人可能更过瘾吧。"周至说，"托她的福，我终于可以带你回家了。"

是的，恋爱那么多年，周至就没正式带过秦菲回家，因为了解自己亲妈的品性，不想让秦菲受委屈。

秦菲紧张："丑媳妇终于要见公婆了。"

周至"扑哧"笑出声来："你可不丑。"他眸中满是深情，"在我眼里，你简直美艳不可方物。"

"二狗子。"秦菲搂住他的腰，一脸幸福，"我就喜欢你睁眼说瞎话的样子。"

6.

周至"浪子回头"跟秦菲"复合"，让林女士喜出望外。看着她将自己做的饭菜一扫而光，还直夸好吃，更是笑得合不拢嘴，自己被嫌弃了那么久，此时才重拾“被需要”的成就感，不禁老泪纵横。

“菲菲啊，以前都是阿姨不好，老说你馋，现在阿姨想通了，能吃有啥不好？能吃是福。以后你就好好跟周至在一起，替我看着他，别让他再被坏女人拐走了，这个孩子在这方面太单纯了。”

“好的，阿姨，我会保护他，不让坏女人靠近他。”秦菲拍着胸脯保证。

林女士这下放心了：“有你在他身边我就放心了，他在国外真是待傻了，回到家跟我一句话都不说，就知道给钱，我要那么多钱干什么呀？”说着林女士摸了把身上面料柔滑的真丝裙子，笑成一朵花，“还有你这孩子也是，来就来呗，还给阿姨买这么贵的衣服干什么？这裙子怎么着也得上千。”

“没有啦，没有啦，阿姨穿着好看就行。”秦菲傻笑，“我爸刚去世那几年也多亏了阿姨您接济我们，我孝顺您是应该的。”

“你这孩子就是念旧情，不愧是老秦教育出来的好闺女。”

“没有啦……”

两人相谈甚欢，以至于离开时，林女士还恋恋不舍，直言要回去看看秦菲的妈妈。秦菲自然开心，又说了许多话，才和周至一起走了。

回去的车上周至打开手机，播放录下来的“证据”。

秦菲的声音透过手机播放出来，听起来依旧清甜：“只要二狗子能够搞定他妈林桂枝女士，让她不再看轻我、贬低我，我就立刻同意求婚。”

秦菲无从抵赖，只能认命地伸出手，让周至给她戴上戒指。

戒指很美，戴在她纤细的手指上更是璀璨。她喜欢归喜欢，就是……真要下定决心结婚，实在……需要勇气。

“我……我虽然答应了你的求婚，但是我可没说什么时候结。”秦菲垂死挣扎，“我们要先通知双方父母，然后订婚。订完婚拍婚纱照，然后选结婚场地、选婚纱……这所有的事情都需要时间，一样一样算下来，至少要……半年。”

戒指都套上了，周至已经不急了，他有的是耐心等她慢慢完成自己所有的婚前“挣扎”。他信誓旦旦地说：“没问题，你想干什么就干什么。婚后也是……你想干什么就干什么，我发誓不会束缚你一分一毫。”

秦菲望着周至眸中的宠爱，突然之间有些不好意思，觉得自己在无理取闹，愧疚感在一点一点升腾：“我……需要时间减肥啦……你看我这肚子……穿婚纱不好看的。”

周至点头：“如果你很在意就减，反正我不在意。”

“我……我还要给妹妹存学费、生活费……”

“无论妹妹还是妈妈，将来都是我们两个人的，你不需要再一个人扛着了。”

“可她们……很贵的，妹妹学画画……我妈每个月复健要花很多钱……”

“真巧，我赚得不少，跟我在一起你会轻松很多。”

“二狗子……”秦菲哭了，“你为什么对我这么好？”

“因为你值得。”

“因为……我爱你。”

第十二节 暴走女王与科学怪人

1.

陆小花发现陆耀最近十分反常，一会忧心忡忡，一会喜笑颜开。他异常留意手机的动静，一有消息提示音，就第一时间冲过去，要么不屑，要么咬牙，要么欣慰，那表现简直就像恋爱中的少女。

小花妹妹渐渐也开始忧心忡忡，担心他有外遇。但是她最近实在太忙，没时间抓奸，因为她的贱小花系列漫画要上线了，她要保持更新，为了提高画技还报了漫画大神的辅导班，周边开发权也在洽谈中。

在她终于闲下来的一个周日，她来到陆耀的单位，堵住了正准备外出的乐正珊。她痛心疾首、神秘兮兮地问：“学姐，你跟我说实话，耀耀是不是跟你们单位哪个新来的小妖精勾搭上了？”

“小妖精？”乐正珊挑了挑眉毛，愣神半秒，忽地笑了，“是啊，勾搭得可火热了，简直相见恨晚哪。哟，说曹操曹操就到。喏，走在你家欧尼酱旁边的那位就是他的小妖精。”

陆小花准备好了“深闺怨妇”的仇恨脸，却在看见那位“小妖精”之后僵住了。怎么是个男人？她才跟他分居多久，他就变了？

而且这个身材高大消瘦的男人怎么看着这么眼熟呢？陆小花正琢磨着如何对付一个男小三，就听乐正珊跟陆耀和他的小妖精打招呼：“陆耀你来得正好，快点介绍查克博士给小花认识，你们最近实在太缠绵了，小花貌似误会了。”

听到“查克博士”四个字，陆小花猛地想了起来，这位不就是在克罗地亚帮他们战胜了“恶龙”乔诺的那位勇士吗？

而且勇士没有戴面具，这让陆小花尤其激动。

这位勇士似乎是混血，高鼻梁、深眼窝、白皮肤是欧洲人的特征，而黑色头发和褐色双眼又带着东方特色，长相实在让人过目不忘。只是他整个人偏瘦了一些，皮肤白得也不健康，再加上邋遢的打扮，脖子上挂的防毒面具，依旧像个科学怪人。

“小花，你怎么来了？”陆耀奇怪地问陆小花，还不忘拍了下查克博士的肩，帅脸带笑，“这件事真是麻烦您了，如果没有您的帮助，这个案子不可能这么顺利。”

查克博士一脸认真：“没错。你们之前请的顾问实在太菜了，我简直不敢相信，他会犯那种低级的错误。”

他毫不谦虚的样子，倒颇合陆小花的心意，瞬间就原谅了他最近“霸占”陆耀的仇。

陆耀对于查克博士的“毫不谦虚”似乎也早已习以为常，笑道：“博士的新居住着还满意吗？我正好要去那附近办事，要不要我送您回去？”

“新居很好，你能送我就更好，我不太喜欢地铁，细菌太多，且工作人员拒绝我戴着防毒面具进入，说是会引起乘客的恐慌。你能相信吗？他们觉得让人恐慌的不是细菌和病毒，而是我这个为科学做出卓越贡献的人。”查克博士说着，匪夷所思地摇摇头，这时，一辆车从他们面前经过，他一脸难忍，立刻戴上了防毒面具。

瘦高白，衣品独特的男人，戴着防毒面具，画风实在诡异，陆小花瞬间明白，地铁工作人员为什么会觉得他会引起恐慌了。那个画风，比《生化危机》还吓人好吗！

相对于小花妹妹的一脸惊讶，乐正珊和陆耀就淡定多了。乐正珊甚至低头在小花耳边吐槽：“局里开大会，局长讲话的时候咳嗽了两声，这位科学怪人也立刻戴上了防毒面具，且拒绝再跟局长共处一室，除非他经过卫生防疫部门的检测，证明他没有感染溶血性链球菌、腺病毒、呼吸道合胞病毒、流感病毒等会让他死亡的病毒和细菌。然后，我们局长就真的去检测了……”

小花妹妹想象着当时的画面，简直目瞪口呆，局长大人脾气也太好了，或者说，这位博士大人到底是个多么难得的人才？

然而让小花妹妹目瞪口呆的事情还在后头——陆耀竟然越过她，带着科学怪人上车，就在她面前绝尘而去，连个“再见”都没说！

面对小花妹妹一脸的“匪夷所思”，乐正珊依旧一脸淡定，耸耸肩：“我就说了，他们最近很缠绵嘛。好好享受三个人的恋爱，我要去办正事了，再见。”

说着，她也挥挥手，开车走了。

留下陆小花石化在路边，很久都没缓过劲来。

2.

《贱小花》系列漫画在某漫画网站开始连载。起先反响并没有那么好，虽然也不至于特别差，但是真正大火起来，是在加入了一个整日戴着个防毒面具的科学怪人角色之后。

是的，陆小花将对查克博士这个“第三者”的怨念全部发泄在了漫画里。

漫画火起来是很值得高兴啦，稿费翻番，每天都能接到约稿邮件的感觉也很爽，只是这些都是“科学怪人”这个角色带来的，想想就让人不爽。

尤其现实中，这个角色的原型正恬不知耻地霸占着她的男朋友。

比如现在，陆小花刚收到一笔可观的稿费，就有做动画的导演打电话给她，询问动画版权的事宜。她兴奋到变形，矜持地跟导演做了一番交流之后，就拿起包向陆耀家狂奔，想跟他分享自己的喜悦，一打开门就看见自己的男朋友正认真地帮查克博士系领带。

平日里也算是个纯爷们的某人，此时细致温柔得像个小媳妇。

陆小花忍了又忍，实在没忍住，当机立断地从包里拿出草稿本将这一幕画了下来。

这次轮到陆耀纳闷了，手还放在查克博士的领带上，奇怪地问正蹲在门口“奋笔疾画”的小花妹妹：“你在干什么？”

小花妹妹抬头，冲他怒目而视：“别动，保持住这个姿势，等我画完。”

于是陆耀和查克博士就保持着这个姿势足足两分钟，等她画完收起草稿本，才站起来发难：“你们在干什么？不觉得这样很暧昧吗！”然后面向陆耀，“你是个有女朋友的人，能不能矜持点？”吼完他又对着查克博士皮笑肉不笑地说，“查克博士，他是我男朋友。”

“我知道。”查克博士像看白痴一样看了陆小花一眼，然后拿起旁边桌子上的防毒面具挂在脖子上。刚才还西装笔挺，一派英俊不凡的模样，现在画风立刻变了，“不用再告诉我一遍，谈论已知的事实，只会浪费时间。”

陆小花气得吐血，双手叉腰：“你跟我男朋友太亲密了，我很吃醋。”

“哦。”查克博士说着朝陆耀点了点头，直接无视了陆小花，“感谢你的帮助，否则我会被这条绳子折腾死。真不明白设计正装的时候，为什么要加入这样一条绳子？或许是留给穿这套衣服的人上吊用的，因为穿着实在太难受了。好的，我现在要去参加所谓的学术交流会，跟一群很懂科学的人聊天。如果科学就是牛顿第一定律的话。再见。”

说着，他抬脚往门外走，陆耀一脸不放心地追过去：“查克，真的不需要我送你吗？现在这个时间不太好打车。举办交流会的湘江酒店是世纪花园旁边的湘江酒店，千万要跟司机说清楚，否则他会将你送去机场附近的那个山寨湘江酒店，因为那边比较远，车费贵一些。”

查克博士表示不用，陆大帅哥追着他出门，又嘱咐了许多话，这才恋恋不舍地回来，然后还站在窗前，张望了许久。

这是完全无视她的节奏，以前从来没有发生过这种事。她心都碎了，带着哭腔质问陆耀：“耀耀，你跟我说实话，你是不是变了？好了，好了，我理解，查克教授确实很性感……一个又白又瘦、又高还帅的西方男人谁不喜欢呢？你不用跟我解释，我不会歧视你的，就是……就是……有些不甘心……”

陆耀在窗口看着查克博士上了出租车，这才放心地关上窗户，看着委屈巴巴的小花妹妹，眉头一皱：“你在胡思乱想什么？”

陆小花抹了把眼泪，抬头："那为什怎么天天跟查克博士难分难舍的？坐个车还嘱咐来嘱咐去，他又不是小孩，你都没这样对过我。"

陆耀叹气："那是因为你是正常人。查克博士……比较特别……他不太分得清人的情绪，出门比较危险……"

"危险是指，说话太欠揍，容易被群殴吗？"小花妹妹嗤之以鼻，"那他就不能好好说话？而且直到今天他不也活得好好的吗？既然是局里请来的专家，怎么能让你一个人照顾他，你又不是专职保姆。"

"那是因为别的人防不住乔诺。"陆耀板起脸来，一脸严肃，"自从上次在克罗地亚，他帮了我之后，乔诺就跟他杠上了，他去哪里，她就跟到哪里捣乱。你也知道她是个多么乱来的人，万一真的伤害到他，我会愧疚一辈子的。"

听到这里，陆小花的表情瞬间从"吃醋"变成了"惊恐"，她急忙问："什么？乔诺也来这里了？她在哪？有没有找过你麻烦？你……还好吗？"一边担忧着，一边惊恐地上上下下检查了他一遍，确定没有伤痕才放心。

"我都说了，她现在转移目标了，怎么会来找我？"陆耀一脸愁容，"让查克博士自己出门，真是个坏主意，我刚才就该陪着他一起去。"

"现在去也不晚，快点快点，拿上车钥匙。"陆小花急不可耐地拉着陆耀，"那个疯……乔老师，查克博士是因为帮我们才成为她的目标的，我们不能坐视不理呀……"

3.

查克博士的全名叫作查克·雷诺·克莱门特，雷诺是他祖父的名字，他的祖父生前是位侦探。

雷诺老爷子在世时经常给小查克讲自己年轻时的光辉事迹，那个时候他已经走不了路了，声音就像是发皱的牛皮纸一样沙沙的，却劲道十足。

“小查克，我这一辈子破过很多难以破解的谜案，唯独无法破解女人的心。在认识你的祖母之前，我错过了一个好女人，她一直在跟我作对，我以为她厌恶我，后来在她的葬礼上，我看到她写给我的信，才知道，她是因为爱慕我，所以才跟我作对。因为想要亲近我，才跳上我的马车，惊扰我的马，挖走我的樱桃树……女人啊，真是难懂。”

此时的查克博士坐在出租车后座，看着后视镜上映出的那张美艳的面孔，莫名其妙地想起了雷诺祖父的话。

他一向是个直接的人，有了想法便要立刻说出来，于是拍了拍司机的肩，面带困惑地问她：“乔诺小姐，你搞烂了我的太空舱，偷我的钱包，雇生病的人在我面前咳嗽……现在还驾驶着出租车朝着与我目的地相反的方向飙车，这一切的举动，是因为你爱慕我吗？”

乔诺在查克周围潜伏了许久，但是他大多数时间都在局里，身边又有陆耀这个大保镖，实在找不到下手的机会。刚刚得知他要独自乘坐出租车去参加交流会，她简直喜出望外，不但重金租了出租车，还买了套中古的出租车制服，准备妥当，仪式感很强地接他上了车，准备将他带去荒郊野外，然后……扔掉……

这就是她的计划，杀人是不可能杀人的，这辈子都不会杀人了，毕竟……她晕血。

这是个秘密，作为一个在道上赫赫有名，令人闻风丧胆的雇佣兵，这简直就是致命的秘密。

然而这个秘密却被查克知晓了，就在他帮着陆耀打败她的第二天，她去报仇，徒手拆了他居住的太空舱，手被硬纸壳划开了一道口子，然后……就没有然后了。

因为她当场就晕了过去，不省人事那种。

醒来之后，她躺在面目全非的太空舱里，查克就在她身旁喝咖啡。见她醒来，拿起血包挤了她一脸，然后……又没有然后了。

乔诺再次醒来，尝了下身上的“血”，才知道那是番茄酱。在外好歹也是叱咤风云、风头无两的女王，如今却被一个男人三番五次戏弄，她那叫一个气啊，当场捏烂了他留在她身边的塑料杯，且发誓一定要让他“血债血还”！

所以她从那以后的所有时间都用在了报仇上，查克说的那些事，她都干过，且并不限于此。她将这一切行为定义为“报仇”，他却猛然提到了“爱慕”两个字，她觉得这个男人大概是疯了——

被自己逼疯了。

思及此，乔诺露出胜利的笑容。她看看窗外已经够荒芜的了，就停了车，轻松地将他踹下车，然后上车疾驰而去。

车开出几百米，又突然倒了回来，在他面前丢下一颗烟幕弹。

查克慌忙戴上防毒面具，在一片烟雾中剧烈咳嗽，等烟雾散去，那辆车和乔诺都不见了。

查克望着空无一人的马路和周围空旷的荒野，确信自己根本不知道这是哪里。于是他淡定地拿出手机想拨打报警电话，却发现这里根本没有信号。

无奈之下，他只好就地坐下，拿出笔记本写写画画，打算既来之则安之了，毕竟这也不是他待过的最糟糕的地方。刚被大学开除那会儿，他实在无处可去，还睡过垃圾回收站。这条马路可比垃圾回收站干净多了，他确信，只要睡上两夜，他就会爱上这里。

查克博士没有出现在交流会上，陆耀瞬间想到了乔诺，于是去交管局调出了他家路口的监控。他查到查克博士乘坐的出租车，找到司机，果然司机描述的女人模样与乔诺一模一样，只不过知道是乔诺干的又有什么用？人还是无处去找。他气得直捶桌子：“真不该让他一个人出门，我真是恨死我自己了。”

陆小花在一旁也十分着急，急得立刻拿出草稿本，画下了为了“科学怪人”发怒的陆耀。

折腾了两天，在查克博士快要爱上睡在马路边上的感觉，并且与一里地外溪水旁的一家子水鸭成为好朋友之前，陆耀终于找来了。

陆耀远远看见蓬头垢面的查克博士盘腿坐在西装外套上，脸上上胡子拉碴，低头奋笔疾书，一直到将这两天想到的理论又重新演算了一遍才起身。他平静地看了陆耀一眼，这才慢条斯理地收拾东西。

查克博士身边有从路边捡来的水壶，为了给水壶煮沸消毒而捡来的锅，就地取材用皂荚做的清洁用品，香茅做的驱蚊用具以及他自己做的鱼钩，甚至还有一台捡来的报废录音机，当然已经被他修理好了，并且具备了整点报时功能和鸣笛功能，以防止大型动物靠近给他造成不必要的伤害。

陆耀看着眼前这一排就地取材制造的生活物资，心中五味杂陈，在他身后下车的陆小花则心里大叹着“牛”，立刻蹲下来开始画……

收拾好了东西，查克博士起身，理了理衬衣，对陆耀说：“我要去跟我的朋友告别。请等一下。”

陆耀一边吐槽着“既然遇到了朋友为什么不请他报警”，一边跟了过去。在看到查克博士的朋友——水鸭一家时，心中跑过一群野马。

查克博士：“再见了朋友们，我有空会回来看你们的。”

水鸭一家：“嘎嘎。”

陆小花：“太萌了。”蹲地，画画……

查克博士坐上宽敞的SUV走了，前来救援的人也一同离开了。旁边沟里这才慢慢爬上来一个人，摘掉头上身上的伪装草皮，恨恨地咬着牙。

“到底要怎样才能弄死他！”

乔诺气得抓狂，跑去溪水边清洗脸上的油彩和在路边埋伏时积累下的灰尘，洗完了才顶着那张美艳的脸准备离开。跟每次失败一样，她握拳狰狞道：“浑蛋克莱门特，下次就没有那么好运了……啊啊啊……你们为什么啄我？滚开，鸭子……啊……”

于是这一次的报复就在乔女王被水鸭一家追得落荒而逃中落幕。

4.

查克博士最近特别无聊，没人在他家门口放水桶，也没人给他午饭下泻药，连大意地自己出门都打不到假司机驾驶的出租车，生活真是了无生趣。

陆耀陪着查克博士在实验室里盯着正咕噜噜冒泡的锥形瓶，看着黄金一点点从液体中凝结出来，只觉得好神奇。

查克博士被请到局里，是为了帮忙侦破一起特大经济犯罪案，嫌疑人是银行职员，利用系统漏洞，偷盗了上亿的钱款，这其中还涉及了部分官员，却始终找不到赃款在哪里，十分棘手。

于是查克博士来的短短一个月里，先是在银行职员老家新盖的房子里发现了一块块金砖，又在官员家里搜到了大罐的高纯度金盐。为了估算纯金的数量，查理博士让实验室的人将金盐还原成金块。

查克博士在大数据中一点点抽丝剥茧，找出了嫌疑人，并用数学理论计算出他藏匿赃款的位置。整个过程跟传统的经侦完全不同，却意外地有效，陆耀对他的敬佩简直上升了好几个层次。

只是案子破了，查克博士依旧很不开心，甚至在午餐时问陆耀："陆，你知道那个疯女人的联系方式吗？"

查克博士口中的疯女人自然是指乔诺，陆耀有些奇怪："问这个干什么？"

"她已经好久都没骚扰我了。"查克博士一脸忧愁，"不知道是不是出了什么事。"

陆耀匪夷所思，心想这位博士不会是个受虐狂吧？但还是将乔诺的手机号码给了他。

回到家查克博士打开电脑，然后给乔诺打电话，电话接通，那头就传来一阵剧烈的咳嗽声。

"你听起来不太好，感冒了吗？"查克博士问，平静的声音里竟有一丝关切。

乔诺足足愣了半分钟，才确信自己不是在做梦，且怀疑对方打电话来是在挑衅，于是气不打一处来，沙哑着嗓子吼："我好得很，你等着，我……咯咯咯……"

查克博士下意识地皱起眉，虽然知道病毒并不会通过电波传染，但他还是戴上了防毒面具，问道："听你咳嗽的声音应该是肺部感染了，是不是那两天在坑里待久了，染上了病毒？"

乔诺又是一愣，结巴起来："你……你……你竟然知道我在那里埋伏？为什么不戳穿我？"

“我很好奇你能够一动不动在沟里趴多久，事实上是很久。我敬佩你的毅力和耐力。”查克说，“你对野生植物的了解也很深入，能够不留痕迹地让自己不会饿死，只是我不明白你为什么要在我煮的野豆粥里加相思豆？因为它有毒，还是因为你要借它表达你的情意？”

“当然是因为它有毒！我对你最浓烈的情意就是巴不得你快点死！”乔诺听到这里气死了，一句都不想再跟他废话，直接挂断电话。

查克博士看着“嘟嘟”响的手机，又看了眼电脑中的追踪定位，起身拿起外套，离开家门。

乔诺住在本市最高档的一个社区，且是顶层，三十六层，住所如她的人一样，能多高调就多高调，完全没在怕的。

门铃响起的时候，乔诺正以一个死狗的姿势趴在地上，妄图去够茶几上的水杯。感冒病毒实在太厉害了，往日里为了干掉目标几天几夜不睡都没有任何问题的女王，此时竟然连站起来都觉得分外困难。

她试了几次，还是够不到水杯，气得直捶地，大骂自己：“乔诺，你真没用！扛过黑死病病毒的人，怎么能败给区区的感冒！站起来！”

可是无论她怎么鼓劲，身体都不听使唤，依旧软绵绵无力。

门铃响了，她停止为难自己，盯着门看了一会，艰难回忆，世界上有谁知道她的现住址。回忆了半天，答案是没有人，就断定是替自己跑腿去买药的物业，于是用电子锁遥控器开了门。

听到解锁的声音，查克推门走进去，看见乔诺趴在地上。四目相对的那一刻，刚才还状如死狗的乔诺，竟然突破了身体极限，跳了起来，沙哑着嗓子，警惕道：“你你你……怎么进来的？！”

“是你自己解锁让我进来的，半秒钟之前发生的事情都不记得了？看来真是病得很重。”查克一边说着，一边慢条斯理地戴上了防毒面具，然后在她家转了一圈。

这套房子豪华到近乎奢侈，大面积的落地窗外，整座城市都尽收眼底。

“有钱人都像你这么无聊吗？天天想办法对我恶作剧。”查克透过防毒面具的镜片看着她，声音平静，“我只是个贫穷的学者，让我受到惊吓真的会让你产生愉悦感吗？”

乔诺强撑着一口气，怒吼：“这叫复仇！复仇你懂不懂？不是为了愉悦感，是为了尊严！尊严！”

查克依旧不解：“你的尊严都在第三根肋骨上？”

乔诺之所以跟他结仇，就是因为他看穿了她第三根肋骨受过伤，心理上会下意识保护那根骨头，这个任何研究过人类学，参加过万人坑的考古，并且拼起过几千具人类骨架的学者都能看出来的习惯。

乔诺下意识地捂住肋骨，双颊透着不正常的红晕，气喘吁吁地辩解：“对！没错！我最讨厌别人跟我提肋骨的事。”

查克耸肩：“那我以后不提了，请你也不要再做那些无聊的事情了。还有，你现在最好立刻去医院，很显然流感病毒正在侵蚀你的肺，让你的肺部受到严重感染，你正在发烧。”

提到病毒的事，乔诺突然想起一件能让查克抓狂的事，不禁得意起来，连头都没那么晕了，晃晃悠悠朝他靠近，然后以迅雷不及掩耳之势，摘了他的防毒面具，冲着他的脸狂咳。

失去防毒面具的保护，面前又是一个狂咳的疯女人，查克的脸色顿时苍白如纸，感觉整个肺部的空气都被挤压出来了，急急忙忙去抢防毒面具。

乔诺就举着他的防毒面具，一面走一面咳，可是身上已经没什么力气了，走到地毯边缘，竟被脚下的地毯绊倒了，而一心要抢面具的查克没留神，也跟着扑倒，正结结实实趴在她的后背上。

身下灼热的体温透过薄薄的睡衣传上来，查克感觉自己全身的汗毛都竖起来了。这种被病毒和女人的香喷喷的味道淹没的窒息感使他脚都软了，半天都爬不起来。

而此时的乔诺却异常安静，查克冷静了许久才想到去看她，这才发现，这个发着高烧还不忘恶作剧的女人，已经体力不支晕过去了。

“这到底是个什么女人！”查克红着脸她身上弹跳起来，第一件事就是戴上防毒面具，第二件事才是打电话叫救护车。

5.

乔诺从冗长的梦境中清醒过来，第一眼就看到白到刺眼的天花板，然后是白到刺眼的墙壁，接着就是一身白色隔离服、戴着隔离头盔的“生化怪人”。

她试着坐起来，那“生化怪人”立刻将她按了下去，手上厚厚的手套，即使直接伸手进烤箱都不会被烫到。

“你刚退烧，医生要你好好休息。”

这个声音经过头盔的过滤，听起来有些失真，但是仔细听的话，还是能听得出来，这是查克的声音。

这个声音提醒着她，让她立刻想起了昏迷之前的耻辱，不禁怒从心中起，从病床上跳起来，去摘查克的头盔。面对她突如其来的暴走，他显然有些不知所措，但是他尽量维持着绅士风度——死命抱着头盔，不让她抢去。

一番厮闹，碰倒了水壶，又碰倒了吊点滴的架子，最后碰到了床头的服务铃。动静实在太大了，好几个护士齐齐冲过来拉架，而护士长试图跟他们讲道理。

“这位女士，您快放开这位先生的头盔……这位先生，这里只是普通病房，您穿成这样，已经造成病人的恐慌了，能把那一套……装备脱了吗？女士，您下手太狠了，先生被您勒得翻白眼了……先生，先生，您还好吗？快来人哪，出人命了……”

最终乔诺和查克双双被赶出了这家医院。陆耀作为查克的紧急联络人去医院接人，看到穿着病号服头发蓬乱的乔诺和因为被强行摘了头盔而脸色发白的查克，不禁扭过头去偷偷笑起来。他笑完了才一脸正色地上前，询问到底发生了什么事。

小花妹妹就在后面跟着，看见如此接地气的乔诺竟也不觉得害怕了，还忍不住在草稿本上以她为原型画了个Q版小人，取名为“暴走女王”，准备跟“科学怪人”配CP。

陆耀：“两位的恩怨因我而起，今天既然大家都在，索性把话说清楚吧。乔诺，你以后不要再为难查克博士了，实在闲得无聊，我们局里的体能拓展课程还缺个教官，大把的新人任你虐。”

乔诺捋了一下头发，傲娇地说：“你让我去当教官，我就去当教官？那我岂不是很没面子？而且，乔诺是你叫的吗？没礼貌，叫我乔老师！”

“当了我们的教官，局里所有人都要尊称你为乔教官。”陆耀试图劝说她。

一直躲在陆耀身后，偷偷摸摸画“小人”的小花妹妹听及此，伸出头来补充：“提供住宿，就在查克博士家隔壁……呃……别瞪我，他现在的住处也是局里提供的嘛。局里租的专家楼不就那一栋……我说错了吗……”

乔诺盯着地鼠一般缩头缩脑的小花妹妹，暗暗一笑，立刻朝陆耀伸出一只手：“成交，我要去你们局里当教官。”

查克博士立刻举手：“我要搬家。”

“那我也搬家，你们把他安排在哪儿，我就去哪儿，不能区别对待。”乔诺笑得十分阴险。

“我不住局里安排的房子了，我自己去租。”

“你的经济状况恐怕不容你这么乐观。”

“你怎么知道我的经济状况？”

“要你管？”

“你……”

两个人吵闹不休，陆耀隐隐开始后悔邀请乔诺来局里当教官的决定，而一直躲在他身后的小花妹妹却露出一抹神秘的笑，暗暗盘算：

CP 已就位，她的漫画想不火都难哪。

第十三节
小花要红了

1.

陆小花的《贱小花》系列漫画连载满半年了，一直占据人气榜的首位。前来寻求合作的动画导演越来越多，她一直都没有点头，每天暗暗等着自己最心仪的导演的邮件。

她心仪的那位导演执导的最著名的动画叫作《牛角花》，是一头小母牛的故事，画风很萌，小花妹妹喜欢得不得了。

等了好久都没有动静，她便将心一横，小心翼翼、战战兢兢地主动发了封邮件过去，表达了自己的喜爱之情，并细细聊了他们之间的渊源。

她与导演的渊源就是……没有渊源。于是不死心的小花妹妹写道：“我的漫画的主角是以我自己为原型，名字叫作贱小花，您出道的那部动画据说也是以您为原型，叫作《牛角花》。我们的缘分早在十年前就注定了。”

就这么一封莫名其妙的可疑邮件，竟然真的引起了导演的注意，并邀请她来听他在国际漫画节上的讲座，并表示讲座结束之后，愿意与她聊一聊。

陆小花收到这封回复邮件，简直不敢相信自己的眼睛，一连刷新了十几次，搞得电脑差点崩溃才敢相信，这不是自己看到的幻觉。

于是她给自己的责编打电话，兴奋到破音嘶吼："牛角花老师邀请我去听讲座，还说要跟我谈一谈，啊啊啊，快点掐我一下，告诉我我不是在做梦。"

凌晨三点，编辑眼睛都没睁开，听到她在吼，一下将手机塞进枕头里，翻了个身继续睡觉。第二天她起床才想起来这个事，拿出手机看到陆小花发来的数十条微信。

"睡什么睡！起来嗨！"

"老子是被牛角花老师邀请的人！老子要红了！"

"大萌萌，快起来，分享我的喜悦……"

"萌萌，萌萌……我要拖稿……"

编辑大萌萌也替小花开心，但是拖稿坚决不能忍，于是发了个"就你这种拖稿的，我一天能打死十几个"的表情，然后深藏功与名。发完了她就去准备《贱小花》的平台数据，以便陆小花跟人家导演谈合作的时候，心里有些底气。

陆小花确认了行程，才想起来告诉陆耀："耀耀，我要去见牛角花老师了哦，不要太羡慕我哦。"

陆耀听到"牛角花"三个字，猛地想起来，当初自己牵着头戴牛角的陆小花走在大街上时，那种丢脸的感觉。啊，简直童年阴影。

"千万别戴你的牛角去。"他咬牙。爱女心切的小花爸爸给小花做的牛角过于真实，他一直没好意思告诉她，她戴着那对牛角，一点也不像牛角花，倒是很像牛魔王。

小花妹妹仿佛这才想起来她心爱的牛角，立刻对着电话亲了两下："耀耀，谢谢你提醒我，我怎么能不戴牛角去呢？我现在就回家去找。"

好在出行的时候小花妹妹的牛角是装在包里的而不是戴在头上，陆大帅哥着实松了一口气，不舍地嘱咐道："把手机定位打开，这样我就能知道你的方位了。到地方给我打电话，坐出租车记得把车牌号和司机的照片发给我……"

小花妹妹笑眯眯，竟然没有嫌他啰唆："耀耀，你的表情像是要哭了哦。"

陆耀黑着脸捏她肉嘟嘟的面颊，纠正道："这叫担心！担心懂吗！"

"懂啦，懂啦。"小花妹妹亲亲他的脸颊，"放心啦，我会照顾好自己的。"

目送着她进入安检，陆耀心中五味杂陈，有担忧，又有开心。他的小花已经长大了，且朝着梦想不断前行，而他也要更努力才行，因为他是让她引以为傲的欧尼酱呀。

2.

小花妹妹自上了这架飞机就觉得诡异，她确认自己是第一次乘坐这家航空公司的飞机，也并不认识飞机上的任何一个空姐、空少，但不知道为什么大家看她的眼神充满了好奇，笑容也比面对其他乘客时诡异。

比如刚才，就有一个空姐询问过她："女士，需不需要饮料？"

另一个空姐就跑来问她："女士，您冷不冷？需不需要给您拿条毯子。”

然后空少也跑了过来：“女士，座椅靠背需要我帮您调整一下吗？”

最后，竟然连乘务长都过来了：“女士，给您升级到了商务舱，请跟我来。行李我帮您拿。”

陆小花攥着行李瑟瑟发抖，一动不敢动，她怀疑自己是不是卷进了神秘案件，空少要在商务舱里“解决”她。或者整个飞机上的人都是便衣，就等着抓捕经济舱里的某人，怕误伤了她这个平民。

见她不动，乘务长的笑容更加和善了，解释道：“女士，您不需要有什么顾虑，有人帮您付了升级座舱的差价。”

这……这就更诡异了，她是独自一人出门，整个飞机上没有熟人呀。

小花妹妹带着满心疑虑，颤巍巍地跟着乘务长来到商务舱，发现她的座位上竟然放着嫣红的玫瑰，她拿起玫瑰正想问是谁送的，乘务长嫣然一笑，离开了。

整个飞行时间是两个半小时，两个半小时后飞机准时降落，乘客人们陆续下飞机，她却被空姐拦了下来：“女士，升舱的手续还没办好，麻烦您稍等一下。”

小花妹妹紧张地握紧她的小箱子提手，不敢走，也不敢留下来。

乘客们全部下了飞机，整个飞机的商务舱里只剩下了她一个人，她更是坐立不安，正准备去问问怎么回事，眼睛突然被人从后面捂住了。

一个明显捏着的嗓音在身后问她：“猜猜我是谁？”

小花妹妹受到了惊吓，整个人都僵住了：“你你你……是谁？”

“我们亲密无间过，我们同床共寝过，我是你的爱人呀，怎么能把我忘了？”这个声音越听越耳熟，听到最后，小花妹妹心头一颤：“白……白夜大人？”

“就是我呀，小花，好久不见！”

白夜放开捂住她眼睛的手，走到她身前：“你真是越来越好看了呢，也越来越有女人味了。”

面前的白夜一身飞行员的制服，短发更短了，眉眼依旧帅得雌雄莫辨，只是眼神不再轻飘飘的，变得更沉稳了。

已经多久没见了呢？三年了吧？之前还是有联系的，但是后来不知道为什么，她的手机号换了，微信也不用了，仿佛消失了一样，跟所有人断了联系。

陆小花激动得眼泪都飙出来了，扔下行李，使劲抱住白夜：“好久不见了，白夜大人，你还是那么帅。”

白夜拍着陆小花的头，笑眯眯道：“是呀，是呀，帅得被机组里的姐姐们拖进洗手间验过好几次身了。”

提到机组的姐姐，陆小花才想起来在飞机落地前，空姐、空少们那一系列诡异的举动，忙问：“姐姐们也是因为你，才特别关注我的吗？商务舱也是你帮我升的吗？”

“当然。我在机组人气可是很高的。”白夜挺了挺胸，神情十分骄傲，“我在乘客名单里看到你的名字和证件号，然后跟大家说，C65 是我的小女朋友，请大家多多关照，于是大家就争相去看你啦。至于升舱，是公司内部福利，可以转给家属用。”

陆小花还是不敢相信，失联了三年之久的白夜就站在自己面前，小花在她说话的时候一直盯着她，生怕她又消失了一样，害得白夜失控地去捏小花的脸，大叫：“大眼睛 blingbling 的，你怎么还是那么可爱！学长竟舍得让你一个人出门？”

陆小花被捏疼了才真的相信，这不是做梦，又抱了白夜一下，感叹道："真是想死你了，白夜大人。你这三年到底干什么去了？为什么突然消失了？"

白夜笑嘻嘻，吹了吹额前的刘海，样子痞帅痞帅的："说来话长，走，我带你去吃好吃的，慢慢跟你说。"

3.

在机场的小咖啡厅里，陆小花坐在白夜对面，听她一脸惆怅地讲述自己这几年的经历。

"你知道我刚开始考进航空大学时，家里是不看好的，毕竟我那么爱玩，又吃不了苦，肯定成不了飞行员。但后来我真的觉得开飞机特别有意思，就铁了心想当飞行员，然而英语一直不过关，于是我心一横，将自己的手机全部设置成英语模式，不学好英语绝不改回来。"

这就是失联的开端，因为用英语交流实在太难了。

起初她也是信心满满地用英语给陆耀发了条消息：

"Hello, brother。"

陆耀："……滚。"

发过来的消息被自动翻译成英文：roll.

她用了足足一个月才明白"roll"是什么意思。

然后她放弃了，想换回中文来，但是实在看不懂英文的"设置"，瞎鼓捣半天，终于成功地将手机格式化了……再重新打开，手机里干净得宛如新生，别说陆小花他们了，连亲爹的号码都不见了。

神奇的白夜大人抱着自己"雪白"的手机愣了两秒，突然怒从心头起，恶向胆边生，又用回了英语模式，并且发誓，有朝一日，一定要用英语熟练地撩妹、撩陆耀，以雪今日之耻！

于是这一雪耻行为持续了一年多。

省吃俭用请来的外教，让她终于能够用英语正常聊天了。课程结束当日，为了赚学费干兼职的外教小伙痛哭流涕，拍着白夜的肩膀说：“大兄弟，教你太不容易了，你大脑里管语言的区域是被驴踢了吧？”

白夜的奶奶是东北人，父母都在东北长大，白夜跟父母聊天的时候，都是一口的东北大碴子味，并成功将外教小伙的口音带偏了。

白夜颇为骄傲，也拍着外教小伙的肩膀说：“Teacher,I am an girl.”

“I am a girl！ A，a，a! 不是 an！”外教小伙纠正，纠正完又一惊，看着白夜，大叫，“啥玩意儿? 你是女的? 逗我玩呢吧？”

白夜挺胸抬头：“如假包换！”

外教小伙一脸的惊愕，许久都没消失。

为了验证自己的钱有没有白花，白夜做了一个十分作死的决定——暑假的时候，独自一人去美国旅行。

这次行程并没有告诉任何人，他办了签证买了机票，背着背包就飞去加利福尼亚州。

过海关的时候，高高壮壮的黑人工作人员例行公事地问她：“为什么来美国？”

她兴奋异常地答：“Learn to speak.”

工作人员一脸同情，心想这么大的孩子了还不会说话，怕是个傻子吧？就拍了拍她的肩，安慰道：“Good boy.”又看了眼护照，大惊，“What？A girl？”

于是工作人员怀疑她去美国是打算做非法变性手术，将她带去了小黑屋，接受调查。直到一位华裔职员赶过来做翻译，大家才弄清楚，她是要边旅行边学习英语，并不是傻子，也不打算做变性手术。

出了海关，白夜心一横，去买了条裙子，从试衣间出来，中国店员忙夸奖她：“哇，先生您眼光真好，这条裙子特别适合您。欢迎您的同好也经常来我们店买衣服哦。”

“同好？”白夜眼角一抽。

店员妹子笑眯眯：“我不歧视异装癖的，先生！”

白夜吞下一口老血，乖乖换回了自己的牛仔裤。

她在加利福尼亚州的前两周还算顺利，尽管经常听不懂老外的英语，但是只要人家慢点说她总能听懂只言片语。短租的公寓里，是来自世界各地的留学生，肤色各异、语言各异，大家都很友好，提到白夜都会笑着拍手：“哦，那个结巴的中国男孩。”

白夜才不结巴，只是口语实在不好，一句完整的英语都说不清，所以大家才以为她是结巴。至于男孩……算了，她已经懒得解释了。

熬到第三周，白夜终于扛不住了，没有母语滋润，让她犹如一条晾在岸上的鱼，缺氧缺得要窒息了，于是一头扎进了华人聚集区。

华人聚集区的空气果然新鲜不少。白夜在中餐厅吃了顿火锅，又跑去中国人开的便利店里买了辣条和咪咪虾条，吃完了才舔了舔手指头，拍着肚皮，满足地打了个一个中国式的饱嗝。

晚上，白夜穿着印有五星红旗的T恤去泡吧。酒吧老板也是中国人，被她的T恤勾起了乡愁，又非常喜欢她时不时冒出来的东北口音，两瓶啤酒下肚，就跟她称兄道弟了，知道她正在成为飞行员的道路上修行，二话不说，就将亲弟介绍给了她。

“不瞒你说，我弟也是开飞机的，开的还是战斗机！不过现在退役了，退役之后，现在专门教人开飞机，人称飞爷。”

“非也？”

“是飞爷，不是非也！你别惹他，他脾气可不好！喏，正坐在角落里喝酒呢。看着像匹孤狼对不对？哈哈，他就是匹孤狼。你跟他聊聊。”

于是白夜见到了那位传说中的飞爷。说是“爷”，其实一点也不老，也就三十出头的样子，头发很短，根根直立着，样子很酷，举手投足都是不苟言笑的军人做派。

白夜很崇拜驾驶战斗机的飞行员，此生还未有幸得见，没想到第一次见到偶像级人物，竟然是在异国的酒吧。

她拎了两瓶啤酒走过去，将其中一瓶放在飞爷面前，耍帅道：“请你。”

飞爷抬头扫她一眼，忽地勾唇一笑：“冲着你的T恤，我喝。”然后他抓起酒瓶，一饮而尽。

金黄的液体从他唇边溢出，顺着下巴滑过蠕动的喉结，男性荷尔蒙的气息扑面而来，性感又张扬。

白夜突然有些紧张，又觉得口干舌燥，咽了咽口水，举起酒瓶也跟着一饮而尽了。

飞爷看她喝得爽快，就举手跟吧台示意：“再来两瓶。”啤酒送来，他将其中一瓶给了白夜，扬了扬下巴，“坐。”然后与她碰了碰酒瓶，又将啤酒一饮而尽。

白夜的“雄性荷尔蒙”完全被激发出来了，撸撸并不存在的袖子，决定跟他拼了。

两个人就这么连喝了四五瓶，白夜的舌头开始打卷，脑袋处于“当机”状态。她坐在飞爷身边与他勾肩搭背，俨然一副“哥俩好”的样子，虽然对方依旧一张酷脸，并没有要跟她交好的打算。

“飞爷，听说您是开飞机的，我也想开飞机，但是我英语老是不过关，您说该怎么办？英语太难学了，不蛮您说啊，高考的时候要不是被英语拖累了，我能考上哈佛……”她大着舌头，掏心掏肺地抱怨着。

“你开飞机？”飞爷对白夜的话表示严重怀疑，以为他就是个普通的飞行迷，也没放在心上，只是小伙子长得挺……水灵，性格也好玩，就跟他多说几句话，“你才多大，你就开飞机？”

“二十了！”白夜伸出两根手指头在飞爷面前晃了晃。她长得帅气，手也“帅气”，比普通女生要大，手指也长。但她毕竟是女生，没什么体毛，皮肤也够细腻，所以，手指伸出来跟细长的水葱似的，非常晃眼。她朝飞爷傻笑，“成年人！”

“二十啊。”飞爷眯起眼睛笑了一下，“在上大学？国内的还是美国的？”

“我英语烂成这样，用脚趾想也是国内的呀。”白夜傻笑着拍飞爷的脸，“反正想开飞机就要英语过关，哪里都这样。我就纳闷了，飞机是外国人吗？中国的飞机，就要说汉语！说汉语的飞机，才是好飞机，才是爱国的飞机，才是社会主义的飞机！”

飞爷被她逗笑了，用酒瓶碰了碰她的脸：“你喝多了，回去睡觉吧。”

“我不回去！”白夜耍起酒疯来，挂在飞爷身上，怎么甩都甩不下来，“异国他乡的酒店，我一个人孤单寂寞冷。”

“那你就不怕异国的酒吧里，你一个人遭遇危险？”飞爷挑眉。

“我不怕！”白夜嘿嘿笑，伸手去戳飞爷带着胡楂的下巴，“我有同胞，我有开飞机的同胞，我有开战斗机的同胞！”

话说到这份上，飞爷莫名有种被碰瓷的无奈感，看看挂在身上的大男孩确实醉得不轻，本着人道主义精神，只好起身拖着他去门口打车，到了门口又怕他这个样子出什么危险，索性开上自己的车，送他回去。

只可惜，飞爷问了一路，也没问出正确地址，无奈之下，只能将他带回家。

飞爷一家在他五六岁的时候就移民到了这里，二十几年过去，早已美国文化，父母幽默开明。对于儿子突然带回来一个醉醺醺的男孩，先是迟疑了一下，之后才语重心长地对自家大龄未婚的儿子说："无论你喜欢什么人，我和你父亲都支持你。以后若是结婚了，就领养个孩子，我们可以帮忙照看。"

飞爷扶额："不是你们想的那样！我不结婚并不是不喜欢女人，我是喜欢女人的！"

醉得迷迷糊糊的白夜竟然听到了这句话，睁开眼傻笑着举手，骄傲道："我！我是女人！"然后拉着飞爷的手放在自己胸上，"看，胸！"

手中触感让飞爷如遭雷击，下意识地将白夜给扔了。

飞爷妈妈赶紧将白夜扶起来，松口气似的，慈爱道："怎么能这样对待姑娘家？都带回家了，还害什么羞？不过啊，可别趁着人家姑娘喝醉了就……等人家醒了，别那么猴急。"

飞爷看着自己的手，浑身发烫，索性将白夜丢给自家老妈，自己闪人了。

4.

白夜就这样成了飞爷家的常客飞爷对此非常无奈，时常敲着她的脑袋，懊悔不已地唠叨："你说你好好一个姑娘，装什么男人？老子什么时候跟姑娘喝过酒？一不小心就上了你的贼船。"

白夜挠头觉得委屈："爷，你这么说就太冤枉我了，我这潇洒帅气的模样是天生的，想装也装不来。而且我也从来没说过我是男人啊，是你自己误会了好不好！”

飞爷揪她耳朵：“还敢顶嘴？”

白夜疼得嗷嗷直叫，讨饶道：“飞爷饶命，小的再也不敢了。”

飞爷这才放手，看她红彤彤的耳朵，心中有种奇怪的满足感。

飞爷成了白夜的英语老师，或者说他全家都成了白夜的英语老师，就连他四岁的小侄女都能奶声奶气地纠正白夜的语法错误。

“S，这里要加S。笨笨哦，二叔叔的女朋友。”

白夜紧张地纠正她：“别叫我二叔叔的女朋友，我不是你二叔叔的女朋友。”

“那你想当我二叔叔的女朋友吗？”小侄女一脸“看透你们”的表情，“二叔叔可是很抢手的。”

白夜瞬间警惕起来：“你二叔叔之前有过女朋友吗？”

“女朋友啊……”小侄女犯起难来，“男朋友算不算？我二叔叔总带男朋友回家，但是没过多久就不带了。爹地说，二叔叔把他们当朋友，他们却对他图谋不轨。”

白夜瞬间明白了，想想飞爷那张脸，确实是男女通吃，只是不知道他在经历了那么多起“我把你当兄弟，你却伪装性别”的惨剧中，是怎么保持理智，没有崩溃的？

晚上，白夜在酒吧里见到飞爷，忍不住好奇地问：“飞爷，你的审美是不是有问题？”

飞爷正窝在酒吧的仓库里，嘴里叼着烟，对着一堆拆得七零八落的飞机零件翻翻找找，闻言抬头看着一脸严肃的白夜，挑了挑眉：“什么意思？”

“我猜的啊。”白夜蹲下来，严肃地看着飞爷，“你喜欢女人，但是你不喜欢长相女人的女人。你喜欢男人的长相，但是你不喜欢男人。是不是这么回事？”

被她这么一说，飞爷才认真思考这个问题，这一思考不要紧，他发现，这个小王八蛋分析得竟然十分对。

自己的口味确实太奇葩了，飞爷约莫是觉得面子上有些挂不住，使劲拍了拍她的头，怒道：“你要是把这八卦的劲头放在英语上，早考过托福了。”说完他低头使劲抽了两口烟，将自己纯正帅气爷们的脸藏在烟雾里。

白夜揉了揉后脑勺，嘿嘿笑起来，托腮看他：“如果真是这样的话，你一定要好好珍惜我。因为像我这样帅气的女孩子真的不多了。”

不知怎么，飞爷藏在烟雾中的脸竟然红了一下。

白夜还在不知死活地喋喋不休：“我以前喜欢过一个学长，但是那个学长不喜欢我，他有自己的青梅竹马，见了我从来没有好脸色，不是揍我就是让我滚。我从来不生气，谁让我看起来一点都不像女孩呢？唉，其实，每次他揍我，我心里还是很难过的，毕竟是初恋……”

说到“初恋”两个字，飞爷突然抬头，将自己抽了一半的烟塞进了她的嘴里，她一个不留神被呛得直咳嗽。

飞爷摆出一副臭脸：“没谈成的恋爱和不珍惜你的男人，在我这都跟不睁眼的死人差不多，以后不要提。”

“哦。”白夜咳嗽着继续抽他那半根烟，烟味很呛很烈，就像面前的男人，“那……那你到底是死的还是活的？”

“爷我当然是活的。”飞爷瞪她。

“这么说，飞爷是答应做我男朋友了？”白夜笑起来，“我当你男朋友也行，我这人很随意，不挑的。”

“小王八蛋，绕我？”飞爷气得将自己的烟抢了回来，用手推她，“去去去，一边念你的ABC去，爷这里忙着呢，没时间哄孩子玩。”

白夜有点失望，但是她脸皮厚，恢复能力又快，只失望了一小会就恢复了。见他的烟没了，她十分狗腿地替他点了一根，自己抽了一口，才递给他，见他的唇沾上自己含过的地方，她便欢欢喜喜地说：“间接接吻了哦。”

飞爷顿时僵住，烟叼在唇间，抽也不是，不抽也不是，顿时有些恼了。他天上地上纵横那么多年，怎么今天就被这个小王八蛋给难住了？

“间接接吻算什么？”飞爷将烟夹在指间，将她拉过来，在她唇上亲了一口，挑衅笑，“直接接吻我也不怕的。”

“那……那好……”白夜跟他铆上劲了，上前搂住他的脖子，来了个法式湿吻……本来想炫耀一下，“看，我这也不怕”，结果吻着吻着，发现不太对劲，两个人似乎……都有点……失控。

本来是她先挑起来的，最后也是她先绷不住了，使劲推开他，跳开一米远，脸爆红，满嘴胡说八道：“今天就先到这里，改天再战！”说完，她慌不择路地夺门而出。

留下意犹未尽的飞爷对着那堆零件，苦笑着叹口气：“还真被这小王八蛋给绕住了。”

5.

飞爷有一架直升机，天气好的时候，他会开着直升机在空旷的郊区上空转转。白夜也想跟着飞，死皮赖脸地抱大腿，成功坐上了直升机的副驾。

飞爷是开战斗机出身的，退役之后曾经在美国某航空公司做了半年机长。但是客机开着实在无聊，他就辞职当了飞行教练，每天带着喜欢飞行的人翱翔在蓝天，自由倒是自由的，但是……依旧觉得无聊。

“来看看我的玩具。”飞爷拍着自己的直升机机身对白夜说。说完他绕飞机转了一圈，做每次飞行前的例行检查。

飞爷的直升机是美国产一型四旋翼、双发通用直升机，型号 UH-60，代号：黑鹰。机身长约二十米，被涂成迷彩色，样子很酷，怎么看都不像玩具。

做完例行检查，飞爷将耳机递给白夜，自己坐上了驾驶座。她也慌忙戴上耳机，兴奋不已地爬上副驾驶位。

白夜是航空大学的学生，虽然上过很多节飞行课，但是并没有自己开过飞机，看别人开总觉得很兴奋，而且飞爷明显要比学校的教练野很多。她就像是第一次跟着飞车党去飙车的妹子一样，兴奋到尖叫，叫声又淹没在螺旋桨的轰鸣声中。

一趟飞下来，白夜简直面红耳赤，不是害羞，而是激动的。她知道飞行好玩，可没想到能这么刺激，抱着飞爷的胳膊不撒手，眼睛亮晶晶道：“飞爷，教我开飞机好不好？”

飞爷看着她红彤彤的脸和一脸的崇拜，离开部队后就没有再拥有过的自豪感塞满大脑，让他整个人有些飘飘然，捏了下她的脸，挑眉：“我学费很贵，你交得起吗？”

从小到大帅习惯了，白夜这还是第一次被人当成个姑娘调戏，瞬间就嘚瑟了，说话也不过大脑了：“交不起就以身相许。”

“你说的，别耍赖。”飞爷看着她，目光灼灼，丢下烟头踩灭，又说，

“不行，我要先验货。”说着就将她按在了直升机后座上。

白夜第一次开直升机就是飞爷教的，他坐在旁边手把手地教，还不忘偷亲两下占个便宜。她看着下面如拼图般大小的城市兴奋地尖叫，他却在一旁叹气。

“以前孤家寡人一个，多自由，现在有了你就像被挂上风筝线一样。唉，要好好工作赚钱了，将来买架大点的私人飞机，带你环游世界。”

白夜望着他的脸，骄傲道：“我也会开，你开累了换我。”

“好啊。”飞爷说着，拍了下她的后脑勺，“在此之前，你先开好这个玩具。”

对于这个比自己小了十岁的小女朋友，飞爷是无比小心翼翼，捧在手心怕摔了，含在嘴里怕化了。尽管每次带她出去，朋友们都一副“飞爷，你终于也被绑定了”的表情，但他还是爱带她去他的交际圈子里玩，好像是要昭告天下——万年光棍，终于迎来了春天！

然而，白夜还是要回国的，旅行签证到期了，再不回去，就会被遣送，飞行员可不能留下什么黑历史。

白夜和飞爷在机场分别，一直自视为汉子的白夜，第一次哭得稀里哗啦。

6.

“那后来呢？”听故事听上瘾的小花妹妹催促着白夜，双眼冒光，急不可耐。

白夜咽下口中的咖啡，笑嘻嘻道：“后来我也没想到。开学我们学校来了个新教练，上课时把我吓一跳。你猜是谁？”

“不会吧？”小花妹妹捂嘴，“这也太浪漫了。飞爷好样的！”

“是啊，是啊。”白夜又是甜蜜又是无奈地咂舌，“刚开始是觉得挺甜蜜的，后来就觉得他有点黏人。我现在是副飞，你猜我们机长是谁？”

小花妹妹心上再受粉红暴击，站起来四处张望：“难道是飞爷？他也在这里？”

“不是他还能是谁？”白夜嘴上嫌弃，脸上笑得别提多骄傲了，“我叫他了，想让你也见见他，他说忙完了就来……喏，来了。”

顺着白夜手指的方向看过去，陆小花看到一个身穿机长制服的挺拔身影朝这边走过来。那人个头很高，至少有一米九，头发短短的，根根竖起，脸部线条分明，十分俊朗。

他走过来，拍了下白夜的头，不悦道：“小王八蛋，又喝咖啡，对咖啡因过敏的是谁？”

白夜讨好地挠头笑：“就这一杯，陪朋友啦。小花，这就是飞爷。飞爷，这是我初恋的女朋友，我的前女友，陆小花。”

飞爷约莫是被她这个介绍给雷到了，瞥她一眼，无奈地笑，然后对小花妹妹点头：“你好，我是白夜的现任男朋友，现任领导，吴雄飞。朋友们都叫我飞爷。”

陆小花强忍着将这两位的互动画下来的冲动，自我介绍：“我是陆小花，叫我小花就行了。”

三人坐下，聊了一会，小花实在忍不住了，对两人尴尬地笑：“我能画你们吗？”说着她已经拿出了素描本。

“对哦，小花以前就喜欢涂涂画画的。”白夜看着小花妹妹的素描本，啧啧称赞，“画得真不错，能出道了。”

“已经出道了呢。”小花一边自豪地说着，一边几笔勾勒出两人的形象，打算加进自己的漫画中，“这次来 Z 城就是为了见牛角花老师，谈一下我漫画改编事项，虽然不一定成功啦。”

白夜也替小花开心，感慨道：“我们都朝着自己的梦想在前进了，这种感觉真好。此情此景，真该来瓶啤酒。”

“一个小时后要返程，啤酒就别想了。”飞爷调侃她，“咖啡也不许喝了，喝点杯牛奶。”

“我又不是小孩，喝什么牛奶？”

“你看你耍无赖的样子，哪点像大人？”

俩人旁若无人地拌嘴，小花妹妹双眼冒光，将这对“空中夫妻”的一举一动全“圈”进自己的画纸里。

而且小花妹妹发现，平日里帅得不得了的白夜在飞爷面前，就瞬间变成了小女人呢，这算不算一物降一物？

以前总担心白夜这么帅的姑娘，到底什么样的汉子能配得上她？现在才知道，这个担心纯属多余，因为爱情从不看长相，也没有距离，即便隔了千山万水，属于你的那一半，也会开着飞机来见你。

告别了“空中夫妻”，小花妹妹准时来到讲座现场，全程星星眼地听完了偶像的讲座，然后鼓掌鼓到手心通红。

讲座结束，牛角花老师约小花妹妹吃饭。吃饭时，她特意给小花妹妹看了自己的手机，她用来看漫画的 APP 里就收藏了《贱小花》。

“虽然不知道能不能合作，毕竟还要跟团队开会评估，但是我私人表示很喜欢贱小花呢。”牛角花老师约莫四十几岁了，但是眼中依旧有少女的天真，“一定要好好画下去哦，小花。”

被偶像夸奖了，小花那叫一个激动，当即掏出素描本，给她看上午在机场画的“空中夫妻”的草图，语无伦次道：“我一定会好好画下去的……这是我的生活……我的朋友们给了我全部的灵感，我爱他们。”

牛角花老师看着“空中夫妻”，说道：“还没正式画进漫画里，我就已经喜欢上这一对了。刚刚更新的科学怪人那一对我也好喜欢。”说完又感叹，“这人世间的情感，真是太美好了。”

小花妹妹点头如捣蒜。

人世间的情感，真是太美好了。

而更美好的是，恰好她拥有这些美好。

再没有比这更幸运的事了呢。

第十四节 从默默无闻到小有名气

1.

陆小花作为一个新入行的漫画家，从默默无闻到小有名气。今年冬天，她终于接到了第一个广告，正式步入有广告收入的漫画家行列。

那是一款玄幻修真类型的手游，策划书中提到希望由她 COS 成游戏中的人物做一场在线直播，给粉丝们详细讲解一下游戏的内容，并且在游戏发布会的现场和为游戏配音的大神们来一场游戏 PK。

小花妹妹本来就是二次元体质，很喜欢非现实的东西，Cosplay 更是她的拿手绝活，只是打游戏太菜了，特别是战斗类的升级游戏，每次玩都是拖后腿的猪队友。因此她跟朋友们玩，都选择医师、琴师等辅助类的角色，根本不上场战斗。

然而要跟大神们PK，就必须真刀真枪地下场战斗，她本来有些迟疑，担心自己做不好。然后对方提了个报价，她立刻“跪下叫爸爸”，拍着胸脯表示，别说是线上打了，就算是要她直接真人打也没关系，都能做到，没问题！

对于小花妹妹如此没骨气的行为，陆耀十分鄙视。于是她就把报价跟他说了一下，他咬了下后槽牙，暗骂：万恶的资本家。然后表示，自己可以做她的陪练，无论如何也不能让资本家白赚一笔钱，就当是劫富济贫了。

于是，这几天，小花妹妹拿到游戏的内测版本就临时搬去了陆耀家，准备好好练习。因为他家网络比较好，打起来更流畅。

小花妹妹选了个比较酷的角色，一位肩扛大刀的红衣女武神，取名叫花一刀。她威风凛凛地上场打了一局，没坚持到五分钟，就被一个打伞的白衣萝莉给打死了，气得她捶胸顿足了半天都没回过神来。

陆耀下班回家，看到陆小花正戴着黑框大眼镜盘腿坐在电脑椅上，专心记游戏笔记：

凌云谷的毒蘑菇吃了虽然能掉三滴血，却能增强体能，让身体抗击打能力 +5，这样白衣萝莉的伞骨就打不死女武神。

对付岚月神的月神咒，要用琴魔殿的阶下神剑。

龙宫的紫玉草，除了能吃，还能增加刀的柔韧性，不容易断裂。

……

条条框框，一共记了好几页，用功的劲头，比考大学那会儿更甚。

陆耀看她那副模样，忍不住笑出声来，走到她身后，替她捏了捏肩膀："好久没见你这么用功了，真是辛苦了。"

小花妹妹抬起头来，目光如剑地从眼镜片后面射出来，显然已经进入了癫狂状态，她一把抓住陆耀的手，诡异地笑道："欧尼酱，来一局。"

那笑容不像是要邀他打游戏，倒像老巫婆邀请他一起去吃小孩，他皱了皱眉，捏了捏她的脸，问：“你多久没吃饭了？”

“刚吃了紫玉草算不算？”小花妹妹保持“请你吃小孩”的笑容，黑眼圈连大眼镜框都遮不住了。

“我是指真实的食物，不是游戏里的。”

“谁知道呢？呵呵……”

陆耀被她气死了，扒拉开她的手。看了一眼她打游戏的在线时间，足足十个小时，也就是说，他上班离开之后，这位神奇的妹子就一直坐在电脑前，动都没动过。

“一天没吃饭，你真打算修仙？”陆大帅哥咬牙切齿，将她从电脑前拖下来，拖到客厅里丢在沙发上，自己去厨房，给她煮了个快手面，打了两个荷包蛋，端到她面前。

陆小花一天没闻见食物的味道，此时馋得胃酸逆流，吃相如饿虎扑食，边吃边发出含混不清的呜咽声，像只饿久了的猫。

陆耀越看越来气，但又无可奈何，索性说：“这个广告干脆别接了，不能要钱不要命。”

听到这话，小花妹妹登时跳了起来，面条都来不及吞下去，就激动地冲他喊：“命你拿去，别动我的钱！”

十足一个“守财奴”。

陆耀无奈了，只好拍拍她的头安抚她：“好了，好了，没人动你的钱，命也不要，你好好留着吧。吃完了我陪你练两局。”

小花妹妹这才满意，端起碗，继续吃了起来。

作为男生，陆耀也玩游戏，特别喜欢战斗类的，最近流行的“吃鸡”，他更是高手中的高手。只是工作后时间少了，玩得也少了，但是只要稍微熟练一下，昨日风采就又重现了，打得小花妹妹落花流水。

看着红衣女武神第N次横尸在PK场上，小花妹妹有气无力地瘫在电脑椅上，沮丧到似乎要升天了。

陆耀启发她："你手指动作不够灵活，不然先练练手指？"

小花妹妹的手特别小，手指头又僵硬。在她小时候，她的妈妈曾经也做过女儿成为钢琴家的梦，兴致勃勃地将她送去钢琴兴趣班，结果老师看完她的手，让她试着弹了两下，自己就哭了，语重心长地劝说小花的妈妈："这位家长，不如送她去跳舞吧，宝贝的手太小了，实在不适合弹钢琴。"

小花妈妈望着女儿的小短手，又看了看自己的小短手，抱着小花痛哭流涕："小花，是妈妈对不起你，没有给你遗传一双好手。"

那个时候的小小花还不懂妈妈为什么会哭，而且她感觉自己的手挺好的，就跑到前台，抓起笔丢下去，奶声奶气道："小花的手很好。"再抓起登记本扔下去，"小花的手能抓东西。"又抓起玩具扔下去，"小花的手很厉害。"

一系列的表演以大家承认小花的手确实很好告终，只不过妈妈当时啼笑皆非的表情，让她至今记忆犹新。

此时的陆小花看着自己的手，那双手似乎在小学之后就没发育过，圆圆短短的手指头，更短的手掌心，柔软度全靠肉在撑，灵活度实在是……

灰心了几秒钟，叹了口气，小花妹妹不得不接受陆耀的提议，开始在网上搜索训练手指灵活度的方法。

于是第二天下班，陆耀就惊奇地看到抖着腿，一只手画画，一只手握着两个铁核桃不停地在揉搓的小花妹妹。那架势，就差脖子上挂着金链子，嘴里叼根雪茄，就能出去混迹上海滩了。

“哪里找来的？”陆耀指着那对铁核桃问，看那对核桃的包浆和成色，应该是被把玩许久了，价格肯定不便宜，如今的“小守财奴”陆小花才不舍得买这种东西。

“我去看爷爷了呀。本来是打算陪爷爷打几圈麻将，练练手指。可是我打得太好了，他和他的牌搭子老是输。他很生气，就把这个给我了，让我自己盘着玩去。”小花妹妹一脸的不解，“不就赢了他几块零花钱吗？至于那么生气吗？”

陆大帅哥听到这里“扑哧”笑了，他怎么就忘了呢，陆小花的“赌王”天赋！“赌王花”几岁的时候被陆老司令抱着上牌桌，就已经能小赢几把了，十几岁后更是不得了，逢赌必赢，在牌桌上几乎战无不胜。“赌王花”更是自信心爆棚，放学了还经常拉着同学回家摆牌局。

小花爸爸妈妈下班，看到她抖着腿，嘴里含着白纸卷成的假烟，浑身江湖大姐气质地拍桌子喊：“和了！一人四根辣条，不赊账！”他们顿时崩溃了，不但扔掉了家里所有的纸牌和麻将，还跟陆耀爸妈一起开了个家庭会议，一起抵制陆小花靠近牌桌，这才断了“赌王花”的“江湖路”。

看眼前这架势，似乎是旧事重演了，陆耀真是哭笑不得，凑过来问：“怎么样？盘完核桃手灵活了吗？”

小花妹妹放下笔，左右手活动活动，只觉得手有金龙，自信心瞬间爆棚，拍桌大嚷：“来战一局！”

战一局的结果自然又是女武神横死PK台，陆小花垂头丧气，陆耀鼓励她：“死得没那么快了，看来盘核桃还是有用的。继续盘，继续盘，反正离活动开始还有一个月的时间呢。”

陆小花只好离开电脑，重拾那两粒铁核桃，犹如“大仙”一般，一边到处走着一边“哗啦啦”地盘着核桃。

自此铁核桃就成了陆小花的标配，刷牙的时候“哗啦啦”（铁核桃互相摩擦的声音），洗澡的时候“哗啦啦”，吃饭的时候“哗啦啦”，就连睡觉……

陆耀：“你往哪儿摸？那不是核桃！”

2.

小花妹妹去找船长玩。

船长今年顺利考上了研究生，依旧是修习他以前的专业——法医，据说他已经练就了就着大体老师（尸体）下饭的淡定心态。最牛的是，上一周市里发生了碎尸案，那具碎到不能再碎，且高度腐烂的尸体，就是他拼起来的。

船长刚下课，还穿着白大褂，胸前挂着写有“肖行舟”三个字的名牌，一张脸在解剖间里闷得雪白，唇色又红，远看近看，无论怎么看都好看。看得陆小花忍不住感叹：“你们学校的女生，见了你不会自卑吗？”感叹完又笑，“学姐怎么放心让你出门的？”

船长也在看陆小花，一段时间没见，小花妹妹似乎瘦了，穿着打扮明显往不修边幅的方向狂奔，最奇葩的是，手里还盘着铁核桃。

“你家欧尼酱现在肯定特别放心你出门，看这一身社会大哥的做派，小混混都不敢靠近你。”船长糗她，将她手上的铁核桃拿过来看了两眼，惊讶道：“你到底盘了多久？都盘出包浆来了。”

小花妹妹“嘿嘿”一笑，把自己接游戏推广要跟大神现场 PK、自己发狠要练手指灵活度的事，跟船长说了。

船长听完，笑得花枝乱颤，笑完很有义气地拍了拍小花妹妹的肩，道：“我今天没课了，等会陪你杀两局。”

两个人在船长家开战，小花妹妹盘核桃的成果得到初步显现，手指灵活多了，PK 台上竟然赢了船长一局，两人杀到兴起，决定组团去打怪修仙。

一直玩到日头西落，乐正珊回来。她推开门就看到两人盘腿坐在地板上杀怪杀到忘我的场景，沉默了两秒钟，她拿出手机给陆耀打电话：“你家小花不在家是不是？不用找了，在我这呢。玩得开心着呢，亏得我俩逃了组里的聚餐想回来陪陪他们……行啊，现在去也来得及……让他们继续杀怪吧……我们跟组里的兄弟们喝酒去……”

于是乐正珊关了门出去了。从头到尾，沉浸在游戏里的两个人都没发现她曾经回来过。

第二天是周末，陆耀他们不用上班，再加上组里刚破了大案，全组上下都兴高采烈。聚餐气氛实在太热烈了，喝了两轮之后，有人提议去 KTV 唱歌，于是一帮醉鬼打了三辆车，浩浩荡荡地开去本市最好的 KTV。

陆耀和乐正珊也在醉鬼小分队里。陆耀脚步虚浮，乐正珊却已经走不动路了，到了 KTV 倒头就睡。他看她那副样子，实在不是办法，就打电话给陆小花，想让小花转告船长一声，来接他家家属回去。

电话响了许久都没人接，组里的人又拉他去唱歌，他只好放下手机，加入了鬼吼的歌声里。

另一边小花妹妹和船长正“杀”得难舍难分。两人一个女武神，一个霸王刀，携手闯过了怪兽盘踞的“迷雾之森”，又从“噩梦潭”中拿到了秘宝，顺利升到二十三级，看着头顶上的级别数字，两人黑着眼圈，欢呼起来。

“耶！太厉害了。”

“咱俩联手真是所向披靡，战无不胜！”

“咦？天怎么都黑了？”

“凌晨三点？船长，你家表不会坏了吧？亲娘四舅奶奶，我们到底打了几个小时？”

听着小花妹妹的大叫，船长也才意识到，他们确实玩得久了点，忙起身去找手机。他看了一眼微信，大叫一声“糟糕”，然后抓起外套，往外冲。

“大半夜的干什么去？”陆小花活动着僵硬的手脚，在身后问他。

船长边跑边答：“我家珊珊，你家欧尼酱都喝多了，让我们去接人……消息是一个小时之前发的。”

“啊？”陆小花也急了，一骨碌爬起来，也忙着找外套，在后面追船长，“等等我……”

等他俩按着手机上的定位找到陆耀和乐正珊时，两人都在陆耀的车里，一个在前座，一个在后座，睡得无比香甜。

小花妹妹敲了敲车窗，陆耀警觉地惊醒，看到窗外的人，脸色比夜色还黑：“打完游戏了？不用来接我们，我再睡八个小时，上几趟厕所，体内的酒精代谢光了，就能自己开车回家了。”

“怎么不叫代驾呀？”小花妹妹无比愧疚。

“手机被那群醉鬼扔酒里泡过澡了。”陆耀咬牙，见船长去后座查看乐正珊，没好气道，“别看了，她的手机还能用，就是没电了，我费了好大劲，才把她的手机从醉鬼手里夺过来。”

最终是船长开车，载着几人回家。等他们回到了各自家里，安顿好，天都亮了。

小花妹妹乖巧无比，给陆耀熬了醒酒汤，又给他放洗澡水，忙前忙后。她一转头，只见醉醺醺的某人将她堵在了浴室里……然后开始脱衣服……

“干什么呀？耀耀！”小花妹妹挣扎。

某人声音低沉：“撒酒疯！”

虽然他这个“酒疯”撒得有点晚，且有借酒“耍流氓”的嫌疑，但是……谁让小花妹妹没理他呢？

一番折腾，等睡下，实在太晚了。醒来已经是中午，小花妹妹蹑手蹑脚地下床，做了饭，自己吃完，也不敢吵陆耀，就自己蹲在房间里继续研究游戏。正起劲时，她感觉脖子有些痒痒，回头，就见某人已经起床了，正“啃”她的脖子。

“耀耀你醒了？头疼不疼？饿不饿？头疼药在桌子上，饭菜在厨房，你自己……”

小花妹妹的话还没说完，嘴巴就被堵住了，等到能够自由呼吸，某人已经打开了另外一台电脑，若无其事道：“吃饭之前，先陪你打一局。”

小花妹妹欢喜地点头：“好呀。”

接着女武神就被狠狠地虐了一番。

3.

游戏的前期推广、发布会都十分顺利，陆小花 COS 的女武神人气也超高，然而高潮却是她与配音大神的那场 PK。

游戏画面被投影到现场巨幕上，画面逼真且精美，女武神和战神在

PK 台上微风凛凛，正常 PK 更是精彩到让人不忍眨眼。他们的对战足足僵持了十几分钟，最终女武神险胜。陆小花兴奋得跳了起来。

现场的欢呼声如潮水，几乎淹没了主持人的声音。躲在厕所里看直播的陆耀这才满意地关掉手机，站了起来。

只要是她想做的事，再艰难也要做到，他家小花的韧劲似乎从小就是这么强大呢。

曾经的“战友”船长也看了直播，在发布会之后发来贺电：请客！

陆小花看着银行卡的余额，笑得眼睛都不见了，忙答应：“没问题，市里的馆子随便选。”

喜悦之情已经顺着电波传到了那一头，船长笑着问她：“是不是成小富婆了？”

“不至于啦，就是小赚了一笔，嘿嘿。”小花妹妹眯眼笑，“还要感谢你陪我练手呀。”

“练这一回，以后练不了了。珊珊说，以后不许通宵玩游戏。”船长委屈巴巴。其实乐正珊的原话是：“以后再通宵玩游戏，我就揍你！”

赤裸裸的家暴，赤裸裸的威胁，但他不敢反抗，还投诉无门，当真是憋屈得很。

“真巧。”陆小花嘿嘿笑，“我也被欧尼酱禁游戏了。”

两个处在“暴君”压迫下的“可怜人”互诉着委屈，聊了半天才挂电话。

晚上，陆小花要去陆老司令家还铁核桃，陆耀开车载她。他们一进门，就听陆老司令爽朗大笑：“刚还说找不到牌搭子，牌搭子就来了。来来，小花、耀耀，陪我们打两圈。”

客厅里，除了陆老司令，还有白夜的爷爷——白老爷子。两位老人正手痒难耐，牌桌都摆好了。陆耀和陆小花就犹如落入猎户陷阱的兔子，被抓了个正着，想逃都不可能。

陆耀的脸憋成了猪肝色，身体语言写着大大的拒绝。陆小花倒是开心得很，拍手道："白爷爷，您是准备给我送零花钱吗？先谢谢您啦。"

白老爷子指着陆小花对陆老司令说："你这未来孙媳妇口气够狂的。你没跟她说，我年轻的时候绰号'麻神'吗？"

陆老司令摆手："小孩子，不懂事，你别放在心上。"说完转头就跟陆小花耳语，"小花，待会咱俩配合，杀他个片甲不留。"

小花妹妹暗暗点头："放心吧，爷爷。我赌神可不是浪得虚名的。"

陆耀看这一老一小神秘兮兮地嘀咕，还一脸的郑重其事，忍不住扶额，只觉得十分头疼。

开始几局，小花妹妹为了让白老爷子放松警惕，故意防水，让他赢了两把。看着白老爷爷喜得咧到耳朵根的嘴角，她朝陆老司令抛去一个意味深长的眼神，陆老司令心领神会，假模假样地说："哎呀，老白，你这牌真是打得越来越好了。"

白老爷子被恭维得很受用，红光满面，明明得意得不行，却假装失望，叹气："老啦，手感没以前好了。"

一直在陪跑、送人头的陆耀在一旁默默听着，暗暗咬碎了后槽牙，对面前这两个幼稚鬼无奈了。

后面的几把，小花开始发力，白老爷子一把都没和牌。他渐渐有些急了，但是为了面子上过得去，还是装大度，挥手道："小孩子运气就是好。"然后转移视线，"哎呀，老陆，你今天不行啊，一把没和。"

陆老司令做失望状点头："今天运气不行。"

接下来，作为陆老司令上家的小花连连放水，让陆老司令连和三把。白老爷子有点沉不住气了，对小花说："小花，你可不能故意放水，送牌给老陆吃，爷爷我的眼睛可亮着呢。”

小花委屈巴巴：“没有呀，白爷爷冤枉我。不然我们换位子好啦。”

陆老司令帮腔：“老白，你这就不对了，怎么能怀疑孩子？换换换，看你还有什么话说。”

于是四人调了座位，小花成了白老爷子的上家，开始有技巧地卡他的牌……他继续惨兮兮地输……

陆耀实在看不下去家里这一大一小的所作所为了，欺负客人欺负到了令人发指的地步。于是陆耀便加入了白老爷子的阵营，刻意帮他，让他小赢了几局。

小花妹妹咬牙看陆耀，用眼睛控诉道:“欧尼酱，你到底是哪伙的？”

陆老司令在桌子下面踢他的腿，瞪他，无声怒斥：“吃里爬外！”

陆耀：你们够了啊！

这场牌局自然是以白老爷子失败结束，画上了一个大大的惊叹号。

因为打到后半场，输惨了的白老爷子打出了脾气，撸起袖子道:“谁都不许走，我还不信这个邪了，麻神的名声不能毁在今天。”

陆耀扶额，为了不让白老爷子和陆老司令的友谊因此破裂，不得不顶着家里一老一小看叛徒的目光，疯狂放水。最后白老爷子虽然也是个输，但至少没有那么惨，也有小赢几把，总算没气得掀桌子。

回家的路上，陆小花数着手里的硬币，开心道：“耀耀，我赢了十六块耶。”

是的，打了一个晚上，赢十六块，原因就是两位老人勤俭节约惯了，几十年如一日，坚持一局五分钱。

陆耀看着陆小花脸上得意的神情，真是哭笑不得，那样子，不知内情的人，还以为她中了五百万呢。

“十六块！真是巨款！”他嘲讽道，“真是不枉费你和爷爷玩了一晚上的宫心计。”

“不一样的！”小花妹妹认真道，“钱虽然不多，但代表的是胜利！每一分都来之不易！”

“好吧，好吧。”陆耀无奈，“回家供起来。”

“那倒不必。”小花妹妹咧嘴笑，“请你去吃酸辣粉。不过不太够，耀耀你给添几块钱呗。”

酸辣粉！说好的来之不易，说好的代表胜利呢？陆耀啼笑皆非，完全被她打败了，只好点头答应：“好的，多添几块，给你加根鸡腿。”

“耀耀你最好了。”小花妹妹噘起嘴巴亲他脸颊，笑得简直就像得到了全天下。

这个单纯的傻子……

陆耀望着她，也跟着笑起来。

心中无比满足。

她怎么就那么可爱呢？

第十五节 演唱会中的表白

1.

宋越最近要开演唱会，火爆到一票难求，小花妹妹好想去看，但是在电脑前蹲了两天都没抢到票。小花妹妹转头就跑去孟洁如家，抱住她的大腿哭号：“如如，是你的话一定能弄到演唱会门票！帮帮我吧！大恩大德没齿难忘，嘤嘤嘤。”

孟洁如冷漠地甩腿，试图甩开陆小花。试了几次无果之后，孟洁如就决定拖着她去厨房做饭，然后拖着她吃完饭，最后拖着她进了浴室。

洗澡要脱衣服，小花妹妹脸皮当真厚到可以面不改色地直面孟洁如的裸体。她却不淡定了，将睡衣套回去，坐在浴缸上跟陆小花讲道理：“我跟他一点关系都没有，你怎么就觉得我能弄到门票？”

“骗人。宋越明明喜欢你喜欢得不得了。你打个电话别说门票了，他本人都能送你。”陆小花十分执着。

“我已经明确地拒绝过他了。”孟洁如皱眉，“以后也不想再联系。”

陆小花惊诧到下巴都快掉了，总算松开了孟洁如的腿，与她并排坐着，无比严肃认真地看着她：“如如，有件事我一直想问你。你审美是不是有问题？”

孟洁如挑眉，霸道总裁式冷脸：“是啊，我竟然觉得你貌若天仙，不是审美有问题是什么？”

“我貌若天仙得那么不明显也被你看出来啦，讨厌。”小花妹妹扭捏完，忽又正经，“以上可能是胡说八道，但宋越确实是很好看，你怎么就 get 不到他的美？”

说着陆小花拿出手机，打开相册，一张张翻着自己存下来的照片给她看：“你自己看，这鼻子、这眼睛……哇，这古装照……什么叫顾盼生辉？什么叫君子如玉？这就是！”

孟洁如被强迫着看了两眼，忍不住就看了下去，不得不说，宋越从小就唇红齿白，确实有当偶像的潜力。

他不光长相好，嗓音也迷人。他唱歌好，又精通多种乐器，真正意义上的多才多艺，而且从小就十分努力，为人踏实诚恳、不骄纵，小姑娘们迷恋他确实有迷恋的理由。

而自己到底为什么不喜欢他？她哪里知道？爱情就是莫名其妙，不喜欢就不喜欢呗。

孟洁如这种不随心所欲的爱情观，让陆小花十分痛心，忍不住想要探究，但是痛心的话还没说出口，孟洁如就已经将她提起来，丢到了浴室门外。

“如如……”陆小花在外挠门，“不要这么狠心哪，如如。”

孟洁如充耳不闻，已经愉快地洗起了热水澡，并且琢磨着明天肢解新到的黑猪时，要从哪里下刀。

陆小花挠了半天门都没反应，只好放弃，灰溜溜地回家。到了家里，她看着墙上贴的演唱会的海报，又觉得不甘心，就给鲁晓彤打电话。

整个 303 宿舍，若说谁最了解孟洁如，那绝对是鲁晓彤，若说谁能搞定孟洁如，那也必定是鲁晓彤。她俩上学那会儿就焦不离孟、孟不离焦，若不是鲁晓彤见了帅哥就发花痴，小花妹妹甚至怀疑她俩是一对恩爱情侣。

“小花呀，找我干吗？”鲁晓彤慵懒的声音从电话里传来，小花立刻痛哭流涕，“彤彤，如如欺负我。”

“如如欺负你？如如最近两耳不闻窗外事，整天研究杀猪宰牛，我找她出去玩，她都不理我，有空欺负你？”鲁晓彤表示十分怀疑，“说吧，到底怎么回事？你不说清楚我怎么帮你呀？”

“还是彤彤仗义！”小花虚假地啜泣着，将自己想看宋越演唱会，买不到票，孟洁如又不肯帮忙，所有细节都一五一十地说了。鲁晓彤听完，沉默了半晌，着重问了孟洁如对宋越的评价，问完叹了口气，“如如的爱情观挺变态的，宋越确实很难取悦她。”

“怎么个变态法？”陆小花的八卦欲被完全勾起来了，索性盘腿坐在沙发上，跟她聊起了天，“我觉得如如也不是完全不喜欢宋越，就刚才，我给她看宋越的照片，她还脸红了呢。”

鲁晓彤咂舌：“如如的征服欲特别强，而且喜欢征服本来就强的人，特别像只母狮子，她本人就容易被这种征服强者的快感迷惑，以为是爱情，其实不是，就是野兽的狩猎本能。她本人真正爱的，其实是温柔细致的人，就比如……我。”

陆小花被鲁晓彤说迷糊了，梳理了半天，才终于理出一个头绪来：

“……如如喜欢征服的快感，而她本人真正爱的却是那种引不起她征服欲的人，可是引不起她征服欲的人，她本人又懒得靠近……这样一说，如如是要孤独终老啊。”

“呵呵，不瞒你说，我也这么觉得！所以呀，如果如如真喜欢宋越，而她本人又被自己狩猎本能迷惑着，我们得帮她。”鲁晓彤的语气完全就是操心大姐。

“帮！”陆小花咬牙，握拳，“为了如如的幸福，为了我的门票，彤彤我们要加油。”

于是媒婆小分队正式成立了。

2.

宋越要开演唱会这件事，其实孟洁如是第一个知道的，比宋晴都早。毕竟宋越每天按点给她报备行程，偶尔也会分享下自己的心路历程。

“如如，我今天上完节目，吃了一个冰激凌，你猜什么口味的？”

“香菜口味的！没想到吧！”

“如如，你喜欢看闯关类节目吗？有个节目找我，我还在考虑要不要去，听说要直升机跳水。”

“如如，我今天练了十八个小时的舞。我快死了！”

（练舞小视频。）

“如如，你看，这猫好像你哦，脸好臭！哈哈哈。”

（路边拍到的臭脸流浪猫的照片。）

“如如，我下个月要开演唱会了。有点紧张，怎么办？”

……

孟洁如几乎不回，偶尔回一个“哦”，就能引起话痨新一轮的信息轰炸，简直是要命。

就因为这样，孟洁如才说：“最烦小孩子了。”

可最近几天也不知道怎么的，宋越完全不给她发消息了，别说报备行程了，就连“早安”“晚安”都没有了。

起先，孟洁如以为是他手机坏了，或者在参加什么集训，手机被没收了，觉得这样很好，感谢上苍还她清净。可连续四五天之后，就开始有些不习惯，这种不习惯慢慢演变成焦虑，最后连她自己都不得不承认，她确实有些坐立不安。

休息时间，她靠在后厨盯着手机，将微信打开、关上，关上又打开，最后实在没忍住，在他的消息页面上打下一行字：在干什么？

打完字又觉得这句话问得实在矫情，难以忍受自己如此婆婆妈妈，就赶紧删掉了。

删掉之后她把手机放回口袋里，转身又摸了出来，飞速打开微信，在宋晴的微信页面下打了一行字：宋越最近挺好吧？

打完怕自己后悔一样，飞速按了发送，然后无比嫌弃地将手机塞进口袋里，一头扎进了厨房。

假装自己很忙，不在意是否有回复，可是真的没有回复的时候，又忧心不已。就这么纠结了一下午，微信终于传来提示声，她急忙丢下刀，用自己都没想到的速度点开手机。

宋晴：你自己问他啊。干吗问我？

孟洁如对着手机咬牙切齿，若是宋晴此时在眼前，自己一定会手起刀落解决了她。

最后孟洁如还是不得不给宋越发消息，十分谨慎、小心、冷酷的三个字：还好吗？

依旧回得很慢。

宋越：挺好的。

那为什么不发消息了？孟洁如生气了，狠狠地将手机塞回口袋里，操起刀剁起了肉馅，当当当的巨大声响，不知道的人还以为厨房里有人在分尸。

十分钟之前，宋越家里。

宋越穿着家居服，手里握着手机揣在兜里，在客厅里来来回回地踱步，清秀的脸上写满了焦急，几秒钟就要拿出手机看一眼，然后放回去，再继续踱步。

叮咚……

消息提示音如同天籁，直戳他的耳膜，他立刻将手机拿了出来，看到自己日思夜想的那个名字，旁边三个字：还好吗？

“她果然担心我！”宋越高兴到发狂，捧着手机在客厅里旋转，心也跟着荡漾，荡漾了半天却没回，而是矜持地将手机又揣回口袋里，开始盯着墙上的挂钟读秒，“一，二，三，四，五，六……十分钟怎么那么慢？啊啊啊，才半分钟……三十四，三十五，三十五……”

读到第八分钟还是没坚持住，打开消息页面，极力控制着情绪，十分矜持地回了三个字：“挺好的。”

做完一系列动作，犹如渡完了劫，宋越坐回到沙发上，蹲着给消息列表中自称是如如好友的小花发消息：“一切听你指示，如如果然主动发消息给我了，我并没有秒回。”

那头倒是秒回了。

“如如那个大傲娇一定是闹别扭了，放心吧，让她跟你闹别扭比无视你要好！接下来准备开始第二步行动。”

“收到！”

“一定能成功！”

“嗯。”

3.

要问陆小花是怎么知道宋越的联系方式的，她当然不知道，但是鲁晓彤很容易接触到孟洁如的手机，从孟洁如的手机上抄个微信号还是手到擒来的。所以，一切都在计划中。

让宋越变得冷漠，一是试探孟洁如到底在不在乎宋越；二是，激起她的征服欲。

试想一下，家里的小奶狗，本来对你热情无比，突然有一天，不再理你，你是不是会觉得奇怪，想要探究一下到底是怎么回事。探究的同时势必就会将注意力放在它身上，这样才能发现它的好与不好，而不是一味被动地承受那份热情。

陆小花和鲁晓彤就是这么想的，而从孟洁如受不了宋越的冷漠，主动发消息来询问这个举动来看，孟洁如对宋越绝对不是自己嘴上说的那么没感觉。

毕竟，宋越追她也有五六年了，就算是块冰，也该焐化了。

宋越对自己无果的暗恋，确实是有些灰心失望，抱着“死马当活马医”的态度执行着这个计划。品尝到第一步的成果之后，开始部署第二步作战计划：让如如看他！好好看他！

孟洁如对于师父要当综艺节目固定班底这件事一点也不奇怪，毕竟上次上完了那档边做菜边聊八卦的节目之后，师父就每天盼着播出，播出之后自己至少看了三遍，不停地问她：“老七，你看我是不是该留个胡子？留个胡子看起来是不是比较霸气？这套厨师服不好，显得我特别胖，下次让他们重新设计一套……”

孟洁如的师父是非常爱表现的一个胖老头。

孟洁如对于师父要当明星这件事不反对，毕竟在料理圈，他本来就是明星。但是她对于师父要她当固定助手这件事很反对。

她学厨艺，可不是为了去综艺节目出风头的，更何况……那还是宋越的节目……

可师父听完她的话，眼睛一瞪：“你不去谁去？你不去难道让你师兄师姐们去？你师兄师姐们都忙得很，哪有这个闲工夫？去！必须去！这么忤逆犯上，小心为师将你逐出师门！”

孟洁如看着装腔作势的胖老头，心想：好吧！上次节目，戏瘾都被勾出来了，看来胖老头下一步是打算进军演艺圈了……她取而代之的日子越来越近了呢！妙哉！

于是孟洁如就成了宋越节目里的固定班底——

闪耀明星背后的小配角；站在角落里默默切菜的背景板；宋越总爱调戏的冷脸小姐姐。

这个节目的录影棚被布置成私房菜馆的样子，有大厨做菜，每期都会请不同的明星来吃饭。宋越作为私房菜馆的主人，不但要招待好客人，还经常要接受客人的挑战。

比如这一期，请来的是个已经进军好莱坞的著名打星，拍武侠剧出身，圈内著名的不用替身、打戏全部自己上场的拼命三郎。

这位“拼命三郎”三岁学武术，如今已经练了三十几年，功夫十分了得。孟洁如在节目里近距离看过他表演棍术，真正的“武林高手”，跟电视里那些只是好看的花架子，完全不是一个级别。

节目上安排宋越要接受“拼命三郎”的挑战，也要表演一下棍术，还要近身肉搏，满足一下观众看男神们身体的期望。

宋越是没练过武术的，至少孟洁如不知道他练没练过。面对这样的高手，他一定会显得非常笨拙且丢脸，本以为他不会同意这样的流程安排，没想到他竟然一口答应下来。

“能跟前辈切磋，真是我的荣幸。”语气竟然是跃跃欲试的。

孟洁如在角落里准备着今天的食材（彩排时也要制作一遍食物，以保证正式录制时不会出岔子），顺便用眼角余光去瞥正跟制作人聊天的宋越。他的脸上洋溢着的自信笑容，在聚光灯下竟然有些……惊艳。

今天彩排，明天节目就要正式开始录制，宋越提前一周就开始练习棍术。今天在彩排的时候他表演了一下，还是略显生涩，一不小心还打到了自己的后背，疼得龇牙咧嘴，背心脱下来，一条青紫色的瘀青。

宋晴有点心疼，就说：“差不得就行了，你又不是打星，观众也不会苛求你练得跟打星一样好。”

宋越仿佛没听见，龇牙咧嘴地去捡棍子，固执道：“明天才正式录影，我还有点时间，没尽到最大的努力呢。差不多就行了，可不是我的风格。”

“死小孩！”宋晴骂他，“你还要准备演唱会呢！有几条命够你这么拼的？”

宋越抬头：“我没觉得拼啊！有时间不练，让我躺着休息才难受。”

孟洁如在他背后的料理台替师父准备一种非常费时间的酱料，一抬头就能看到他背上的瘀青，也不知道是光线原因还是舞台效果，她竟觉得此时的他看起来十分高大。

晚上十点，摄影棚里的工作人员都走光了，宋越还在练习。黑色的运动背心已经被汗水浸透了，湿漉漉地贴在身上，额头上的汗也濡湿了头发，整个人像是从水里捞出来的一样，看着就觉得好辛苦。

孟洁如捧着用来装酱料的罐子走到料理台前，将酱料放进罐子里发酵，然后拿了一瓶水走到他身边，将水递给他，神情冷冷的，也看不出情绪来。

宋越停下来，将棍子丢到一边，拧开矿泉水瓶，喝了一大口，才喘着粗气说："谢谢。"

孟洁如返回料理台后面，继续去收拾其他要腌制的东西。宋越拎着水瓶跟了过去，见她在反复拍打一块肉，就好奇地问："如如，你打它干什么？看它不顺眼吗？"说完自己先忍不住哈哈笑了。

这孩子真是个怪物啊，累成这个样子，还能这么"阳光明媚"。

"拍打能让肉质变得松软，口感更细腻。"孟洁如抬头看他，目光触及他明亮的眼睛，心头猛地一颤，全身都酥麻了一下，慌忙低下头，样子有些窘迫。

"哦。"宋越点头，"那要拍多久？"

"我计算过，三百七十下最合适。"孟洁如答。

"那手不都拍酸了吗？"他皱了一下眉，忽又笑了，"我帮你拍吧？"说着就挤了过去，试图将她挤开。两个人的肩膀无可避免地贴到了一起，男生胳膊上的肌肉碰触起来硬邦邦的，让人无法再将他当作孩子看待。

"不用，你练你的。"孟洁如推开他，白皙的小脸竟有些发红。

"我已经练得差不多了。"宋越将矿泉水瓶放到一边，手已经伸了过去，覆盖着她的手，与她一起拍着那块肉。

他的手很大，手指很长，显得孟洁如的手尤其娇小，两只手叠放在一起，拍打着红彤彤的鹿肉，看起来实在太暧昧了。她猛地将手抽出来，想要后退离他远一些，却撞在他的胸膛上。她这一撞，让宋越有些情不自禁，收紧双臂，将她圈在怀里，紧紧地抱了一下。

一抱即放，她还未来得及发火，宋越已经退开了。

“抱歉啊，如如。我……不烦你了，不烦你了。”说着，他似乎怕挨揍，捡起棍子跑了。

孟洁如红着脸瞪着他远去的背影，握紧的拳头慢慢松开：“算你跑得快。”她嘟囔着，又继续拍那块肉。

连她自己都没注意，此时她脸庞红润，弯弯的嘴角噙着一抹笑，像极了陷入爱情中的少女。

4.

演唱会前一天，孟洁如来陆小花家，开门就递过去一张门票：“前排，VIP 区。满意了吗？”

小花妹妹激动地看着那张门票，泪流满面，只差跪地拜谢：“如如……你的大恩大德，在下没齿难忘。”

“至于吗？”孟洁如走进她家，看着墙上宋越演唱会的海报。海报上的他穿着新歌的打歌服，明媚少年，白衣胜雪，伸手抓住镜头，似要抓住她的心。

她低下头，佯装没看见，对着陆小花碎碎念：“不就是一场演唱会吗？至于你出卖尊严、绞尽脑汁，使出三十六计吗？！你跟花痴彤最近是不是太闲了？闲了就去干点公益，去孤儿院给孩子们洗衣服，去养老院给老人们唱唱歌跳跳舞，干吗总盯着我？真是被你们烦死了。”

小花妹妹跟在她身后偷笑。

如如今天话这么多，可见是心情很好，也不知道是不是跟宋越有进展了。

“门票是……宋越给的？”她小心翼翼地试探着问。

孟洁如回头瞪她：“不然呢？都这个时间了，不是他给的，还能是天上掉下来的？”

小花妹妹感激地拥抱孟洁如：“如如，票钱我会付给你的，双倍！”

“滚开。”孟洁如又一脸冷漠，“他给我留了票，我拿去卖？一共给我留了四张呢，全部拿去卖是不是能狠赚一笔？”

“绝对狠赚！”陆小花笑嘻嘻，“网上炒到一万多一张呢！就这个价钱我还没抢到，哭死了都。我们家小越人气可是很旺的。”

“你们家小越？”孟洁如挑眉，似是一脸醋意。

小花妹妹忙改口：“你家小越，你家小越。”

孟洁如哼了一声：“才不是我家的。”

小花妹妹摇头叹气：“宋越好可怜哪，都没人要了。”

“废话真多。”孟洁如不理她，转身走了。

小花妹妹追出去，追到楼梯口，在她身后扯着嗓子问：“如如，明天你去不去看演唱会？”

“看情况吧。我没空的话就你们几个人去。”随着声音越来越小，孟洁如背着双肩包的背影已经消失在楼梯口。

演唱会当天，孟洁如还是去了，303的小伙伴们在体育馆门口集合，好久没这样聚在一起了，四个人都非常高兴。

“今天能来看宋越的演唱会，真是托了如如的福了。”鲁晓彤望着身后气派的体育馆，又看陆小花。

陆小花连声附和：“对呀，对呀，多谢如如。”两人挤眉弄眼。

秦菲完全在状况外，推了推孟洁如：“有个当明星的旧相识就是好呀，我长这么大还没看过演唱会呢。谢谢如如。”

孟洁如早就看到了鲁晓彤和陆小花的小动作，又是气又是囧，不想理她们，揽着秦菲往旁边走：“我们去买点吃的喝的，不理这两个吃里爬外的。”

提到买吃的喝的，秦菲当然没意见。但是她还是很好奇鲁晓彤和陆小花到底什么地方得罪孟洁如了，本来想问的，但是看到前面的小吃店就什么都忘了。

桃子味冰激凌，先来双份。

鲁晓彤和小花妹妹跟在后面惨叫：“如如，我们知道错了，不要不理我们……”

是的，红娘小分队的事，孟洁如已经知道了，宋越说的，就在那天录完节目之后。

跟打星对战，虽然都是事先设定好的招数，但是真打起来，还是要比设定好的招时激烈许多。宋越的身上添了好几处瘀青，却一声不吭，一直到节目录完才逃回化妆间，龇牙咧嘴地到处翻药酒。

孟洁如本来正在收拾餐具，看他神情不太对劲，忍不住跟了过去，推门就见宋越正艰难地给自己擦药酒，疼得脸色发白，脑门上全是汗。

“伤这么重怎么不喊停？”孟洁如走过去，冷着小脸，眼中的心疼已经藏也藏不住了，抢过药酒，帮他擦，边擦边责备道，“第一套动作结束不就可以了吗？还非要来第二套，自己找罪受。”

正式开录的时候，两人打了几个回合，可能是因为宋越身体素质不错，而且动作也灵活，打星打出了兴致，提出要表演新的拳术。节目组求之不得，但是需要人配合，其实现场有武行的老师，请他们配合一下也是可以的。但是宋越坚持自己来，只为了打起来好看，就这样，自己被一个练家子打出了满身瘀青，还要咬牙忍着，不露分毫，保持着最好的状态，录完整场。

人人都赞宋越敬业，前途无量，孟洁如却觉得他简直就是个傻子，哪有人这么不爱惜自己的！

“如如，你心疼我？”宋越一张脸苍白，抬头望孟洁如，双眼亮晶晶的。

孟洁如脸上一红，手上的力道重了起来，宋越吃痛，忙讨饶：“如如，我疼。”

“活该。”孟洁如没好气地瞪他，手上的力道却慢慢轻了下来。

宋越笑，望着孟洁如粉粉的脸，深情道：“能让如如心疼一下，我就算受伤也值得。”

“胡说八道。”孟洁如脸红，擦完药酒，将药酒瓶丢给他，“赶紧把衣服穿上。”

他最近练得比较勤奋，身材越来越好了，八块腹肌初现，胳膊上鼓起的肌肉碰触起来手感十分好。

宋越低头看自己的身材，骄傲地做了几个健美先生的招牌动作，臭美道：“我身材不好吗？你看，腹肌。你看，胸肌！”

孟洁如捡起他的T恤丢到了他的脸上，转身要走。

“如如……”宋越将她拉住，一副可怜兮兮的模样，“别走，陪陪我，好不好？”

孟洁如停住脚步，本来想推开他，可目光触及他眼中的脆弱，就瞬间下不去手了，叹了口气：“录影的时候不是挺厉害的吗？在我面前装什么可怜？”

“不是装，我是真可怜呀。”宋越悄悄地看她，可怜巴巴、小心翼翼，“我资历不算深，年纪又小，在这种弱肉强食的圈子里，如果不自己撑着点，怎么混得下去？不止我可怜，我姐也可怜，她上次被一个大哥拉去喝酒，喝到胃出血，就为了不得罪人。”

孟洁如皱眉，她不在这个圈子里，不知道其中辛酸，只是远远看着觉得这对姐弟过得还算光鲜，哪里有想过别的。

她坐了下来，语气也随之缓和了：“就……不要逼自己，少赚一点也没关系呀。”

“如如，你不知道，不是为赚钱，而是没办法停下来。我现在虽然炙手可热，但是只要一停，不出一年就不行了，大把的人等着把我踩下去。”宋越的声音听起来沙沙的，完全没有了舞台上的活力，“我喜欢舞台，想要聚光灯照在我身上的感觉，所以我不想被踩下去，就只能拼尽全力地站着。”

孟洁如沉默了一下，第一次给了他一个正面评价，也是真心的评价：“你做得很好，真的。”

宋越开心起来：“如如，你喜欢我吗？”

“……干吗突然提这个？”孟洁如脸一红，别过头去。

“因为我总知道，最想知道的就是这个了。”宋越紧紧地盯着她，“如如，我喜欢你，很喜欢很喜欢。有人跟我说，你喜欢征服别人，让我不要那么黏你，我试了一段时间，可还是忍不住，第二阶段的计划也都没有执行。我喜欢你就想表现出来，我觉得我没错。”

“第二阶段的计划是什么？”孟洁如咬牙，她似乎猜出来是谁帮他出谋划策了。这么了解她的人，世界上就没几个，了解她又爱管闲事的更是寥寥无几。

宋越老实答道：“趁着你上我的节目，跟工作人员串通好，他们给你制造麻烦，然后我来解围。”

好，很好！

暴力萝莉微微笑，暗中将两个死党的名字默念了几遍！

等着受死吧！

“可我不忍心。”宋越叹气，“我宁愿你不喜欢我，也不想故意为难你。”

孟洁如突然觉得心变得柔软起来，就像她昨天晚上拍了三百多下的那块鹿肉，松软得几乎入口即化了。

这个孩子……不不，此时已经无法把他当孩子看了……可无论是孩子还是大人，总之……他太难缠了。

她皱了下眉，低头又抬起来，想说话又叹口气，已经无可奈何了，沉默了半晌，才说：“我也不知道我喜不喜欢你。可能以前是不喜欢的。”

宋越的心一下子跌到了谷底。

“哦。”他强撑着一口气，扬着笑脸，“好……我明白了……”说着站起了身，慌手慌脚地去穿衣服。

他把衣服蒙在脸上，就听她又继续说：“但是，以后……我想试着喜欢你……希望不会太迟……”

宋越的心一下子飞扬了起来，控制不住的喜悦挤满了胸腔，他将衣服拉下来，扑过去拥抱她，将她抱得紧紧的，连忙说：“不迟不迟，就算如如八十岁的时候说这句话也不迟。如如，我爱你……如如……我想亲你一下可以吗？”

孟洁如开始还有些感动，听到后面脸瞬间黑了，就着被紧紧抱住的动作，掐了下他的腰，威胁道：“别得寸进尺！”

“好的，好的。”宋越激动到语无伦次，“以后再亲也可以，我有耐心。”

孟洁如叹气，心想，刚成熟了一会，这就又变回了孩子，真是……真是……唉，无所谓了……以后慢慢调教吧。

5.

宋越也许是知道孟洁如一定会来，整场演唱会都十分卖力，再加上顶级团队打造的舞台效果，舞台下的粉丝听得十分过瘾，就连一向冷漠脸的孟洁如都被气氛感染了，跟着全场大合唱。

陆小花本来就是粉丝，更是唱得如痴如醉；鲁晓彤看见台上帅气的乐队成员们，也是激动得大吼大叫；只有秦菲全程在状况外，还抽空开了个直播，跟自己的粉丝分享在宋越演唱会上吃桃子味冰激凌的感受。

演唱会结束，宋越的助理跑到门口堵孟洁如，星星眼地望着她说：“老板请你去后台见面。不要拒绝我啊，小姐姐，我会丢饭碗的。”

孟洁如十分不想掺和进他的工作中，但是那个胖乎乎的助理妹子似乎挺可怜，而且身后那两个八卦的家伙一直在聒噪：“去吧，去吧，如如，求你去吧，我们还没见过演唱会后台是什么样呢。”

秦菲也说：“我还没在演唱会后台直播过呢。”想了一下忙问助理妹子，“后台有吃的吗？”

“有的，有的。”妹子忙点头，“老板演唱会的时候不吃东西，我们也不敢吃，叫的外卖都还好好地摆在那里呢……”

秦菲立刻加入劝说阵营："如如，去嘛，去嘛，有吃的……"

孟洁如咬牙看着三个损友："你们够了啊……"这么说着，已经被这几个人架起来，强行"绑架"去了后台。

宋越正瘫在化妆椅上，让化妆师给他卸妆。看见孟洁如进来，疲惫的眼睛突然亮了起来，坐起身冲她招手："如如，这里这里。给大家介绍一下，这是我女朋友，孟洁如，我追了六年才好不容易追到的。"

"谁是你女朋友？"孟洁如顶着化妆间所有人崇拜、兴奋的眼神，走到宋越身边，咬牙小声质问，"我什么时候答应做你女朋友了？"

宋越笑："你不是说，以后会试着喜欢我吗？四舍五入，我就当你已经答应了。"

孟洁如简直被他的阿Q精神打败了，无奈道："哪天我们牵个手，你是不是也要四舍五入一下，当我们已经结婚了，开始给我们的孩子起名字？"

"不会的，如如。"宋越抓起孟洁如的手，揉捏了两下，"起名字哪里够，我连我们的孩子在哪里上小学都想好了。"

"你真的是……"孟洁如当真是无奈了，抬头冲宋晴嚷，"你管管他。"

宋晴立刻捂住耳朵，只当自己什么都没听见，开始检查现场所有人的手机，确保没人录音，没人拍照。她半是哄骗，半是威胁，让现场的工作人员对这件事保密。

陆小花早就被领着参观后台去了。秦菲则被特许吃着大家的外卖，直播着后台游。大家各玩各的，好不开心，早就把好友抛之脑后了。

深夜，宋越逃了庆功宴，躲在孟洁如的车旁，等她走过来，一把将她抱住："如如……"剩下的话还没说出口，孟洁如一个过肩摔将他摔地上了。

陆小花三个十分自觉地捂住眼睛，上了鲁晓彤的车，商量着待会去哪里吃夜宵，然后发动车子离开了停车场。

孟洁如咬牙看着好友们驾车离开，又看着被自己按在地上的宋越，都懒得发脾气了，一把将他拽起来，警告道：“伤到没？下次别吓人了，你又不是不知道，我们家的孩子都是练着各种防身术长大的。”

“知道啊。”宋越被摔了，反倒笑眯眯的，“所以，我才觉得如如好帅！以前我被小流氓抢劫，也是如如救的我。我可能就是在那个时候喜欢上的你吧。”

那是什么时候？孟洁如着实想了一会，才想起来。那是她跟宋晴刚成为好朋友的时候，她去宋晴家玩，路上看到宋晴的弟弟在被人欺负，于是就顺手将那几个小流氓给揍了一顿，领着宋晴的弟弟回家了。

算一算……这小子那会才小学六年级。

真早熟啊，小浑蛋。

孟洁如还在生他私自将自己当女朋友介绍给身边工作人员的气，就没理他。她直接越过他，打开车门上车。

宋越也跟着上了副驾，并很自觉地扣好了安全带。

“我放假了，时间特别多。如如你要去哪儿，我陪你一起去。”他兴致勃勃。

“我要回宿舍睡觉！”孟洁如看着他，叹了口气，“累了这么久，你也该回去好好睡一觉，我想这才是宋晴给你放假的目的。”

“对我来说，陪你就是最好的休息。”宋越说着拍了拍方向盘，“快走吧，我还没在女生宿舍留宿过，想想就激动。”

“你并不会在女生宿舍留宿！”孟洁如咬牙切齿，猛地发动车子，只用了十五分钟就将车开到宋越家门口，指了指门口，“快进去睡觉！”

“如如！”宋越满脸都是不甘心，“我去你那里待一会不行吗？就一会！一个小时？不，半个小时！”

“不行！”孟洁如无情地拒绝他，可看他一脸的失落，又觉得不忍心，咬了咬牙，凑过去，在他脸颊上亲了一下，“这……这样总能回去了吧？”

柔软的唇在脸颊上一触即离，像魔法，让他整个人都沸腾了起来。他陶醉地点点头，突然将她压在座椅上，狠狠吻上她的唇。

这个吻生涩却灼热，急切又小心翼翼，持续时间并不长，以至于孟洁如都忘了揍他。

求生本能让宋越占完便宜就跑，隔着车门对她招手：“如如，再见！我睡醒了会去找你的。”

孟洁如还靠在座椅上，如梦初醒，却又似生了病，面色潮红，心跳加速，连眼神都是呆滞的……

“这个浑蛋……”她手脚发软地拧动钥匙，想要骂他，却又笑了，“这个浑蛋……真是……真是……”

“真是”了许久也没找出词语来形容他，她心里实在太乱了，以至于竟然找不到骂人的话，脑子里飘的都是些让她无法直视的词。

比如，小甜饼；比如，小奶狗。

比如……

算了，就当他是男朋友吧。

第十六节 驯服你需要几步？

1.

查克已经不记得上一次睡满八个小时是什么时候了。

他最近进入了市公安局为他申请的研究室，主要研究对象就是历年来的所有案子，还有各种稀奇古怪的作案手法。

刑侦组、重案组、失踪人口专案组，还有网络追逃组，都送来了厚厚的卷宗，以至于他光是看卷宗就花了大量时间。晚上他回家倒头就睡，睡眠质量十分好，然而每每正睡得香，就会被吵醒。

有时候是连续不断的敲门声，有时候是砸墙的声音，有时候又换成了狗叫……出去查看时声音就会诡异地消失。

作为一个坚定的唯物主义者以及同时拥有几个博士学位的学者，查克博士理所当然地跳过了普通人都会怀疑的“灵异事件”，排除不可能因素，留下一种可能，然后敲开了隔壁女人的门。

“干什么？”乔诺打开门，睡眼蒙眬，真丝的吊带睡衣半挂在肩上，让人十分担心下一秒就要春光乍现。

查克指了指自己家门口，尽量压低音量，用十分克制的语气平静地说：“扰人清梦是要下地狱的！玩这种三岁孩子才玩的招数实在让人瞧不起！”

乔诺揉了揉眼睛，咬牙切齿道：“你说得没错，扰人清梦是要下地狱的！所以你大半夜来敲我家是在人间待够了，希望我送你下地狱是吗！”

查克觉得她实在不讲理，就索性与她杠上了：“请你不要装傻，大半夜敲我家的门、砸我家的墙、在我家门口放狗叫声，实在太下作了。”

听他这么说，乔诺更加生气了，双手叉腰，瞪圆了眼睛：“你这是在侮辱我！我乔诺要是想整你，你在这个地方根本就住不下去。”

查克冷静了一下，想了想乔诺之前对付他的手段。无论是拆他的“太空舱”让他无处睡觉，还是假扮出租车司机将他绑架到荒郊野外，或者用自己得了流感的鼻子对着他猛打喷嚏，确实十分“心狠手辣”，甚少玩这么小儿科的。

可不是她还能是谁？

查克陷入了沉思。

查克和乔诺现在住在这栋大楼是局里安排的，一梯两户，门离得还算远，很大程度上保护了住户的隐私。所以如果她关上门睡觉，也很有可能听不到他门口的动静，除非动静非常大。

他在走廊上到处查看，可什么都没发现。而乔诺却已经没耐心了，摔上大门回去继续睡她的美容觉。

然而没过多久，门外又传来“砰砰”的敲门声。她怒而起身，操刀准备出去砍人，就见查克疯子一样推开她，猛地冲进了她的房间里，且上了锁。

乔诺这个暴脾气，怎能忍他如此疯疯癫癫、登堂入室？毕竟她发起脾气来连自己房门都砍，边砍边威胁：“浑蛋克莱门特，给我滚出来！谁准许你进我的房间的？滚出来……”

房间里传来查克博士虚弱颤抖的声音：“我……我家……有……有……”

“有什么？”乔诺收起了刀，奇怪地走去查克家，左右看了看都没看到有什么，既没有地狱使者也没有生化武器，倒是那强迫症式的干净整洁，让她浑身不适。

逛完了客厅，她走去卧室，推开门，就看到查克的床上，满满的都是……猫？

小奶猫，软萌软萌的，什么品种都有，喵喵喵地叫着趴了一床，那场面实在壮观。

这些猫应该不可能是查克养的吧？难道这就是他怕成那个鬼样子的原因？

乔诺阴险地笑起来，抱起一只猫走回家里，敲了敲房门，极力让自己的声音听起来若无其事：“克莱门特，出来吧？猫都被我处理掉了。”

“真的？”查克表示怀疑，“你能这么好心？”

“我并不是好心，但我想睡觉！”乔诺吼了起来，“快点打开门滚回你家去，否则我就把那群被我装进篮子里丢在路口的猫全部捡回来！”

门里有了些许响动，里面的人似乎在做心理建设，然后房门锁“咔嗒”一声打开了。查克打开门，一只奶猫迎面飞了过来。他脸色惨白地一边大叫，一边下意识地接住。待他想要丢开时，那奶猫受了惊吓，死死地抓着他的睡衣，怎么都甩不开，吓得他又疯又滑稽地在房间里上蹿下跳。

门外某人笑到岔气，扶着门框指着查克："克莱门特，你也有今天，哈哈哈，哈哈哈……"

然后乔诺拿出手机来拍照，晒到自己的朋友圈。

第二天，整个警局都知道了两件事。

一，似乎无所不知的查克教授，竟然怕猫。

二，查克教授深夜穿着睡衣出现在乔教官的香闺，两人疑似同居。可喜可贺！

2.

"奶猫袭击事件"给查克博士造成十分严重的心理创伤，以至于很长一段时间都不敢回家。局里暂时安排不出其他住处，他只能住酒店，而那一群奶猫则暂时寄养在乔诺家里。

"为什么放我家里？"乔诺叉腰，看着地上喵喵叫的一堆奶猫，对带队来查看查克博士家附近安全问题的陆耀怒吼，"不怕我今天晚上就把它们全部扒皮下水煮成猫火锅？"

虽然乔诺凶神恶煞的，但是奶猫却很亲她，围绕在她脚边蹭来蹭去，或者翻出肚皮来打个滚，撒个娇。弄得她浑身不自在，但是踢开这只，那只又爬了上来，简直无可奈何。

陆耀将这栋大楼的监控调出来，准备回局里看。他手上还有一堆案子要处理，哪里有时间管乔诺，道："你想吃就吃，不过我建议你养肥了再吃，这么小的猫，吃起来没嚼头。"说着，他头也不回地走了。

"陆耀，你给我站住！"乔诺被昔日爱徒怼了，简直气不打一处来，想去追他，却被一地的奶猫给缠住了，一步都走不了，只能困在原地发脾气，“滚回来，陆耀！我让你走了吗？老师的话都不听了，尊师重教懂不懂？啊……别抓我裤子，一万多块呢……走开走开……那只长胡子的，我命令你放开我的脚趾……”

然而她的威胁对猫似乎并没有用，奶猫依旧黏着她喵喵叫。她行走艰难，干脆原地坐了下来，托腮思考对策。

“浑蛋克莱门特竟然躲去了酒店，真是便宜他了。不过话说回来，他怎么那么怕猫？难道他是耗子？哈哈哈……谁爬到我头上去了？我命令你赶紧下来……黄毛的那只，再抓我的裤子，我就要发火了……”

查克包裹严实地走出酒店房间，迎面看到一只奶猫的脸，吓得他飞速想往回跑，被乔诺挡住了。她抱着一只虎斑奶猫，歪头看他：“真有那么严重？你这种情况是不是应该叫恐猫症？”

查克飞速地裹紧了大衣，用领子捂住嘴。他的防毒面具放在家里了，然而他没有勇气回去拿，外面也买不到，现在整个人都有种沐浴在病毒细菌中的感觉，每走一步都像走在刀尖上那么痛苦。

看他脸色发白，乔诺不逗他了，将猫抱得远一点，撸着奶猫柔顺的毛，问他：“难道你打算永远都不回去了？我看你干脆住进无菌隔离病房好了。”

查克继续用衣领捂住口鼻，一边提防着乔诺向他扔猫，一边说：“我回不回去跟你无关。”

“怎么跟我无关？你看这一堆猫，不都是你惹出来的祸？也不知道是你的哪个小情人被甩了之后心怀怨恨，这么报复你。”乔诺说着低头挠奶猫的头，还跟它说话，“是吧？将军。”

查克摇头：“我没有情人。没有人会因为这个报复我。”

乔诺撇嘴："是吗？不过，也有可能是别的原因，你这种欠揍的性格，想跟人结仇实在太容易了。"

查克没有还口，实际上，他的全部精力都在那只奶猫身上，仿佛它不是一只巴掌大的小奶猫，而是一只体重二百斤的东北虎。

"不回家，你现在准备去哪里？"乔诺又问他。

查克神情紧张："局里安排了心理专家，那是一位很有名望的老教授，我要去跟他聊聊。"

"我陪你啊。"乔诺心情大好，全程笑脸。她实在太享受看着查克紧张兮兮的样子了，毕竟以前她用尽了办法也没整到他，早知道他怕猫，自己就应该先买一屋子的猫。

"不用了。"查克满脸都写着拒绝，甩开她，率先冲进了电梯。

乔女王哪是那么容易甩掉的！查克坐在老教授面前的时候，乔诺也在旁边抱着猫，风情万种地坐了下来，然后看着查克爹毛的表情，一脸享受。

但是很快，乔诺就没那么享受了，老教授引导查克说出自己恐惧猫的原因，查克说：

"小时候，我最喜欢的姑妈心脏病发死在家里，因为她是独居，没人知道。因为母亲和姑妈不和，那段时间都没有跟姑妈联系，一个月后警察撬开姑妈家的门，从姑妈家冲出来九只怪叫的猫……地上是姑妈的尸体……"

天不怕地不怕的乔女王，扔下怀中的小奶猫，冲去厕所……吐了。

▶3.

案子破得很快，毕竟实在没有什么技术含量，陆耀调出监控看了看，很快就看到一个鬼鬼祟祟的身影。他每晚都在查克门前徘徊，手里拎着录音机，想必那就是各种怪声的来源。

而那些猫也是趁着查克跑去乔诺家敲门时，他放进去的。

那人的反侦察能力也不强，监控拍到了他的正脸。陆耀看到他，忍不住叹了口气。

是上一个案子的犯罪嫌疑人家的熊孩子。这孩子不相信自己和蔼可亲的父亲是贪污犯，各种找办案人员的麻烦，扎过陆耀的车胎，砸过乐正珊家的窗户，这次竟然摸到了查克家，真是不容易。

叹完气，陆耀起身，决定去找那熊孩子聊聊，这一次一定要“聊”到他“心服口服”，再不敢捣蛋，洗心革面、重新做人。

处理完了熊孩子，陆耀又带走了那一篮子奶猫，毕竟查克对猫的心理阴影那么重……嗯，现在连乔诺对猫都有阴影了。这些奶猫再留在她家，估计会演变成大型灾难片现场。

更何况，最近忙到见不到人的陆小花听说有一篮子奶猫，兴奋得不得了，立刻放下画笔，飞奔去他家。

陆耀望着对着奶猫捧心大叫“萌死了”的小花妹妹，默默按掉打给宠物救助中心的电话，一脸沉痛：“可爱是可爱，但是没地方去的话，都要送去安乐死。真可怜。”

小花妹妹瞬间“妈妈力”爆棚，撸袖子道：“怎么能这样？就放你家呀，你家很大，怎么会没地方去？我也能帮忙照顾的。”

“可是我要上班，哪里有时间照顾它们？”

“我来照顾。我这就把行李搬过来。”

陆耀点头，心满意足地看着小花妹妹回家去搬行李。

另一边，查克博士正戴着防毒面具监督工人给房子消毒，乔诺在门口当吃瓜群众，并且吐槽他的神经质：“猫只进了的卧室，至于连客厅都消毒吗？你怎么不干脆扒了地板，重新装修？是不是连马桶也要刷？毕竟某些人会吓得尿不出来……”

话没说完，门“砰”的一声关上，将她剩下的话直接关在了门外。

虽然被关在了门外，但是乔诺怎么想，都觉得自己这局没输，于是撇撇嘴，愉快地回家去了。

回到家，一只虎斑奶猫就跑了出来，在她腿边蹭来蹭去，她心情大好，招呼奶猫去吃罐头。

乔诺留了一只奶猫，就是那只被她取名叫作“将军”的虎斑猫。将军身上的花纹漂亮，眼睛更是像绿宝石一样闪亮，她觉得这猫神气，像她一样，就决定养它。

将军吃着猫粮，乔诺盘腿坐在地上，教育它：“吃了我的罐头，就是我的人……呸呸，我的猫了。我的猫要守规矩，首先要听话，不能蹬鼻子上脸，抓我衣服。最关键的是，就算发现我死了，也不能吃我！饿死也不能吃！当然了，为了防止你饿死，我给你准备了很多猫粮，都在这个柜子里，看到没？够你吃一个月的，不许吃我！”

将军一边吃着一边抬头“喵喵”叫了两声，像是答应了。她十分满意，摸了摸它的头，夸奖道：“好将军。”

摸着摸着，乔诺灵机一动，突然想到了一个问题。

她总是想着整查克，可万一整死了，那她就没法玩了。就算是没死，跟陆耀一样，跑去跟别的妹子相亲相爱，视她为洪水猛兽，那也挺无聊。

为了历史不再重演，她要换个策略才行。

为了一辈子有玩的，不如……驯服他！

她为自己想到这个主意欢欣鼓舞，觉得自己真是个人才！

4.

查克打开门，看见乔诺脸上的笑容，顿时打了个哆嗦，有种十分不祥的预感。

他不是没见过她笑，但那都是嘲笑、讥笑、阴谋得逞后的大笑和自大的冷笑，还从来没有见过这么和煦如春风的微笑。

“干什么？”他问着，默默戴上防毒面具，以免她又对他扔“将军”。

乔诺继续微笑，声音轻柔：“在中国待了那么久，中餐是不是吃厌了？我亲自下厨煎了牛排，烤了面包，请你过去一起吃。”

查克又一哆嗦，赶紧把门关上了。

这也太吓人了，她不会是打算毒死他吧？

门关上不出片刻，门外传来哐哐哐砸门的声音。那声音太震撼，不锈钢的防盗门都在瑟瑟发抖，为了防止门被砸个洞，他只好重新打开门。

这次不等他开口，乔诺顶着被撞出包的额头，伸手揪着他的衣领，一把将他拉过来，咬牙道：“我辛辛苦苦弄了一整天，你敢说不吃试试！”

提到她的疯狂劲，查克觉得自己不敢，毕竟她有刀，现在还有猫。富贵不能淫，但是威武还是要屈一下的。

于是查克就被强行带到了乔诺家里。她家里和平时不一样，没有扔一地的包包、鞋子、内衣裤，而是收拾得干净整洁，甚至还摆上了鲜花。灯光也故意调暗了，餐桌上铺上了桌布，摆着烛台，餐具是全新的，亮晶晶、金灿灿，雅致得十分刻意。

查克看到这个画面，第一个跑进脑海里的词语就是“最后的晚餐”。他在房子里四处张望，看看有没有什么机关，是不是他一坐下去，哪里就会射出来一支箭，箭头上还淬着毒。

乔诺以为他在找将军，微笑着指了指房门："我提前把它关房间里了，怎么样？是不是很贴心。"

接着乔诺将他拉到餐桌前，按坐在餐椅上，风情万种地闪去厨房端食物，小牛排煎得确实不错，面包也烤得很香，就连配的奶油香葱浓汤卖相也很好。

她将食物一一摆在他面前，柔情蜜意道："尝一尝。很久没做，手艺有些生疏，但是肯定比外面不入流的餐厅要好多了。毕竟我当年为了暗杀一位改行当大厨的战犯，可是在他的餐厅工作了三个月，最后在约会的时候，杀死了他。"

查克抬头，看着她："那你是终于忍不住要对我动手了吗？"

"聪明。"乔诺拉了把椅子坐在旁边，笑容里掺了玻璃碴，看起来有点扎人，"每天这样斗来斗去虽然很有意思，但是快乐的时光总会结束。不如这样，你从了我，当我的男人，这样我们就能永远在一起，一辈子都有乐趣。"

查克心想这女人真恶毒，开口就要他的一辈子。可是不知道为什么，他竟觉得这个恶毒的提议有些诱人，就跟面前摆着的食物，还有面前的人一样诱人。

他摘下了防毒面具，默默吃了一口面包，喝了一口汤，味道果然很正宗……

他放下面包，望着乔诺，严肃且认真地问："你说的从你，是指结婚吗？我可不可以将这段话，还有你今天做的一切，理解为求婚？"

"婚姻是种契约，如果你同意，我不排斥这种做法，但你若觉得麻烦，签合同也行。"乔诺微笑，"我是个非常大度的伴侣，你从了我绝对不会吃亏。"

“可我很贫穷……哦，曾经也有钱过，但是财产都捐给了慈善机构。目前很贫穷，我无法负担你的生活。”查克坦诚道。

乔诺摊手：“我很富有，世界各地有多处房产，古董珠宝也都有收藏，你若感兴趣，我可以带你去参观我的仓库，不过它不在国内。所以我不需要任何人负担我的生活，你若喜欢我，甚至可以为你建造一间实验室。”

查克听到“实验室”三个字时眼睛亮了一下，十分心动，但又觉得这样实在不太好，仔细思考了一会，谨慎询问：

“我可以只要实验室，不要你吗？”

“不可以。”

“我可以把你当成实验室的赠品吗？”

“不可以。实验室才是赠品。”

“实验室能配备高分辨率的核磁共振仪吗？”

“虽然不知道这是什么鬼东西，但是你想要的话，买！”

“气液联用色谱分析仪？”

“买。”

“超净试验台？”

“买！”

“我是你的人了。”

乔诺笑起来，伸手抚摸他的脸。这是第一次，他竟没有躲，也没有用看细菌培养皿的眼神看着她，这让她十分享受。

他的皮肤很白，眼窝很深，褐色眼睛也十分迷人，天生带着欧洲贵族般的优雅。乔诺看着他，觉得自己养了一只吸血鬼。

而且还是一只十分聪明的吸血鬼。

代价竟然只是一间实验室，这真是太划算了。

她微笑着，指指自己的脸颊："亲我一下。"

查克皱了下眉头，似乎内心十分挣扎，但是默念了一遍他的实验室器材名称，立刻就不挣扎了。他拿出消毒纸巾擦了擦她的脸颊，然后认真且郑重地亲了下被擦拭过的地方。

柔软馨香，这就是女人的脸颊……感觉非常好。

他望着她，竟然开始好奇，那嫣红的嘴唇是什么味道，并思量着如果他用消毒纸巾擦掉她的口红，她会不会生气？

最终还是没擦，也没亲她嘴唇，但乔诺已经心满意足了。毕竟她有钱，有猫，现在又有了"收藏级古董"一样的男人，她什么都不缺，简直就是人生赢家。

第十七节

情侣游戏

1.

最近朋友圈的情侣们流行起一种游戏，就是女生让男生用“我”“牛”“草”“吃”几个字造句，男生若是答不出来，就告诉他答案是：“牛吃草。”男生问：“那‘我’呢？”女生就可以借机撩一下男朋友，答：“你在我心里呀。”

陆小花披着马甲在《贱小花》的粉丝群里潜伏，偶尔看到有粉丝发自己和男朋友玩这个游戏的截图，觉得十分好玩，就决定撩陆耀一下。

小花，冲鸭（陆小花新换的昵称）：耀耀，给你出道题，用“我”“牛”“草”“吃”，四个字造句。

陆耀，冲鸭（小花强行给陆耀换的新昵称）：我的牛吃了很多草。

小花，冲鸭：剧本不是这样写的呀。

陆耀，冲鸭：剧本是怎么写的？

小花，冲鸭：剧本里，男朋友觉得这几个字造不出句来。

陆耀，冲鸭：剧本里的男朋友是白痴？

小花，冲鸭：你就按剧本走一下会死哦！

陆耀，冲鸭：……我造不出来……

小花，冲鸭：是牛吃草。

陆耀，冲鸭：那“我”呢？

小花，冲鸭：你在我心里呀。

强行配合演戏的陆耀皱眉摇头，却忍不住笑了起来。他的妹子，怕真是个白痴吧。

2.

秦菲看到朋友圈里陆小花发的截图，觉得好有意思，正好她家二狗子最近不在国内，她本就不会撩人，想着不如借机也撩撩他，看他是什么反应。

菲菲吃饭：二狗子，忙完了吗？忙完了帮我个忙，用“我”“牛”“草”“吃”，四个字造句。

周至：想吃牛肉吗？我今天中午和教授一起吃的那家牛排店里的澳洲牛排十分好，已经预定了一些，给你快递回去，记得查收。

菲菲吃饭：（流口水的表情）本来想撩你一下的……不过有澳洲牛排吃真是太好了。牛排几天到？我要去做个预告，下期直播吃牛排！

周至：等会，我们先聊聊撩我的事。

过了五分钟。

周至：菲菲？

再过了五分钟。

周至：菲菲？

又过了五分钟。

【提示】：您关注的主播发布了新预告：下期吃澳洲牛排哦。

周至幽怨脸，想被撩一下，怎么就这么难呢！

3.

乐正珊觉得她家男朋友，约莫是切尸体切到魔怔了，竟然让她用“我”“牛”“草”“吃”四个字造句？什么情况？

她小学一年级时做的作业都比这有挑战性。

但是又不敢不回，毕竟最近男朋友忙，见得少了。据说他的花容月貌在学校里也非常惹眼，好多女孩子都对着他流口水呢，她担心如果自己太严厉了，他怄气跟哪个小妖精跑了，那就麻烦了。于是，她耐下性子答他。

乐正珊：我在喂牛，喂牛不应种植粗纤维含量高的牧草，应选用墨西哥玉米、苇状茅草、狼尾草、苏丹草等。

肖行舟：……

乐正珊：怎么了？有什么问题？

肖行舟：这又不是养牛知识问答赛。

乐正珊：你怎么知道我高中时参加过养牛知识问答赛？

肖行舟：……是不是拿了一等奖？

乐正珊：没错，顺利拿了第一名，奖品是一头牛。

肖行舟捂脸，默默笑哭了，强大如钢筋混凝土的女朋友，真是撩不动啊，撩不动。

4.

白夜将题目发给飞爷之后，就一直忐忑不安地等着。过了好久没人回，她忍不住跑去飞爷的小库房里提醒他："飞爷，飞爷，快看手机。"

飞爷正在改装桌上放着的发动机，是白夜摩托车上的。她一直嫌弃那辆摩托车太慢，像老爷爷开的，所以他准备给她改装成马力大些的，开起来炫酷一些，好让这小浑蛋在玩伴面前扬眉吐气。

看她神秘兮兮地提醒了就跑，他有点好奇，脱掉手套，拿出手机，看了眼，竟然是她发来的。用"我""牛""草""吃"，四个字造句？

飞爷对着门口吼起来："英语没学好，现在连母语都渣成这样了？"

白夜隔着门笑嘻嘻："别说话，用手机回我，快点。"

飞爷低头，皱着眉，心想，这小浑蛋莫非是笑话我在国外待久了，汉语不好？

飞爷：我牛吃草？我吃牛草？

白夜：不对，是牛吃草。

飞爷：少糊弄我。

白夜：又不对了，你不能这么说。

飞爷：那我该怎么说？

白夜：你该问，那"我"呢？

飞爷：那你呢？

白夜：……

飞爷：又怎么了？

白夜：不跟你玩了。

飞爷莫名其妙，放下手机，继续改装发动机。

白夜蹲门口画圈圈诅咒秀恩爱的陆小花。

她家钢铁直男飞爷，至死没搞清楚那天晚上女朋友为啥不许他上床。

牛吃不吃草，关他什么事？他就是个无辜的开飞机的。难道他开的飞机路过牛头顶，吓着牛了？费解啊，费解。

5.

用“我”“牛”“草”“吃”，四个字造句。

孟洁如盯着手机看了三秒钟，确实是这么几个字，也确实是宋越发来的。

到底是什么意思？她思索了几秒钟，想起宋越最近感冒了，什么都吃不下，人都瘦了，灵光一闪，瞬间明白了是什么意思。

于是回复：“哦。”

宋越窝在家里养病，包得跟粽子一样缩在沙发上，抱着手机等着回复，等了半天等来一个“哦”字。又过了半天时间，明白这是这段对话的结尾，不是开始。

他再发消息已经没有回复了，撩女朋友失败。宋越挫败到想挠墙，但是墙太远了，他实在没力气走过去，只好改挠沙发，略消了消气，才强迫自己继续看剧本。

这种挫败感一直持续到晚上，门铃声响起。他打开监控设备，看到是孟洁如，立刻跳了起来，裹着被子出去迎接。

孟洁如提着一个三层食盒走进来，进门一句话不说，先将食盒里的饭菜摆了出来。

清炒莴笋丝、西芹炒嫩牛肉、仙草布丁、鱼翅羹。

她指着菜，回头一样一样地给宋越介绍："清炒莴笋丝，我。西芹嫩牛肉，牛，仙草布丁，草，鱼翅羹，吃。是这个意思吗？"

宋越顿时笑岔了气，又觉得他女朋友真是可爱，忙使劲点头："对，对，如如，你真聪明。"然后坐下吃了起来，边吃边夸，"如如手艺真好。"

孟洁如也觉得自己好聪明，而且能让宋越多吃点东西，她也很开心。

直到……她回宿舍刷到陆小花的朋友圈……

6.

乔诺看到陆耀转发的陆小花的朋友圈，原本是十分不屑的，但某人已经钻进实验室里，足足一个星期没出来了，她实在觉得无聊，就试着给他发了条消息：

"用我、牛、草、吃，四个字造句。"

外国友人盯着手机看了足足半分钟，十分确定，这题不会。

查克：我的中文还没到可以造句的程度。

乔诺一拍脑门，心想失算，忙引导他："答案是牛吃草。"

查克：缺少一个"我"字？

乔诺：当然缺，因为你在我的心里。

对方沉默了。正当乔诺为撩到他沾沾自喜，对方竟然发来一大段语音。

声音郑重其事：

"你这种说法既不严谨也不科学。首先心脏是供血的器官，并不具备思考和记忆的功能。其次，即便我相信，你想表达的是，我在你的大脑里，大脑中负责记忆的部分，是脑前部的颞叶中的海马体。所以这句话正确的说法应该是，你的海马体中存有关于我的记忆。”

乔诺：海马你个头。

查克：……这句我懂，你在骂我。

查克：你为什么骂我？

乔诺气鼓鼓地扔下手机，满屋子找“将军”，决定今晚就把“将军”塞查克被窝里去！

7.

陆小花在自己的粉丝论坛上又看到另一个情侣游戏，骗男朋友说自己怀孕了。

小花，冲鸭：耀耀，我怀孕了。

过了大概二十分钟，陆耀从门外冲了进来，火急火燎：“走，领证去！”然后不由分说，扛着她就走。

陆小花边挣扎边喊：“耀耀，是游戏，骗你的呀。”

陆耀充耳不闻，转眼已经将人扛到了楼下。

陆小花泪流满面，悔恨不已，默默发誓，再也不玩这些无聊的游戏了。

再不玩了！所以，耀耀，你能让我下车吗？我今天的漫画还没更新呢。

第十八节
七夕情人节

1.

七夕情人节的时候，陆耀和乐正珊因为在办一个案子，成了“失踪人口”，家属也联系不上他们。陆小花就联系肖行舟，两个人决定互帮互助，度过这个孤单的情人节。

俩人在商场逛了半天，零零碎碎的小玩意买了一堆，然后开开心心地窝在一家音乐吧里喝酒听音乐，正惬意着，群里有人哀号：

菲菲吃饭：七夕特别节目缺个情人，谁家的情人有空，借我用一下。

孟洁如：你家二狗子呢？

菲菲吃饭：还在万恶的美帝，远水救不了近火呀。

孟洁如：那我就爱莫能助了，不然我女扮男装，帮你一下？

菲菲吃饭：就你那个头，女扮男装也是未成年，我还不想被抓，除非把你家宋越借给我。

孟洁如：……今天七夕，你觉得他可能有空吗？

菲菲吃饭：这么说来，你也落单了。鲁晓彤呢？

孟洁如：别提那个叛徒！

……

刷聊天记录刷到这里，陆小花“咯咯”笑起来，跟肖行舟八卦道：“鲁晓彤最近跟如如的亲哥走得很近，顺利的话，很可能会成为如如的嫂子。如如很生气，后果很严重。”

肖行舟奇怪：“孟洁如跟鲁晓彤不是很要好吗？难道不喜欢她当自己的嫂子？”

“如如小变态，一向视花痴彤和亲哥为私有物，这回两个私有物撇开她，自己组队玩去了，她怎么能不闹别扭？”小花妹妹分析起好友来头头是道，深得鲁晓彤真传。

虽然这么说着，但是她一点也不担心孟洁如和鲁晓彤会闹翻，毕竟鲁晓彤既然敢对孟洁如的亲哥下手，就一定是想好了对策，哄好孟洁如应该不是什么大事。

肖行舟最近太忙了，头发长得很长了也没时间去剪，索性在后脑勺扎了个小辫子，漂亮的眉眼实在夺目，坐在吧台上，总有人朝他这边看。他早就习惯接受人们的注目礼了，浑然不觉地喝了一口啤酒，笑起来，“既然这么多没人陪的，不如都叫到这里来，大家抱团取暖。”

陆小花也正有此意，就点了点头，在群里共享了下她的位置，说：“来吧，没有情人的情人节，让我们一醉方休。”

第一个赶到的是秦菲，坐下第一句话就是：“这里有什么好吃的吗？我今天直播还没素材。”

小花妹妹指了指满吧台的酒瓶子：“酒好喝，今天就直播喝酒怎么样？”

“可我喝不了多少。”秦菲愁眉苦脸。

这个时候孟洁如赶来了，肖行舟指着大家：“那就直播我们所有人喝酒。”

小花妹妹忙点头：“这个吧的酒好好喝。”又按着孟洁如点头。不知前因后果的孟洁如一脸发蒙：“什么情况！”

小花妹妹把自己的鸡尾酒推到她面前，笑眯眯道：“给你机会借酒浇愁。”

正合孟洁如心意，于是她端起酒杯一饮而尽。

秦菲慌忙制止她：“如如，先留着点肚子，等直播开始再喝。”

几个人换去了小包间，里面装满了店主收集来的各种年代的啤酒瓶，是一个用铁架子隔开的空间，充满了反叛的年代感。临近午夜，音乐变得摇滚起来，驻唱的歌手在嘶吼：“我的热情好像一把火……”

秦菲顶着店主和店员异样的眼神将酒单上的酒水点了个遍，满满摆了一桌子，然后调整好手机三脚架，开播。

“嘿，大家好，很抱歉菲菲的吃饭时间今天推迟了，主要是因为今天是情人节，而异地恋的我，只能以泪洗面。所以，今晚我不打算吃饭了，我要喝酒！喝很多！”

镜头对准桌子上满满当当、各式各样的酒瓶，还有几个小伙伴，小花妹妹连忙朝镜头挥手，肖行舟微微笑，孟洁如一脸冷漠。

秦菲继续自导自演：“来吧，没情人的我们一醉解千愁。”

然后大家开始喝酒，一杯一杯，不但要喝，还要被秦菲逼着说口感，并且不许重样。

小花妹妹作为漫画家，本来就满肚子的鬼点子，说出杯杯不重样的赞美词完全不是问题。

肖行舟则不太喜欢对着镜头说话，每次就只有两个字：“还行。”

孟洁如更是一脸冷漠，每一杯都是一饮而尽。秦菲问起口感，她就丢一个眼神让大家自己体会，场面一度十分尴尬。

但是很快直播间里的粉丝们开始分帮派，有喜欢陆小花这种欢快型萌妹的，就在刷屏：“想看泡面头的小姐姐喝那杯红色的。”

对，陆小花最近烫了个泡面头，戴着大大的圆眼镜，小小的一张脸，涂着正红色的口红，穿着宽大的连帽卫衣，可爱又复古。

小花妹妹举起粉丝们指定的酒，慢慢品，然后絮絮叨叨：“偏甜，酒精味不重，有几分柑橘的味道，像在橘子园里烤棉花糖……”

粉丝们纷纷表示想喝，然后另一帮派的就在叫：“美人小哥哥好久没镜头了，想看他喝酒，想变成他手里的杯子……”

秦菲将镜头转向唯一的小哥哥：“船长你想喝哪杯？”

肖行舟拎起啤酒瓶，对镜头举了举，灌了两口：“还是啤酒好喝。”

粉丝们开始疯狂刷屏：

“小哥哥好帅。”

“小哥哥想喝什么就喝什么。”

“想给小哥哥买啤酒。”

“小哥哥手上的是什么啤酒？我也要买同款。”

……

孟洁如就安静许多，冷漠脸，端起酒杯，不管多大杯子都是一口气全干！

喜欢她这一派的也很多，如她一样，话少人狠，一个字都不说，直接刷礼物，一刷就是一整排。

直播到了中场，几个人都喝了不少，渐渐开始有些醉意。秦菲也不管什么直播不直播的了，几个人在包间里撒欢。

小花妹妹鬼哭狼嚎地给外面的歌手伴唱；肖行舟默默掏出手术刀，将包间里赠送的水果削成骷髅头；孟洁如横在沙发上睡成一摊烂泥；秦菲跑去要了菜单，将菜单上所有吃的都点了一遍，默默蹲在角落里吃吃吃……

智障儿童欢乐多，弹幕刷得更欢快了，热衷于截表情包的，今晚也是收获颇丰。

总之等几个人酒醒了之后，他们的表情包已经刷满了网络，收都收不回来了。

小花妹妹一只手扶着剧痛的脑袋，一只手拿着手机，看着编辑发给她的表情包，翻着白眼手舞足蹈的她被P上了二人转用的手绢和扇子……

小花妹妹在马桶上发出悲痛的土拨鼠叫。

悔之晚矣。

2.

陆耀完成任务回家，打开门就看到陆小花在他家客厅里“躺尸”。他走过去，蹲下身拍了拍她的脸，她这才缓缓地睁开眼睛，看见是他，“哇”的一声就哭了。

于是，陆耀在小花妹妹一把鼻涕一把眼泪的诉说中，知道了昨晚醉酒直播事件的大概。

“不就是表情包吗？大家很快就会忘记的。”陆耀一边安慰她，一边拿手机搜她的表情包。然后憋笑到内伤，他飞快地将表情包全部存起来，又来安慰她，“也不算丑……呃……也就一般丑……好吧，我的良心有点痛。”

陆小花绝望了，躺平捶地大叫：“下回再喝酒，我就是个棒槌！”

“你再说一遍。”陆耀拿出了手机，“我录下来当证据。”

小花妹妹又重复了一遍，陆耀果真录了下来，然后拍了拍她的脸，起身：“棒槌你先躺着，我去洗澡换衣服，身上都臭了。”

“嗯。”陆小花有气无力地点头，目送着陆耀离开，片刻之后，房间里传出他的爆笑声，小花妹妹心态瞬间崩了，悲愤交加地使劲捶地板。

比起陆小花，肖行舟那边的情况就好多了，毕竟他喝多了之后还算安静，没有被拍到什么丢脸的画面。流传最广的一张表情包，就是他用手术刀切水果，眼神迷离地环视四周，旁边P的字是：下一个切谁？

乐正珊看到表情包后十分喜欢，还特意设置成微信头像，然后对肖行舟说：“我这几天休假，今晚补你一个情人节怎么样？”

肖行舟正给她煮面，闻言立刻关了火，冲去房间换衣服，并隔着门确认：“不会吃到一半，你又有急事回局里吧？”

乐正珊在客厅脱了制服，换便装，一边穿一边满意地欣赏着自己的马甲线。最近她出任务出得多，都没怎么回家，精力都发泄在局里的健身房了，今晚一定好好犒劳一下自己不可，道：“我手机关机还不行吗？今天谁都叫不动我，我从身到心都是你一个人的。”

肖行舟换好了衣服，从房间里走出来，搂住她的腰，深深印上一吻：“这是你说的，可别后悔。”

孟洁如看到宋越发给她的表情包，猛地将手上的菜刀扎进菜板，精钢的大菜刀就那么立在了实木的菜板上，可见她使了多大的劲。

“如如，你真可爱。”宋越发了个比心的表情，“喝醉了也那么可爱。”

孟洁如看着那几张她在沙发上仰着头张着嘴流着口水的截图，气得伸手捏爆了一个西红柿，命令宋越：“删掉！立刻！”

“不要。”宋越不肯，“多可爱啊。我要设为手机桌面。”

“你敢！”孟洁如怒了。

宋越不理会她的怒气，开始自说自话：“如如，你喜欢喝酒吗？等我忙完这阵子陪你去喝好不好？跟我在一起你可以尽情地喝醉。”

这边没有回应，因为孟洁如已经提刀走在去追杀秦菲的路上了。

3.

表情包事件给小伙伴们带来的困扰，让秦菲感到很抱歉。于是她一早就收拾好行李奔上飞机，投奔二狗子，逃命去了。

等她站在二狗子门前，已经是晚上七点。他刚从学校回来，跟两位金发碧眼的同学走在一起。二人看见秦菲一起叫：“周，你女朋友来了。幸福的人。”

周至早已奔了过去，不顾同学的注视，将秦菲拥在怀里，惊喜万分地问：“你怎么突然跑来了？也不跟我打声招呼，我好去机场接你。”

秦菲被他抱得有点不好意思：“我来逃命。”

告别两名八卦的同学，周至带着秦菲回家。他在这里的临时小窝是租的，和学校只有一街之隔，这栋公寓楼里住着的都是留学生，大家也互相有个照应。

公寓是一室一厅，典型的美式装修风格，还算精致。秦菲以前来过，一进门就熟门熟路地走过去瘫在沙发上，唉声叹气。

“是因为昨晚的直播吗？”周至给她热了一杯牛奶，加了一勺巧克力粉，是她最喜欢的喝法，端过来放在茶几上。

秦菲哼唧：“到最后我也喝多了，忘记关镜头，结果大家都被截了好丑的表情包，都怪我，我没脸见大家。”

昨晚的直播，周至也看了，不得不说真的……十分搞笑。他想打电话提醒秦菲，可是她喝多了，手机不知道扔哪里去了，怎么打都没人接听。

“其实也怪我不能去陪你，若我在国内能陪你过情人节，就不会出现这样的事了。”周至宽慰她，“不要那么内疚了，我替你买礼物，给大家道歉好不好？”

秦菲捧着杯子喝牛奶，边喝边哭：“我觉得大家不会原谅我了。特别是小花和如如，她们俩的表情包实在太丑了！”

周至神秘地笑起来：“要不然，我们请她们吃大餐？包下海岛酒店的那种。她们可以穿上同款的小礼服，跟你一起走红毯，我们能在餐前宣誓，等大餐结束，你还能朝她们丢花束。”

秦菲越听越不对劲，试探地问：“莫非那个大餐叫作婚礼？”

“真聪明。”周至笑意盈盈地从口袋里拿出戒指盒，“这枚戒指都在我口袋里磨出茧子了，还没有迎来它的女主人。”

其实两个人已经约好了，只要周至妈妈不反对，他们就结婚。可是他太忙，根本没有机会坐下来好好讨论这件事，就一直耽误到今天。

秦菲其实一直等着这枚被自己拒绝过的戒指，只是不好意思主动开口提，冷不丁见到了戒指，她竟然如释重负，一把将戒指抢了过来，自己戴上了。

“嫁嫁嫁。不用下跪了。”她忙不迭地说，生怕他改变主意。

周至打了一肚子腹稿，全部憋了回去，啼笑皆非地将秦菲抱住。这场还没开始就结束的求婚，堪称史上最快，但带来的喜悦，浓厚到足以让他用一生的时间去回忆。

4.

秦菲在群里郑重地向被表情包事件祸害的小伙伴们道歉。

菲菲吃饭：对不起，昨晚都是我的过失。

菲菲吃饭：看在我马上要结婚的分上，原谅我好吗？

小花，冲鸭：……

孟洁如：……

鲁晓彤：……

菲菲吃饭：想邀请你们来给我当伴娘。

小花，冲鸭：伴娘一号收到！

孟洁如：伴娘二号收到！

鲁晓彤：伴娘三号收到！

菲菲吃饭：这么快就答应了？小花，如如，你们不生我的气了吗？

小花，冲鸭：大婚当前，说什么生气不生气的！太见外了。来来来，我们讨论下伴娘服买什么款式的，先声明，我不穿长款，鲁晓彤不许穿高跟鞋！

孟洁如：我八米的大刀收回去确实困难了点，但是算了……鲁晓彤不许穿高跟鞋！

鲁晓彤：高跟鞋招你们惹你们了？高跟鞋很无辜的好吗？

小花，冲鸭：一米七的巨人在一米五六的我们面前穿高跟鞋，有没有人性？菲菲，你也才一米六五，来，一起抵制巨人穿高跟鞋！

孟洁如：抵制！

菲菲吃饭：抵制！

于是在一番争论中，鲁晓彤失去了穿高跟鞋的权利，且大家一致决定等秦菲回国，她们找一天时间一起去试婚纱。

当晚，303 的小伙伴们都失眠了，大家想着刚相遇时的情景，再想象着一起穿上礼服的样子，嘴角就不自觉地上扬。

这世上，再不会有比这更美妙的事了。

陆小花抱着他，哭得声音断断续续："耀耀，娶我好不好？"

"你这是求婚吗？"陆耀放开她，替她擦干眼泪，"那我的戒指呢？"

陆小花从头上拽下一根头绳，往他手指头上一绕。陆耀赶紧点头，"娶了。"然后低头吻上了她的准新娘。

第十九节 盛大而浪漫的婚礼

1.

秦菲和周至的婚礼盛大而浪漫，海岛上，蓝天碧水，一群年轻人在花海中欢笑，祝福这一对新人。秦菲抛手捧花的时候存了私心，故意往陆小花身上抛，结果她跳得太用力，一跃扑进海里，花束直接扑进鲁晓彤怀里。

好在岸边海水不深，众人忍着笑七手八脚地将陆小花捞上来，陆耀赶紧将外套脱了，给她披上。

陆小花望着鲁晓彤怀里的花束，一脸悲愤，光着脚丫子提着裙摆跑去更衣室换衣服。

陆耀跟了过去，敲敲门，里面传来小花妹妹有气无力的声音：“进来。”

陆耀推门进去，见陆小花还穿着湿透的伴娘礼服，正垂头丧气地坐在椅子上发呆，水滴答滴答，滴了一地，看起来十分狼狈。

“就那么想要那束花？”陆耀用浴巾将她包起来，“小时候上游泳课，都没见你跳水跳得那么干脆。”

陆小花抬头，气鼓鼓地捶他：“耀耀，怎么连你都取笑我？”

“好啦，不笑你，不笑你。”陆耀收起笑容，严肃脸，“为了这么点小事就这么生气，不像你的风格。说吧，到底怎么回事？你们设了赌局？谁抢到捧花就能赢得巨款？”

“当然没有。”陆小花踢了陆耀一下，但又知道他这么说只是为了哄她开心，就叹了口气，“我没有生气，就是对自己有点失望。秦菲今天在穿上婚纱的时候哭了，她说她好幸福，后悔没有早点同意周至的求婚。她说，她突然之间明白了，她爱周至，只要能跟他在一起，什么困难她都不怕。耀耀，我突然之间也后悔了，后悔因为自己的胆怯让你等了那么久。耀耀，你还想娶我吗？”

说到这里，她竟然哭了，陆耀忍不住将她紧紧拥进怀里。

“傻瓜。是你的话，我等一辈子都没关系。”他低声说，声音坚定沉稳，没有一丝迟疑，“反正都已经等了二十几年。二十几年跟一辈子又有什么区别？”

陆小花抱着他，声音断断续续：“耀耀，娶我好不好？”

“你这是求婚吗？”陆耀放开她，替她擦干眼泪，“那我的戒指呢？”

陆小花从头上拽下一根头绳，往陆耀手指头上一绕，他赶紧点头：“娶了。”然后低头吻上了他的准新娘。

2.

陆耀和陆小花一共举行了两次婚礼。

一次是和小伙伴们在热气球上。他们租了三只热气球，新娘新郎乘坐一只，伴娘一只，伴郎一只。他俩在天空中宣誓，成为夫妻。

为了避免长辈们心脏病发，这一次没带着长辈，为了弥补陆老司令，他俩不得不遵从老司令的安排，另外来了一场老红军式怀旧婚礼。

两个人穿着老式军装，戴着大红花站在硕大的喜字前面宣誓的样子，将老人家们感动得泪流满面。小伙伴们也泪流满面，不过他们是憋笑憋的，因为据说待会新郎要骑自行车带新娘回家。

那辆凤凰牌老式自行车，车把上扎着硕大的红花，陆大帅哥骑着车行驶在大马路上，那画面想必十分有喜感。

本来陆小花以前玩 COS 的小伙伴们，还想来一场纯唐式复古婚礼。陆小花和陆耀却已经双双累瘫在家中，表示你们玩别人去吧，别再折腾我们了，不想结婚了，这辈子都不想结婚了。

小伙伴们最后还是放过他们，给他们足够的空间，让小两口安安静静地度蜜月。

蜜月旅行，小花妹妹又去了一趟克罗地亚。他们去见了麋鹿，给她送了喜糖，还有她很感兴趣的中式喜服。

麋鹿说，等她结婚了，就穿这一套。

陆小花又跟麋鹿说了许多关于查克博士被“包养”后的八卦，她表示：“看来查克博士也找到了好归宿，真羡慕你们。”

小花妹妹想到沉迷在实验室的查克博士以及乔诺去实验室抓人时崩溃的表情，也觉得这真的是个好归宿。最后她衷心祝福麋鹿：“希望你也能遇到你的真命天子。”

告别麋鹿，陆耀陪她去了趟挪威。挪威北部的特罗瑟姆小镇位于极光带，他们看到了很美的极光，极光之下，他抱着她说会爱她如生命。

陆小花点头，对于这一点，她从未怀疑过，因为她爱陆耀也是如此。

3.

乐正珊和肖行舟喝了秦菲的喜酒又喝了陆小花的喜酒，婚礼现场气氛热烈又温馨，让所有女孩子心动。

“咱俩也要赶紧结婚。”回到家乐正珊一本正经地跟肖行舟说。他正兴奋激动，心想自己求婚的时机是不是成熟了？手刚伸进口袋里摸戒指，就听她继续说：“要不然包出去的红包就收不回来了。多吃亏。”

“就为这个？”肖行舟激动的心顿时凉了，手从口袋里抽了出来，“抠门也要有个限度。”

“我们本来就是要结婚的，顺便回个本，有什么不好？”乐正珊挨着肖行舟坐下，望着自己花容月貌的男朋友，心花怒放，“什么时候嫁给我？”

“我是男的，别整天嫁不嫁的好不好？”肖行舟气得“噌”的一声站起来，往房间走。

乐正珊在他身后求饶：“好好好，我家纯爷们，晚饭没吃饱，求赐一碗面吃。”

生着气的肖行舟不受控制地拐进了厨房，一边生着气，一边娴熟地煮起了面。他看着锅里香喷喷的鸡丝面，更是生气，觉得就该饿着她才好，一边这么赌着气，又一边往锅里打了个蛋，还顺带着从冰箱里找了两个速食的小菜，倒在盘子里给她拌面吃。

乐正珊吃饱喝足，回房间，肖行舟已经睡着了。她悄悄爬上床，托腮看了会他的睡颜，没忍住，在他脸上亲了一口。

他是用了洪荒之力，才控制住自己，没当场把她按在床上。

第二天，等肖行舟醒来，乐正珊已经不在身边了。他这才猛然想起，她之前说过，今天要出差，要早起赶飞机。他顿时开始懊恼，昨天不该跟她怄气，竟然把这么重要的事情给忘了，也不知道神经大条的她，有没有带够衣服？

他担忧着起床去洗漱，一进洗手间的门就看见镜子上用口红写了一行字："I do！ PS. 戒指我自己拿走了。"

肖行舟有些不敢相信自己的眼睛，赶紧回房间去翻自己的外套口袋，果然装着戒指的小绒盒不见了。

他走回洗手间，长长久久地看着镜子上那行字，慢慢露出一个极幸福的笑来。

他有一个比他更"爷们"的女朋友，将来可能成为比他更"爷们"的妻子。可有什么关系呢？他爱她，她也爱他，这就足够了。

4.

白夜正式成为机长那天，飞爷和机组的同事们一起为她庆祝。两人都喝多了，携手醉醺醺地走回家。

走得累了，白夜拖着飞爷在长凳上坐下，将头靠在他的肩膀上，难得地撒了一下娇。他宠溺地看着她，低头轻吻她的额头。

有路人从他们身边经过，窃窃私语：

"两个男的？"

"好甜哦。"

"唉，现在男人都开始跟我抢男人了，我还有希望找到男朋友吗？"

白夜不乐意了，站起来开始脱衣服，冲着路人嚷嚷："我是女的！

女的！有胸！不信过来看看……”

飞爷嫌她丢人，赶紧将她的衣服给扣上了，拖着她继续往前走。可走了没几步，她又说自己走不动了，非要他背她。他气得打了下她的屁股，但也蹲了下去，将她背了起来。

小浑蛋，看着高，其实背起来还挺轻的，都没多少肉，看来要好好养养了。

白夜完全不知飞爷的心思，就扯着他的耳朵，在他背上聒噪：

“爷，你说我们要不要结婚？”

“其实不结婚也好，只要跟你在一起，干什么都行。”

“不过，要是你想要孩子还是得早点结婚，毕竟你都那么老了……”

“你能想象，我挺着大肚子的样子吗？太瘆人了……还是别要孩子了，喜欢就领养一个。”

“爷，今晚的月亮好圆啊。不知道为什么，突然觉得我好爱好爱你。”

飞爷抬头看着她指的方向，那个圆盘状的路灯，确实硕大明亮。他忍不住笑了，只是没说话。因为他知道，她就只是酒后胡言乱语，她这种爱自由的性格，怎么受得了婚姻的拘束？

就算有一天，她真的心血来潮想要结婚了，那也必须是他为她买下梦寐以求的飞机。两人一起翱翔蓝天，尽情去欣赏这美丽的世界，做一对空中夫妻。

而现在，他就只想背着她，就这么走下去，一直一直走下去……

5.

孟洁如一连参加了两场婚礼，都没带着宋越。他十分不满，大半夜了还跑到她的宿舍跟她发牢骚：

“不是说可以带家属的吗？带我去怎么了？我又不丢人。”

孟洁如已经习惯了他突然上门，说：“婚礼上人那么多，要是你被人拍下来，对你影响不好。”

宋越愈加不满了：“我不怕，巴不得被拍下来呢，这样我姐就不得不让我俩公开。”

“你姐说了，等你二十五，我们还在一起的话就公开，也没几年了，急什么？”孟洁如说着继续低头看她今天在餐厅记的笔记，研究新菜谱，也懒得招呼他，反正他会招呼自己。

宋越去厨房给自己倒水喝，又从冰箱里拿了剩饭剩菜出来吃，虽然是剩的，但是如如的手艺天下第一，他宁愿吃这个，也不想出去吃别的大厨做的。

宋越一边吃，一边仍旧是抱怨：“还有好几年呢，万一你甩了我怎么办？”

孟洁如趴在床上头也不抬：“你不踩我底线，我就不会甩你。”

宋越觉得“不会甩他”这几个字十分悦耳，就端着餐盘跑到她跟前，笑嘻嘻地问：“如如，你的底线是什么？”

“劈腿、出轨。”孟洁如抬头，表情十分严肃，“去莫家园吃饭。”

莫家园的大厨是孟洁如师父的死敌，她拜入师门宣誓的第一条，就是不许跟莫家园有任何瓜葛，今生不许踏进莫家园大门半步。

宋越一惊，美味如鲠在喉，半天都没敢喘气。

完蛋了，他今天的一个采访就约在了莫家园。他还准备给她安利莫家园的饺子汤呢，因为实在是很好喝……幸好没开口，幸好！幸好！

他端着餐盘跑回桌边，一边吃一边祈祷那个采访不要播。

他的祈祷显然没起什么作用，那个采访一周后就播了，而且预告片满天飞，莫家园里还挂上了他的照片。

他惶恐不安，每天收工都去孟洁如那里报到，战战兢兢地盯着她的脸，看她有没有生气。

一周过去了，孟洁如没有甩了他。

一个月过去了，孟洁如依旧没有甩了他。

半年过去了，那个采访彻底消失在网络世界，他依然还没被甩，这才终于放下心来。

直到很多年后，孟洁如有了自己的餐厅，宋越成了她的丈夫，他们有了一对可爱的双胞胎，他才知道真相。

“你那期采访我看了。”孟洁如哄着双胞胎睡着了。她走下楼，见宋越正在厨房帮她磨师传的菜刀，她望着他在灯下俊朗的面庞，忍不住说，“你去莫家园吃饭那期。”

宋越手一抖，差点切下自己的手指头，抬头哀号：“如如，饶命啊。”

孟洁如给自己泡了杯果茶，坐在餐桌前研究新菜谱：“饶什么命？难道你现在还怕我甩了你？”

“怕啊，很怕。”宋越将磨好的菜刀收好，坐过来，蹭她的果汁喝，“你甩了我，我就没饭吃了。”

孟洁如看宋越贱兮兮的样子，哑然失笑，忍不住想，如果他的粉丝们知道，他们家爱豆在家里这么幼稚，一点也不像荧幕上那么爷们，会不会失望？

“那你当初为什么没甩了我呢？不是说莫家园是你的底线吗？”宋越好奇地问。

孟洁如低下头，翻看菜谱，似乎是无意，又似乎是害羞极了：“因为……舍不得。”

“你那个时候就已经爱死我了，根本没有你嘴上说的那么不在乎是不是？”宋越开心地上前搂着她，像挂在她身上的树袋熊，扯都扯不开，“如如，去我的演唱会当嘉宾吧，我想让全世界都知道，我爱的人有多棒。”

孟洁如这一次不遮不掩地红了脸，使劲推开他：“想都别想，我讨厌站在聚光灯下。”

“不去也行，那我们再生一对双胞胎。”宋越改变策略。

“……滚……滚开……”

6.

陆耀和小花的两场婚礼，查克博士都参加了，且对红色婚礼非常感兴趣，在他看来，这真是件很有特色又浪漫的事。

乔诺对此嗤之以鼻：“胸前戴朵大红花？太丢人了，我死都不要。”

查克耸肩：“无所谓，婚礼你又不必参加。”

听到这句话，乔诺爹毛了，拎着他的衣领，吼道：“你这话是什么意思？”

“字面上的意思，听不懂吗？诺，你的中文水平越来越糟糕了。”查克一脸惋惜。

乔诺为此生了许久的气，甚至连查克实验室的经费都停了，就等着查克来给她道歉。偏偏他根本不知道自己错在哪里，即便是实验室员工劝他去哄哄她，他也是一脸莫名其妙：“我没有错，为什么要道歉？”

乔大女王伤心欲绝，自暴自弃，每天都在酒吧酗酒。她本就风情万种，美艳动人，醉了之后更是一个不可多得的尤物。有些不长眼的男人，自觉风流倜傥，就想去搭讪，或者占占便宜，然后……都成了乔女王的沙袋，一个个被揍得屁滚尿流。

进警局的次数多了，每次都去签字“赎人”的查克觉得这样下去不是办法，决定委曲求全，跟她道歉。

“你若真对婚礼这件事这么在意，那么我道歉，婚礼你可以参加。”查克认真道。

乔诺醉醺醺地盯着他：“什么叫我可以参加？我坐哪儿，前女友桌吗？”

查克不解：“不存在这一桌。事实上人婚礼并不需要酒席，只要新娘新郎和证婚人，你要真的那么在意的话，可以跟我一起做证婚人。”

“证……证婚人？”乔诺惊得差点咬到自己的舌头，“那是谁结婚？”

“圆周率和派。”查克说着拿出手机，给她看照片。

两只圆滚滚的熊猫，在手机屏幕上啃着竹子。

竟然是款养宠物的手游……

“医生说，我可以通过养电子猫来缓解对现实中猫的恐惧，我试了一下，觉得即便是电子猫也还是太过恐怖，就选择了熊猫，至少它们的名字中都有猫字。”查克博士解释得一脸认真，“熊猫成年后，主人可以给它们举办婚礼，这样它们就可以繁殖后代。我是打算下个月正式给它们举行婚礼的，没想到你会对这件事这么在意，很抱歉。”

乔诺拍了拍额头，觉得自己会跟他生这种气真是蠢毙了。

然而自己生气拍桌争取来的证婚人，跪着也要当好，于是在一个风和日丽的下午，她和查克一起待在电脑前，全程观看了两只熊猫戴着大红花，拜了天地。

熊猫夫妻进洞房了，乔诺无聊得要冒烟，起身去冰箱里拿啤酒。否则会她很担心，自己撑不到小两口来给证婚人敬茶。

查克看着她猛喝啤酒，也不知是哪根筋不对，竟然问她："我们要不要签结婚……合约？"

乔诺激动得一手捏爆了啤酒瓶："签。"

"我们先讨论下合约条款，比如，婚后要不要睡在一张床上，在我克服对猫的恐惧之前，将军要怎么处置……"

查克严肃认真地思索着种种可能性，顺便在电脑上一条条列出来，乔诺就坐在桌子上看着他忙活，心情简直美上了天。

不管过程怎么样吧，反正她要结婚了。

而且她对与他的婚姻生活充满了期待。

7.

陆小花以自己结婚的全过程为素材，让贱小花在漫画中也结了婚，蜜月更是她与陆耀蜜月的翻版，于是粉丝们很敏锐地猜测小花大大是不是结婚了？纷纷送上祝福，小花大大方方地承认，并发了一张自己和陆耀在极光下的自拍。

自拍的主角是极光，所以两个人就只是两个黑乎乎的影子，根本看不见脸，粉丝们大呼不过瘾。小花在电脑前窃窃地笑，心想：我才不要跟你们分享耀耀呢。

编辑部也集体给陆小花送来祝福，独家定制了礼物给她。她欢天喜地地去取快递，打开那个硕大的箱子，就看见满满当当的《贱小花》定制家居用品，有印着贱小花和欧尼酱的抱枕和床单，有贱小花伞，有印着贱小花和欧尼酱的情侣马克杯……还有据说是小花的责编独家定制的鼠标垫与电脑包，上面满满当当地印着：

交稿了吗？就跑去结婚！更新画完了吗？就去蜜月！一天一更不断更，才是社会主义接班人！不更新，哪有钱养孩子！还吃还吃，快去画画！听说有位画家拖稿，被编辑打死了，你说那个人会不会是你？

……

因为蜜月太累，所以她趁机断更了三天。此刻她虎躯一震，哭着拿出了画板……

陆耀晚上回家，就看到陆小花在书房里挑灯夜战，十分认真，连他开门都没发觉。

他悄悄走过去，在她背后偷看，发现她在画他俩。画的就是蜜月归来，他们去陆老爷子家吃过饭、去陆老爷子送给他们的别墅里坐坐，心血来潮，在泳池边铺了毯子，对月喝酒的片段。

那天陆老爷子因为太高兴，喝得有点多，竟然在饭桌上落了泪，一只手拉着陆耀，一只手拉着小花，感慨："时间过得真快，一转眼，耀耀都二十八了，小花也二十六了，我也奔七十了。今天这么高兴的日子，也不知道你奶奶在天上能不能看到。"

"一定能看到的。"小花握着陆老爷子的手，十分肯定，"奶奶说不定正拿着望远镜看您呢，快别哭了。"

陆耀点头。虽然他是个坚定的唯物主义者，但是此时却十分感谢天堂之说，让活着的人能有个安慰。

陆老爷子好不容易止住了眼泪，由子孙们陪着，又喝了几杯酒，才去睡了。

陆耀和小花在泳池边依偎，看着头顶的月亮，小花说："耀耀，要是哪天我先死了，你会不会跟爷爷一样孤单？"

陆耀拧她的脸："胡说八道什么！"

小花嘻嘻笑："就是随便聊聊嘛。而且又不是小孩了，聊聊生死的话题怎么了？人家也是个有深度的人。"

陆耀放开她的脸，想了一下："估计我会比爷爷还要孤单。"想了一会又说，"如果可以，我希望咱俩能一起离开这个世界，实在不行，我也希望先送你走，我处理好了后事再跟上。这样你就不用忍受丧偶之痛、相思之苦。"

陆小花长长久久地看着陆耀，伸手搂住他的脖子："我就算先走了，也会在路口等你，记得来找我。"

"好啊，一起投胎，下辈子还陪你一起长大。"陆耀用额头抵住她的额头，轻轻摩挲了两下。

陆小花嘟嘴："那万一成了亲兄妹可怎么办？"

"那也不错，一样能疼你一辈子。"陆耀笑。

"不好，不好。"陆小花摇头，"宁可远一些，也不要亲兄妹。耀耀，下辈子，我还要跟你结婚的。"

"那……投胎的时候我记得跳远一些。"

"也别太远，就在对门。咦，这话听着耳熟，也许上辈子我也是这么许的愿。"

"你也太贪心了。"

"是吗？嗯……"

1.

自从陆小花的漫画火了之后，采访也渐渐多了起来，其中也包括一些电视节目，小花妹妹观众缘不错，嘻嘻哈哈地说话不经大脑，十分讨人喜欢。然而讨人喜欢归讨人喜欢，次数多了就难免让人诟病没有深度，甚至还有自媒体截了她的采访视频，断章取义，批评现在的年轻一代漫画家虚有其表，没有灵魂。

陆小花气得不轻，拍桌大叫："我怎么没有灵魂了？我灵魂丰富着呢。"

陆耀经过她身边，听她这么说，忍不住笑出声来："是是是，人家的灵魂都是单一色号的，你的灵魂赤橙黄绿青蓝紫，彩虹一样，能不丰富吗？"

"那是。"陆小花扬起下巴，得意扬扬，可仔细一想又觉得不对劲，

“陆先生，你把话给我说清楚，赤橙黄绿青蓝紫是不是讽刺我太闹腾了？”

婚后的陆先生多了那么一些成熟的韵味，依旧帅得让人挪不开眼，他走过来俯身吻了他的妻子一下，笑：“你说呢？陆太太？”

陆太太气结，决定多看点书，多看点有灵魂的节目，于是迷上了一档辩论节目。虽然也是综艺，但是也总比专注于玩游戏、没有半点思想的节目要好，陆耀扶着额决定忍了。

这天下班，陆耀制服还没换下来，他家陆太太就抱着爆米花跑了过来，神秘兮兮道：“耀耀，我问你个问题。如果世界上有一台仪器，放在我身上，一按按钮就能测出我有多爱你，你按不按？”

陆耀眉头一皱，觉察出这个问题不简单。若是回答按，小花妹妹肯定会生气，质问他“你就这么不信任我？”；若是回答不按，她一样会生气，“哼，耀耀，你一点都不在乎我爱不爱你吗！”

简直就是送命题，有没有？

陆先生沉着冷静，将问题反抛了回去：“那你按不按？”

“按啊。我要天天按一遍，每天看着数值爆表，心情一定很好。”陆小花笑眯眯地回答。

倒是挺了解他的，知道数值一定会爆表。陆耀点着头，一边脱制服一边说：“那我也按，反正你每天看完我的数值爆表后，心情都那么好，对我的爱的数值一定也爆表，我不介意也开心一下。”

对于陆先生的情话，陆太太表示很满意，拍手称赞：“辩论节目就是好啊，看完我感觉自己的灵魂得到了新的升华呢。”

陆耀实在不忍心打击她，能提出这么不靠谱的辩题的节目能让人的灵魂升华到哪里去？他就试着提议：“既然那么喜欢辩论，不如看点真正的辩论比赛。”

陆小花使劲摇头，全身心都在拒绝：“还是算了，我搜了几场，选手都不好看，说话没有意思，不好看，不好看。”

好吧。

陆先生扶额，对于真的期盼了一下爱妻升华灵魂的自己，说了一句——你真天真。然后他笑起来，顺道将这个念头扔进垃圾桶里，搂她的腰：“晚饭要不要出去吃？我看到街上新开了一家西餐厅。”

“好啊，好啊。”陆太太欢呼，冲进房间里换衣服。

陆先生跟了进去，趁着太太换衣服的机会，占尽了便宜……

嗯，要什么灵魂升华，他的爱人拥有着的灵魂，在他眼里便是最有趣最美丽的，他对此本就爱不释手，若再升华一些，那才是真真要了他的命。

2.

乐正珊听了陆小花的安利，跑去看了被她评价为“惊艳”的辩论节目，看完也觉得不错，看到那个按不按按钮的辩题，扭头问正在研究血腥碎尸照片的肖行舟。

“如果有一台仪器能够测试出我有多爱你，你用不用？”

肖行舟最近案子缠身，眼睛下面都熬出黑眼圈了，头也不抬：“我比较希望科学家发明一台能够自动找出凶手是谁的仪器，不要这么无聊地窥探别人的隐私。”

乐正珊竟然觉得颇有道理，关上电脑，走到肖行舟身边，和他一起看照片，边看边啧啧称奇：“切割得真好啊……这凶手一定有强迫症。啧啧啧，杀人还给人涂指甲油，变态，太变态了。”

肖行舟发愁，花容月貌都蔫巴了：“就是切割得太好了，已知的凶器痕迹都对不上，不然我也不能这么愁。”

说完他就继续研究照片了，乐正珊继续“啧啧”，小声自言自语：“要是我现在按这个按钮，你的分数肯定很低。”说完又自顾自地摇头，“无所谓了，反正我的分高就行。”

然后她就抛下这个话题，去做晚饭了。

第二天偶然在咖啡厅里碰到陆小花，乐正珊还在替肖行舟发愁：“小花啊，你说什么工具能将人切得整整齐齐，跟切豆腐一样？”

小花一惊，不，不，不仅仅小花，连上咖啡的服务员手都抖了，放下咖啡拔腿就跑。

陆小花哆哆嗦嗦地凑到乐正珊身边，小声问：“学姐，是不是船长惹你生气了？生气了打一顿就行，可千万不能……还分尸……太血腥了……”

乐正珊瞄陆小花一眼，一脸“你白痴吗？”的表情：“我家小船花容月貌，我舍得下手吗？不是我要分尸，是他最近在协办的案子，受害人被分尸了。小船为这个案子每天不是泡在停尸房里就是泡在实验室里，回家也是对着案发现场照片发呆，我担心再这样下去会丧偶。”

“哦，这样啊。”小花妹妹长长舒了一口气，坐直身子，“丧偶不可能啦，你们出任务的时候三个月不回家，我不也没有丧偶吗？”

“也是哦，我忙起来比他拼命，我竟然一点也没觉得辛苦。”乐正珊摸下巴，“小船加几天班我就心疼得要命。我果然是爱死他了。”

小花妹妹笑眯眯："看来船长根本不需要按按钮，就知道学姐对他的爱分数很高。"

"那是当然，在我身上是不存在低分的，从小到大，所有的科目，分数都排第一，我的自尊心不接受低分。"乐正珊说完，又继续发愁了，"到底是什么工具，能切割得那么完美？"

陆小花低头吃甜品，也不去打扰她，毕竟眼前这位女神目前满脑子都是杀人工具，不敢惹啊，不敢惹。

3.

秦菲是不看电视的，看也只看美食节目，听了陆小花的安利，去看了那期节目，然后就开始怀疑人生。

好像正反方都说得好有道理，按是理所当然，不按也无可厚非，那她到底给不给二狗子用？

事实证明，一个耳根子有点软又单纯的吃货是不适合思考哲学问题的，毕竟思考起来没有头绪，很容易秃头。

秦菲倒是没秃头，但她出了直播事故，说是事故也并没有断胳膊断腿，就是直播的时候，边吃饭边跟网友们讨论爱情的问题，一不小心噎到了。

主播噎到翻白眼，然后直播信号断掉了，生死未卜，网上一片大乱，报警的报警，叫救护车的叫救护车，然而并不知道秦菲的具体住址，只能干着急。

于是一个小时后，传出著名吃播秦菲被噎死的消息，然后网络灵堂都设立起来了，粉丝们一片哀号。

周至在美国得知自己媳妇死了，急得整个人都快炸了，偏偏秦菲手机又打不通，于是一刻都等不了，坐上飞机，飞了回来。

等他回到国内，已经是半夜，家里的窗户是黑的，打开门，里面也安静得让人心慌，跌跌撞撞地走到床前，见床上是空的……

周至已经疯了，抓着车钥匙准备出门，就听厨房有动静，黑暗中，一个脸色苍白、蓬头垢面的女人从里面走出来，嘴角还带着一丝血红……

周至仔细辨认了下蓬发下的脸，依稀觉得五官像是秦菲，眼泪一下子喷涌而出，冲过去紧紧抱住她："菲菲，是你吗？你是人是鬼？不管你是人是鬼，我都不想再离开你了。"

怀里的"鬼"喉咙里发出"呵呵"的怪声，半天才用沙哑的嗓音说："是人。但是快成鬼了，好饿。"

周至放开她，撩开她的头发，这才发现，虽然脸色是苍白的，但是有温度，而嘴角的血红是……番茄酱？

秦菲似乎不太能说话，用手机打字告诉他前因后果：直播的时候噎到了，咳出来的时候，嗓子受伤了，医生让禁食三天，只能打葡萄糖。

秦菲痛不欲生：三天不吃饭，死了算了。

周至悬着的心才算放下，抱着秦菲许久没撒手。

抱完他才问："不是不能吃饭吗？怎么偷喝番茄酱？"

秦菲在手机上打字：番茄酱又不是饭。

周至啼笑皆非，点头："好吧，好吧，不是饭。但还是要听医生的话。"

秦菲又打字：饿饿饿饿饿饿饿饿饿饿。

周至摸她的头："忍一忍吧。"

秦菲虚弱无力地打字：死了算了。

周至抱她："不行不行，我未来的孩子不能没有妈妈。"

秦菲在他怀里撒泼，身体力行地表达一个吃货要被强行禁食三天的崩溃。

饿到出现幻觉的时候，秦菲似乎看到了眼前有一台仪器，不，两台。一个上面写着：测试伴侣有多爱你。一个上面写着：吃的。

她颤巍巍地爬过去，整个人都扑到了"吃的"上面，天空中开始下冰激凌、小蛋糕，还有一碗一碗的牛肉面……

爱情是什么？等她吃饱了再说。

4.

孟洁如收到宋越发来的怪问题：如果有台仪器，可以测试伴侣有多爱你，你用不用？

吸取了上次失败的教训，她长了点心，先去翻了陆小花的朋友圈，果然看到了这道鬼问题，了解了来龙去脉，就十分淡定了，回道：不用。你每天跟只哈巴狗一样，恨不得长在我身上，还用测试？

宋越看着爱妻的答案，心想，没错呢，我家如如就是聪明。可得意没两分钟就觉得有点沮丧，他是不是太不矜持了？作为一个男人，整天这么黏人，似乎不太好，而且仔细想一想，爱妻自始至终都没有对他说过"我爱你"。他们的爱情，不会是他勉强得来的吧？

胡思乱想地过了一天，好不容易熬到收工，他飞奔着去孟洁如的餐厅。孟洁如还在厨房里忙活，他默默走过去，透过玻璃，看着那张严肃又疲惫的小脸，默默叹了口气。

果然见了面就舍不得去质问了，于是大明星挽起袖子默默帮她洗碗。

他一边洗碗，一边在心里哀叹，科学家到底什么时候才能制造出测试爱情的机器？他这种患得患失、没安全感的人，急需啊急需。

5.

白夜刚把问题发到飞爷手机上，飞爷就出现在她的面前，嘴里叼着烟，手指在她额头上点啊点：“不按，不按，不按。你也不许按，老子爱不爱，关一个机器什么事？”

白夜撇嘴：“不按就不按，有种也别按我脑门啊。”

见自家女朋友似乎有点意见，飞爷将烟头掐灭，揽她的肩：“是不是想回国了？”

他俩提前完成了计划，飞爷卖了之前的直升机，换了大点的飞机，两人正满世界飞呢。现在他们正在加利福尼亚的一座小村庄里，这村庄的红提特别好吃，他俩给人摘提子，这样在走的时候，能拿走酒庄里珍藏的那批红酒中的一瓶。

白夜穿着工装裤，打扮得像个本地的少年，吃着葡萄感伤起来：“是有一点。出来太久了嘛。”

飞爷又开始点她的额头，边点边教训：“想回去，明天就飞回去，多大点事儿？回去住一个月够不够？”

白夜狂点头：“够了，够了，再久我妈要嫌弃我了。”

飞爷笑起来：“可咱妈喜欢我。”

这倒是实话，白夜妈妈现在是女婿狂魔，整天催着两个人结婚，也难得飞爷竟然不觉得烦，每次都乐呵呵地应承着，然后，把世界各地的礼物源源不断地往丈母娘身边送。

白夜也笑起来，确实呢，自从飞爷出现在她家，她家就明显热闹起来了，她妈也比以前要显得年轻了。

都是被飞爷的潇洒和坦荡感染的。

白夜抱着飞爷的胳膊，星星眼："飞爷，我上辈子一定是拯救了地球，才能遇见你。"

飞爷望着她，眼中也有星光："还要不要什么测试爱情的仪器了？"

白夜使劲摇头："不要了，不要了，你的行动可比仪器靠谱多了。"

飞爷这才满意地点头："乖。"

6.

乔诺看到这道题，很自然地撇了一下嘴，手伸到旁边，抓着将军的小爪子摇了摇："将军，你说，我都已经猜到了他是什么反应，还要不要去问？"

当年的小奶猫将军，如今被养得膘肥体壮，躺在那里几乎占满了一个单人位沙发，走起路来威风凛凛，非常对得起它的名字。

面对主人的问题，将军动了动耳朵，一脸"关我屁事"的冷漠。乔诺戳了戳它的额头："这么跩？"戳完笑起来，将将军搂在怀里，"不愧是我的宠物。"

宠爱完将军，乔诺扫掉一身猫毛，去别的房间"宠爱"查克。

查克一直在想办法克服对猫的恐惧，然而收效甚微，至今无法跟将军待在同一个房间里。此时的他正在书桌前看书，整齐的书本，挺直的背，严肃认真。

乔诺风情万种地走过去，抽走他手里的书，笑问："如果世界上有一台机器，可以测试出伴侣有多爱你，你会不会使用这台机器？"

查克看着乔诺娇美的面庞，琥珀般的眸，就如他的人品一样纯净、透彻，他连看人都十分认真，看了一会，眉头微微皱起，说："诺，这是不可能的。现在的科学技术没有办法制造出这样的机器，机器的制作原理是大量可量化的数值，爱情是最不可量化的东西，怎么测试？无论是心跳、脑内的波动都无法具体地描述爱情。虽然有科学家认为爱情的感觉不过就是因为多巴胺的分泌，但是很多其他的事情也能让人产生多巴胺，比如品尝美食时。爱情，是不亲身体会就无法了解的东西。了解爱情的科学家不会想要制作这样的机器。"

果然……

乔诺看他一本正经的样子，忍不住笑起来，又忍不住想逗他："那你了解不了解爱情？科学家。"

查克收回视线，白皙的脸颊竟有些发红："了解。所以我觉得这个机器十分荒谬。"

"哦。"乔诺心情大好，再接再厉，坐到他的腿上，搂着他的脖子，"是怎么了解的？"

查克的脸更红了，别过头去："诺，还不到睡眠时间，不能这么亲密，我们合同上写得很……"

"清楚"两个字还没说出口，嘴巴就被堵住了，乔诺像个志在必得的猎人，在玩弄她的猎物，而猎物似乎无处可逃，毕竟疯狂分泌的多巴胺……就连科学家也无法抵御。

事后，乔诺故意刺激他：“没有按合同规定的来哦。要怎么处罚呢？”

查克咬牙，默默拿出合同修改：如果乙方主动勾引，甲方可以免去处罚。

史上最跩的乙方乔诺，躺在床上得意扬扬。

既然科学家也懂得爱情，那么离她碾压甲方、撕毁合同的日子也不远了。